新潮文庫

辻

古井由吉著

新潮社版

9976

目次

草原	受胎	割符	役	風	辻
129	105	81	57	33	9

辻

辻

何処《どこ》に住んでいるのか。誰と暮らしているのか。そして生まれ育ちは――。構えて尋ねられたくはないことだ。答え甲斐《がい》がないようにも思われる。現住所は尋ねられれば差障《さしさわ》りのないかぎり教える。手紙や書類にも欠かすわけにいかない。あちこちに登録されている。一切届け出ることのできぬ境遇に追いこまれれば、人の生き心地は一変する。しかし住所を書きこむ馴《な》れた手が途中で停まりかける。にわかに、知らぬ所番地に見えてくる。ほんのわずかな間のことだ。既知が昂《こう》じると、未知に映ることはあるものらしい。

嬶《かか》アとばばア、と『濹東綺譚《ぼくとうきだん》』の「わたくし」は派出所の巡査に、住所氏名ばかりか家族のことまで問い詰められて、口から出まかせに答えている。女房とお袋、妻と母親とは男にとって、いずれ正しい答えなのかもしれない。しかし紙入れの中に、戸籍抄本と印鑑証明と実印を、偶々《たまたま》であったかどうか、携えていた。

話がいつか自身の現在住まう界隈《かいわい》をめぐっている。相手は土地のことを知っていた。一時期繁《しげ》く通《かよ》った程度のことらしいが、そこに居を定める人間に出会ってみると、懐《なつ》かしくなったものと見える。話は親密になる。ところが、現にそこで暮すほうがそのうちにわずかずつ、話に置かれる。相手の言うことはさらに仔細《しさい》になる。四つ角あたりの光景が立ち上がる。声から雰囲気も伝わる。季節も時刻もある。それにつれて現住の人間は、知らぬ土地の話を聞かされているような、述懐されているような、隙間《すきま》を覚える。相手のは記憶だが、自分のはただの、知識のようなものではないか、とひそかに怪しむ。

深夜に風が出る。一吹き山から降ろしたように始まり、長い短い間を置いて寄せる。寝床から耳を遣《や》っていると、風につれてあたりが昔の土地へ還《かえ》っていく。畑がひろがり、藪《やぶ》も林も風に走り、平らたく均《なら》された土地がゆるやかな起伏を取り戻す。荒涼感が極まって、長いこと避けて来たが落着くべきところに落着いたような安堵《あんど》が、ないでもない。しかしかりに土地が昔へ還ったとするなら、たかだか何十年来の新参者は落着くどころか、ここにいないことになる。居を求める若い夫婦はまだここを尋ねてもいない。この土地のことも知らずにいた。あるいはまだ互いに出会ってもいない。ここで育った子供たちは、生まれていない。風が長く吹きつのり、居ながらの不在感は、なまじ居ることの自明さよりも身に染《し》みる。長年ここに居ついてしまったという感慨が、まだここに到《いた》り着いていないような怪しみへ、振れる。

風の中を、風に膨らんだ大男が行く。風の合間に、辻《つじ》にさしかかる。そこで立ち停まり、どちらへ行ってもよいようなものを、目的を知っているかのように道を選ぶのは、前から惹《ひ》かれるか、後から押し出されるのか、とその感じ分けもつかず、徒労感に堪えず、風のまた吹き出したのにまかせて足を踏み出す。こうして行くうちにやがてひとつの辻に出会って、辻そのものが生涯の道しるべとなり、徒労感は去り、足取りは定まるのではないか、と期待を先へ送る。しかしまた、その辻はじつはとうに知らずに通り越していて、取り返しがつかず、投げやりな踏み出しは背後へ置き残される弁明の粘りつきであり、そのしるしに三歩目にはおのずと決然として、自身にも他人にも容赦のない大股《おおまた》の歩みになっているではないかと疑う。

男の影はこちらへ向かって来る。呻《うめ》くような息づかいの聞こえそうになるまで近づいては斜めに逸《そ》れて行く。風の合間に、繰り返し、同じ辻にかかる。

辻で道の尽きるのを願っている。

馬道《うまみち》の辻と呼んだ。峠から来る道が切通しになり町へ抜けるそのあたりになる。古くは湊《みなと》へ通う荷馬の間道であったらしい。同じような道が左右から合わさる。どちらも馬道と言った。近くに単線の一輛《りよう》か二輛連結の電鉄の小さな駅があり、その駅名も馬道だった。

港のある市街まで歩いてもいくらもかからぬ距離だが、海の気配はまだない。山が迫り、どんな陽気にも湿気が底に淀《よど》んだ。町へ抜けて、山を背負って並ぶ家々も黒く湿って見えた。表戸を開ければ古畳と黴《かび》の臭《にお》いが鼻につく。

朝原は街へ向かって右手のほうの道を降りて来た。十八になった年の、梅雨の晴れ間の午前のことだ。申し渡すことがある、と父親に呼びつけられた。父親との仲が険悪になっていた。叔父が間に入り、馬道の上の村の親類の家へ預けられてから三カ月になる。

父親の憎悪《ぞうお》の得体が知れなかった。朝原にもそれなりの屈折はあった。父親の四十代なかばの、まだ三十前の後添えの子になり、腹違いの兄姉たちとも年がだいぶ離れている。あれは連れ子だという噂《うわさ》が中学生の朝原の耳まで伝わった。もうひとつひねって、あれは父親がよそに産ませた子で、身寄りもなくなった母親が因果をふくまされ自分の腹の子として後添えに入ったのだという噂もあった。土地の子は性に目覚めるよりもひと足先に耳の大人になる。

しかし噂が届いた頃には、自分の出生を疑うというようなことは朝原の内で片づいていた。男の子が鏡を、当時は人目を盗んで、のぞきこむ年頃になる。鏡の内に時には父親の、時には母親の面相を認めて目をそむけた。そこは並みの子よりも敏感だった。母親は父親にも兄姉たちにも、万事において遠慮していた。相手の感情が走りかけると、目に見えておろおろする。しかし、荒れない家だった。父親は当時として家長専横というほどでもなかった。兄姉たちは母親にたいしてだけでなく、父親にたいしても、それぞれ分別臭い距離を取っていた。腹違いの末の弟には、まともに相手にするには年が隔たっているということもあったが、可愛《かわい》がりもしないかわりに邪慳《じゃけん》にもしなかった。口数のすくない家だった。

表情の乏しい家だった。その中にあって末の腹違いの子がどう育ったか、手のかからぬ子だと早くから親類たちには見られ、やや長じてからは、言われなくてもやるべきことはやると感心され、自分では遠慮して暮した覚えもないが、実際にどんな顔を見せていたかは、本人には知れぬところだ。朝原の十歳の時に姉が嫁ぐことになり、それについて家の内で多少の悶着《もんちゃく》があり、母親がその圏外でまたおろおろと取りなして回るのを、急に鬱陶《うっとう》しいように眺めた。中学生になり、ある晩、成人した二人の兄が母親と食膳《しょくぜん》に向かって三人して黙々と飯を食べているのを、見てはならぬ光景のように、熱を出して寝ていた部屋から、あいだに一間《ひとま》隔てて眺めた。母親の胆《きも》がめっきり据わって見えた。二十になったばかりの次兄が港のほうの中年の女にかかずらっていた頃になる。朝原が高校生になって一年半ほどのうちに、その兄たちも続いて世帯を持って家を離れた。

切通しにかかった時、朝原は不思議な恍惚感《こうこつかん》に入った。山の高いところに、鬱蒼《うっそう》とした梅雨時の繁りのあちこちから、薄紫の花が舞いはじめた。暗い藪の奥から無数の小粒の白い花が顫《ふる》えた。潮の音がかすかにこもった。両側の崖《がけ》にはさまれて、行く手に馬道の辻が今日はくっきりと見えた。手に取るようで、いつまでも、たどりつけそうにもない。自分は生涯、こうしてあの辻へ向かって歩き続けることになるのではないか、と夢のようなことを思った。

次兄の婚礼の近づいた頃、何かの用に取り寄せられた戸籍謄本《とうほん》を、朝原がたまたま誰もいない居間の小机の上に見つけて手に取って眺めるうちに、父親が廊下の障子の端に立った。合った目を逸らしたその眉間《みけん》に、うとましげな皺《しわ》が寄った。朝原にとって謄本の記載に何の問題もなかった。秘密を探るような関心からもとうに卒業していた。しかしそむけた父親の目の色から、自分が謄本を、仔細に読んだ覚えはないが、しげしげと見ていた、すくなくともその顔つきになっていたことを、遅れて感じさせられた。父親は何も言わずに居間を通り過ぎた。謄本を小机に戻す手が、ちょっと宙に迷って、後暗いようになった。いましがたの父親の顰《ひそ》めが、小机の前からしかつめらしく立とうとした息子の眉間に、乗り移った。そのとたんに、自分のものとも思われぬ忿怒《ふんぬ》が押し上げた。眼が険悪に剝《む》かれた。父親と自身と、どちらへ向けられた憤《いきどお》りだか分からない。あれが朝原のほうの、初めの兆候だったか。

十七の歳《とし》に、ほかの学校だが一級下になる娘と恋をした。放課後や休日に二人で過ごすことが多くなったという程度の、年頃としてもまず月並なものだ。ところが噂を耳にした父親の反応が意外にけわしかった。息子を呼びつけた時には、市街の反対側に住む娘の家のことを調べあげていた。占ってもらったら吉《よ》くない縁だと強く戒められた、と父親は付合いをやめるように迫るばかりで、ほかの点で娘の家に難をつけるでもなかったが、息子は黙って恋人の身辺を探られたことにこわばった。父子の間にこじれが始まり、食膳に向かいあう時にもお互いに口数がすくなくなった。母親は例によってただ両方の顔色を窺《うかが》って気を揉《も》むばかりだった。次兄の件では中年女とのむずかしい関係に父親は何も言わず、そのことに触れるとただ苦々しい顔をして、眼をそむけるばかりであったのにひきかえ、自分は人目のないところで手を取りあう以上のことはしていないのに、父親のこの迫り方は何だ、と息子は腹立たしさを通り越して怪しんだ。しかしここまでならまだしも、これもよくあることと言えた。

女の魔性と、ある晩、そんな言葉を父親は息子に面と向かって口にした。十六の少女にたいして何を言うか、と息子は唖然《あぜん》としたその後から、半年も前に初めて知ったのと同じ忿怒がまた押し上げ、父親に摑《つか》みかからんばかりになったところで、体格の良かった父親よりも自分こそ今ではいかつい身体《からだ》になっている、しかもそっくり似ていることに怖気《おぞけ》をふるった。父親の顔を見れば、居間の小机の前で謄本を手に自分でも覚えのある面相に両の眼を剝いて、眉間に縦皺をきつく寄せているのに、ゆるく開いた口もとが、嗚咽《おえつ》を洩《も》らしそうに、いっそう無惨《むざん》な嘲笑《ちようしよう》へ崩れそうに、わなないた。

息子は黙って部屋を出た。

それ以来、父親は女の誑《たぶら》かしだの手管だの、その類《たぐ》いの言葉を、激昂の果てにはなるが、その興奮のむしろ引きかける間際《まぎわ》に、ぼそっと吐くようになり、時には露骨なあてこすりにまで及んだ。息子はそのたびに屈辱感に慄《ふる》えが走り、しかし言葉を返せば恋人を同列に置いてさらに汚《けが》すようで、物も言えず睨《にら》み返すうちに、父親の眼は濁ってくる。息子の顔が像を結んでいるようにも見えない。まして息子の恋人の、顔かたちも浮んでいないようだ。姿を見かけたこともないのだ、と息子はおいおい呑《の》みこんだ。

女は何もかも、初めから知っていて、知らぬつもりでいるので始末に悪い、と父親がある日言った時には、一体、何処の女のことを思っているのだ、と息子はもう白っぽい膜の掛かった父親の顔を見た。

それでも言葉の力はおそろしい。父親の言うことは冷静に聞けば、ませた土地の少年なら口走りそうな、男が女を貶《おとし》める時の常套句《じょうとうく》をいくらも出ない。恋人には触れもしない、と息子は隔てていたが、言葉に呼ばれて、自分には届きそうにもない遠くに、見も知らぬ女の影がふくらむ。顔も見えないその女を夜の夢の中で、父親よりも露骨な言葉で責めている。逃げ場のなくなるまで責めまくり、屈した女を意のままにしようとすると、「何もかも知った」その顔に、眉《まゆ》が浮かびかける。

父親よりも母親のほうに、朝原は腹を立てた。次兄の騒ぎの時には腹が一度に据わり、すこしも騒がず次兄の心のおさまるのを気長に待ち取って、親父よりも母さんのためにに、としまいには言わせたものなのに、今ではすっかりもとの気弱さに戻って、父親の激昂におろおろとして為《な》すすべを知らないのはまだしも、女を辱《はず》かしめる、聞くに堪えぬ言葉が父親の中から出るたびに、悪びれたみたいに、うつむいてしまう。

まるで身体から恥じているように息子には見えて、いよいよ鬱陶しいばかりか、そうやって母親が遮りもせずに吸い取ってしまうので、雑言でしかないものがどこまでも走って、何か取り返しのつかぬことになりはしないか、と父親のためにおそれたこともある。

うなだれた母親の姿を、理も非もないような父親の責めの、これが内実か、と眺めたこともあり、嫌悪を堪《こら》えて、親たちの初めの経緯など知ったことかと打ち払ってから、それがなければ自分は生まれていない、と呆《あき》れた。あやまって、お父さんにあやまって、と母親はそればかり繰り返した。

恋人とはひきつづき三日置きほどに逢《あ》っていた。父親とのことは言わずにいたので、朝原の口は重くなる。それにつれて相手の口数もすくなくなり、手を取り合うこともなく、早目に別れて帰る道々、朝原はそのたびに、からだを求められるかと用心されていたなと気がつく。まったく誤解だったが、時折二人の間にはさまった沈黙を思い出すと、はずみに引きこまれたら自分は何をしでかすかわからないと暗くなり、やはり出生に何か尋常でないものがあるのではないかと古い疑いが蒸し返され、あれこれ印《しるし》を探るその傍から、いよいよ父親に似てくる歩き方を見ていた。

父親よりも十歳ばかり弟になる叔父がある日、父子の諍《いさか》いの場に居合わせて、父親の雑言を黙って聞いていたその後で、甥《おい》をそっと外へ誘い出して並んで歩きながら、よく辛抱している、とまずいたわってから、あれは年のせいだ、兄貴も還暦を過ぎて先祖返りしたらしい、わしらの親父もあの年の頃から人が変わった、祖父《じい》さんも、わしは知らないが、そうだったと聞く、と話した。この祖父というのが昔、今ではわずかばかりになったが一代でこの家の土地を殖やした人で、五十の坂にかかる頃にはごく円満になっていたのが、六十を越すとどういうものか、女というものに、何処《どこ》の誰とは限らず、ひどく悪《あ》しざまにあたるようになり、そのために家の男たちとの諍いが絶えず、若い頃の因業の祟《たた》りと周囲で噂されたものらしいが、それにしても、金を貸しつけて土地を掻《か》き集めた因果がどうして、晩年になり女にたいする悪念となって出るのか、わけが知れない、と叔父はこぼした。しかし兄貴の、からだのほうが心配だ、とつぶやいた。親父はそうなってから長くはなかった、祖父もまもなくだったらしい、と言う。

朝原にとってこそわけのわかった話ではなかった。それでも得心のようなものはあり、それからは父親に向かってよほど余裕をもって対せるようになった。父親との和解のきっかけを待ってもいた。それにつれて父親は息子を避けるふうになった。ときおり一人で激昂《げきこう》して息子を呼びつけ、荒い言葉を投げつけても、そろそろ例の雑言が出てくる頃かと息子が待ち受けていると、父親の眼は落着きがなくなり、睨んでいるようで、視線をわずかずつ逸らす。冷静に構えているのが太々《ふてぶて》しいように見えるのだろう、と息子は取っていたが、ある夜、父親のうとましげにそむけた眼の色に、覚えのあることに気がついた。膽本をのぞく末の腹違いの子からそむけた眼とは違った。夜更《よふ》けに次兄が帰って来る。女に会って来たことは、当時の中学生にも、においのようなものからわかった。平静に迎える母親の顔にもそれが映っていた。父親は居間を立つ。あの時の眼だった。男と女が触れ合うとはどんなことか、朝原が初めて、想像を素通りして実感として受けたのは、あの父親の眼の色からだった。

あの嫌悪が今、自分に向けられている。父親の眼の色を幾度確めてみても、それに間違いはなかった。恋人と逢うことは、ほかの都合も重なって、さらに間遠になっていた。二人でいる時も、どちらからともなく、間隔を取っている。お互いに、至る所に潜む禁句を避けるような会話になった。逢って帰って来てすぐに父親に呼びつけられるということもなかった。しかし父親に眼をそむけられると、女に触れて来た次兄のにおいが自分の身体から立つ。恋人という言葉も剝《は》ぎ取られて、女の肌が見える。女のためなら親でも殺しそうな顔だ、と父親は次兄に背を向けて呻《うめ》いたものだ。どの程度のことを自分についてては想像しているか知らないが、叔父が最後につぶやいたことが思い合わされて、父親のために吉くない徴《しるし》のようで、考えこんだ。お互いに眼も見合わせぬことが何日も続いた後、しかし、父親は意外なことを口走った。お母さんも、お前のことを気味悪がっているぞ、そばに寄られるとぞっとすると泣いていた、と言った。

聞いて初めに来たのは憤りでなく、とうとう狂ったか、叔父のおそれたのはこのことだったか、と恐怖とも後悔とも、何ともつかぬ感情だった。父親の表情が読めないので、助けを求めて母親の顔を見た。母親は激烈な言葉に触れた時の例で、責めが我身に向けられたようにうなだれていたが、いつもとは違う印象を受けてよく見れば、低くうつむきこみながら、両手を膝《ひざ》に重ねて坐《すわ》る姿が、背から腰まで静まって、すべて承知の上の、まるで正念を据えた様子だった。結んだ唇は取りなしに入ることを拒んでいた。いましがた二階に呼びに来た母親の、どこかむごいようだった眼を朝原は思い返し、畳を踏み鳴らして部屋を立った。

悪念に支配されたのは息子のほうだった。悪念は澄んだ心に似ていると知った。いまさら恨みも憎しみも動かない。思い悩みもしない。ただ悪念に満たされている。透明に飽和して、波も立たない。反転すれば満足と重なりそうだった。家の中での振舞いは変わらなかった。むしろ端々で立居が普段よりも定まった。物腰そのものが日に日に大人になる。どうかすると青年を通り越して壮年になっている。食膳で親たちと向かいあっても、一切口をきかなかった。こわばった沈黙ではなかった。自分の拒絶に自分で反応して神経が騒いだり捩《よじ》れたりすることもない。親たちにしてみれば、物を言いかけようにも、かえって取りつく島もなかった。

その親たちの前で黙って飯を喰いながら、すべてはこちらの邪推ではないのかとすこしも疑わぬ自分を怪しむことがあったが、とうに決定していることを徒《いたず》らに悔んで取り返そうとするような姑息《こそく》さをうとんで、動揺も起らなかった。食欲も衰えぬ息子の前で親たちが背からしぼんでいくように見えた。ある時、晴れた日の朝飯時なのに、悪い夢のような光景が浮かんだ。見も知らぬ大男の客がいつかこの家に居ついて、主人の座まで奪おうとしている。自分を満たしているのは、透明ではあっても、やはり恐怖なのではないか、とその時には疑った。つとめて平静にしている親たちの顔に憔《しよう》悴《すい》が目に立つようになった頃、叔父が間に入った。

叔父に伴われて家を出て馬道の辻にさしかかった時、じつはお前を上の村へ連れて行ったのはこれが初めてではないのだ、と叔父は言った。その親類の家に朝原は子供の頃からしばしば遊びに行って馴染《なじ》んでいたが、叔父と一緒に訪ねた覚えはなかった。まだ満で一歳と、半年ほどの頃のことだ、リヤカーに載せて一人で引いて行った、と叔父は話した。積んだ蒲団《ふとん》の上にちょこんと坐って目を瞠《みは》っていた顔が今でも見えるようだ、と楫棒《かじぼう》の間からちらりと振り返る仕種《しぐさ》をして、秋の暮れ方のことだ、と春先の午前の辻を見渡した。祖父は亡《な》くなっていたが、大叔母たちが故人の乗り移ったような難儀なことを言い出して、朝原母子が一時、上の村に預けられたことがあるという。当時まだ三十代なかばの叔父は半端な暮らしをしていた都会から呼びつけられ、死んだ父親からの勘当を解くという条件で、悶着《もんちゃく》の後の始末をさせられることになり、引っ越しの車まで引く次第になった。何も知らずに運ばれて行く子が不憫《ふびん》だった。しかしあまりおとなしくしているので時々振り返ると、道の左右をめずらしそうに見まわしている。心細そうな様子もない。そう言えば、母親が取り乱している時にもこの子はめったにぐずらなかった。何もかも呑みこんでいるように見えて、叔父はよけいに不憫になった。坂にかかり切通しを一気に抜けて、右手の山を見あげて息を入れると、山はもう高いところまであらかた翳《かげ》っているのに、尾根に近い一箇所が西日を受けて紅《あか》く照っていた。何の木だろうな、とたずねるように振り向くと、子供も眼から吸いこまれそうに紅葉を見あげていた。

朝原のことは、いつまで上の村に留まるにしても、来春には都会の大学へ出すということに、叔父が話をつけて来た。その後に、近くの都市で暮す長兄が、勤めにはここから通うことにして、家族を連れて入るということだった。子供の頃から見馴れた二階の天井の低い部屋に朝原はすぐに落着いた。家の主人は幼い朝原が叔父の引くリヤカーに載せられて着いた暮れ方のことを覚えていて、人見知りもせずにツッとあがって来た子をいっそうちで貰《もら》おうかとまで思った、と懐《なつ》かしそうにした。そう言いながら、中学生を頭に三人も子供がいる。貰われていたら後が大変だった、と朝原は大人びた口をきいた。

家のことが遠くなった。まるで叔父と馬道の辻を渡ったのを境のように、と朝原は自分の気持をまた怪しんだ。朝には高校へ通うのにその辻を突っ切る。そのまままっすぐに行けばすぐに家の前を通る。その道は避けて辻の先から線路を渡って逸《そ》れるが、家を出されているので当然の遠慮だと思うだけだった。そこへ半月後の土曜に叔父が上の村まで訪ねて来て、家には帰ったかというようなことをたずねるので、親の様子をうかがいにも行かずいることを咎《とが》められるのかと思ったら、そうか、それならいいが、当分家には寄るなよ、と言う。聞けば、ひと月も離れていればおさまるものと叔父は踏んでいたが、朝原にたいする父親の怒りは一向に解けない。昼の内はむっつりとしているが夜が更けると、寝床に入ったのが撥《は》ね起きて、母親を相手に、太々しい人間になった朝原のことを罵《ののし》りまくる。物のわかった顔をして何をしでかすかわからない男だとまで言う。それはまだしも、この前の日曜には、明け方に息子が家の中に忍びこんで何かを探っていた、と騒ぎ出した。

叔父は自分にたいして多少の疑いを残して帰ったな、と朝原は後で感じて、自分はかりにどうしても必要な物を家に置いて来たことに気がついたとして、夜明けにこっそりと取りに行くようなことはするだろうか、しないだろうか、と考えるうちに、また十日ほどもしてやって来た叔父は朝原を外へ連れ出して、どうもわしの思っていたのとは違うようだ、と頭を横に振った。親の家は玄関にも裏の戸口にも、夜には内から心張棒を支《か》っているという。わしらの祖父さんも晩年に、同じことをしたそうだ、と叔父こそ恐ろしげにしていた。営々として築いた家産を、女のために心の晦《くら》んだ男に、息子だか誰だか知らぬが、奪われるような妄想に取っ憑《つ》かれていたらしい、と傍にいる甥のこともしばらく忘れた様子で考えこんでいたが、やがて甥の顔をまともに見つめながら、どうしてこの子が、まだ女の祟りというような年でもないのに、そんなに怖いのだろう、と一人で首をかしげ、くれぐれも家に、近づきもするなよ、姿を見せるな、いいか、と念を押してそそくさと帰った。

通学には馬道の辻を避けてかなり遠回りの道を取った。夜が更けるにつれて、何もかも知った家のことなので、戸口に支った心張棒がしきりに浮かんで、狂ったとしか思えないその用心が身にこたえた。ある夜、暗い顔つきからうっすらと笑っている自分に、だんだんに気がついた。たしかに、戸口を塞《ふさ》いだところで、裏手の雨戸に敷居の甘くなった箇所があり、閉め出されたはずの次兄が朝になり二階の部屋で呑気《のんき》に寝ていたこともある。親たちもそのことは知っているはずだった。それこそ間の抜けた戸締りになるが、それを思っても可笑《おか》しさはふくらまず、斜めに突っ張った太い黒光りする天秤棒《てんびんぼう》がよけいに、魔除《まよ》けの呪《のろ》いに見えて、親の敵意に寒気を覚えながら、しかし薄笑いは口もとから引かない。

ここそこと裏の雨戸などはずさなくても、あんな戸締りは表から、その気になれば、いくらでも破れる、と幾夜か後に寝床の中から、自分で聞いたこともない声で呻いた。何の感情も伴わなかった。

また半月もして叔父がやって来た。父親は末の子が自分の種ではないようなことを言い出したという。母親はもう抗弁する気力も失《う》せている。顔も背恰好《せかっこう》も似ていることはもう目に見えているが、叔父は当時土地を離れていて、物の言える立場にはないので、叔父叔母たちに相談すると、そんなことは経緯からしてもあるはずがない、父親もそれまでそれらしい疑いを素振りに見せたこともない、と揃《そろ》って一笑に付す。妄想であることは間違いがない。しかし兄貴の言うことがあまりひどいので、聞いてお前まで凄《すご》くなってくれては困るから、以後、よけいなことは一切伝えないのでそう思ってほしい、と叔父は申し渡した。お前に格別の落度はないことはわかった、だから気に病むな、と取りなした。親のことも心配することはない、お前の話をはずせば、夫婦の間があれであれなりに、おさまるから妙なものだ、家の内は綺麗《きれい》に片づいている、と笑って帰って行った。

そこの家の小学校三年生の末の女の子が二階の部屋へよく上がって来て、朝原が坐り机に向かっている間も、そのうしろで畳にぺたんと坐りこんで黙って本を読んでいる。ある日、沙漠《さばく》に行ったことある、と背中からいきなりたずねた。行ったことないと答えると、オアシス見たことある、とたずねる。妙な質問の重ね方だと思って振り向くと、蜃気楼《しんきろう》見たことある、とまたたずねる。大真面目《おおまじめ》な顔だった。自分の知識に得意になっている様子でもない。たずねている。修学旅行より遠い所へ行ったことはないんだ、とその場はやり過ごしたが、それからというもの、そのつどやはりいきなり、インドに行ったことある、とたずねて、ないと答えても、大きな睡蓮《すいれん》見たことある、と重ねる。アフリカ行ったことある、小さな人見たことある、とたずねる。世界中を歩き回っていなくては済まないようで初めは困惑もしたが、そのうちに朝原も聞かれれば物の本で読んだ限りのことを話すようになり、受け売りの、口から出まかせだったが、話し方がなかなか仔細《しさい》らしく堂に入って来た。

昼間は学校に通い、例の娘はほんとうに朝原のことを避けて逢《あ》わなくなったが、そろそろ受験勉強に精を出さなくてはならず、親類の一家との付き合いもあり、物を思う隙《ひま》もなかった。しかし夜が更ければやはり、親の家ではまだ心張棒を戸口に支っているのだろうかと考えて、底無しの気鬱《きうつ》へ引きこまれそうになると、たずねて目を見つめる女の子の顔を思った。あんな物語りをしながら自分は馬道の辻の先にも行けない人間ではないか、と憮然《ぶぜん》とさせられることもあったが、女の子の夢に応《こた》えて、実際に世界中を歩き回った末にもうあの辻の先へも行くまいと心を定めた人物に自分を見立てると、想像ながらわびしくて気持が良かった。

夢の中に辻の見えることがあった。辻だけが見えて、何かが起こったようなのに、人の姿はない。あるいはこれから起こるのだろうか、と切通しの間から窺《うかが》う自分も、影が薄れていく。

その馬道の辻を、たまたま人に声を掛けられて、良いお天気でと挨拶《あいさつ》を返す間に、朝原は通り過ぎた。あとは親の家までまっすぐ、十分とはかからぬ道になる。切通しに入った時から始まった恍惚感《こうこつかん》はまだ続いていた。背後にいよいよ数を増して、薄紫の蝶《ちょう》が谷の上へ舞いかかる。暗い藪《やぶ》の中から白い星が群れて顫《ふる》える。潮の音が間を置いて甲高いように鳴る。そして辻へ向かって、生涯そこまでたどりつけぬことに堪えた男がそれでも一歩一歩、事を為《な》しに行く足を踏み締める。辻を越していよいよ親の家に近づく自分は、すでに為した事から遠ざかる、背中になった。

門の前に立ってことさらに標札を見あげる自分の体格が、この三カ月の間にも一段とまたいかつくなったのが自分でも見えた。両の腕を長く脇《わき》へ垂らしていた。掌《てのひら》は今まで物を握り締めていた形に半ば開いていた。大きな手だった。

風が吹き出して、裏山の葉が馬道の方角から順に裏を返して流れた。何もかも終ってこの動作もこのままですでに記憶となった心地がして門をくぐった。それでいて、これもじきに忘れてしまうので、今のこの自分を覚えていてくれ、と辻の方へ訴えるようにした。すこし猫背になっていた。

玄関を入って来た朝原を見るなり悪相を剝《む》いて、何処《どこ》の馬の骨だか知らんが、庭のほうへ回れ、と喉声《のどごえ》で叫んだきり顎《あご》から喘《あえ》いで崩れ落ちた父親を、母親は膝の上にやっと受け止めて、早く逃げてと哀願するような、縋《すが》るような眼を朝原に向けた。

風

風が目に見えるものなら、辻《つじ》のあたりではどんなふうに巻いているのだろう。辻に近づく時にはまともに顔に吹きつけていたのに、渡る時には横から頬を叩《たた》く。渡り切ると背中を押す。風は辻をまっすぐに抜けるだけでなく、左右にも割れて走るらしい。そのことはまだ人に聞けば訳を教えてもらえそうだけれど、周囲に風の音がしているのに、辻には風の絶えていることもある。

ほんとうにあったことなのかしら、と大杉時子は考えた。風は背中に回っていた。内縁の夫の高浦が不慮の事故に遭って病院に運ばれてから、息を引き取るまで、ひと月足らず通った道になる。背中から風に吹かれて頭を上げるこの間合いには、長年のような覚えがあった。風の絶えた辻が見えて、そこを自分が渡る。うなだれている。

悪びれながら、何も明かすまい、とひとりで思い定めた固さが項《うなじ》に出ている。とりわけ人に隠すような秘密もないのに、どういうつもりだろう、と白い眼で振り返りそうになる。この辺まで来て病院が近くなると足を急がせていた。

一年も前のことになる。この辻が昨夜の夢に浮かんだ。それに惹《ひ》かれたわけでない。人の姿はなくて、何も起こらず、渡る自分の影だけが見えた。それに惹かれたわけでない。今朝になり、日曜なので、そろそろ家探しを始めなくてはと思った。午後も深くなって、不動産屋の店前の貼《は》り紙を眺めていた。それが病院の最寄りの駅前だった。思い立っても、ほかに行くあてもなかった。道を選ぶにも気力が要る。気力がなければ、一年前の一月ばかりの習性にとらえられる。この土地に住むつもりはもとからない。

川のようにくねる道路の端の、立札を見あげていた。地域の歴史を案内していた。この道は昔の用水路の跡だという。上水から採って遠い土地まで堤が続いていたとまではわかったが、やさしい説明のはずなのに、細いところが読み取れなくて、まとまらない文字を目で撫《な》ぜるだけになり、近頃はもう無筆みたいなものだから、と諦《あきら》めかけた頃になり、野を渡って太い土手がどこまでも延びた。何だ、読めていたのだ、と立札の前を離れる時、以前にも一度、ここでこうして立っていたことのあるのを思い出した。不審な告示でも読み解こうとするように、見あげていた。高浦があるいは一命を取り留めるかもしれないという時期のことだ。

そこからでもその辻まで十五分あまりかかる。住宅街を抜けて行くので途中に角はいくらでもある。その辻もどこにでもありそうな、片側一車線の道路が交差するところで、辻と呼ぶにもふさわしくない。最寄りのつもりの駅もほんとうに病院の最寄りなのか、最短の距離なのか、ただ初めに取った道をたどっていた。地理を浮かべもしなかった。

なぜ、この辻ばかり、渡るのか。それも渡る時には何とも思わず、過ぎてから背後に見る。風を背に感じたわずか二、三歩の間のことだ。今日もまるで辻に惹かれたようにやって来ながら、何ということもなく、辻からもう遠ざかっている。先で右へ折れても病院に寄る用はない。引き返すのもけだるい。まっすぐに行くよりほかにない。病院に通っていた頃にこの道で幾度もバスに追い抜かれて、行く先も確めなかったけれど何となく、この方向にもうひとつの駅があるような気がしていた。もしもその駅が思ったより近かったら、ひと月もだまされていたことになる、とつい人をなじる眼をあげると、向かいから近づいていた白髪に若造りの年寄りが、またうつむいていた時子の顔をのぞいていたらしく、粘りつく視線を逸《そら》した。

高浦は五十五歳になっていた。時子よりもふた回り上になる。内縁の暮らしは六年続いた。

高浦が殺されたのは、そんな辻ではなかった。殺されたのでもない。夜更《よふ》けの道で通行人に言いがかりをつける若い者をたしなめたところが取り囲まれた。四人いた。摑《つか》みかかって来たのを一人は肩透しにして一人には足払いをかけた。そこまではごく冷静に見えた。気おくれした連中に取りなしの言葉をかけて去ろうとした。ところが、それで安心したのか、重立った一人が及び腰から、卑《いや》しい悪態をついたそのとたんに、高年の同行者の話したところによると、高浦は忿怒《ふんぬ》の形相になり、逃げる機をなくした相手の前にゆっくりと近づき、手の出る前に、崩れ落ちた。

病院からだいぶ離れた幹線道路の交差点の、信号待ちの間のことだと言う。辻は辻になる。脳出血と診断された。打撲はなかった。同行者のほかにも信頼できる証人があって、傷害にはならないと警察は確認した。人に殺されるような高浦じゃない、と時子も得心した。

重体が四日も続いた後、呼吸が安定してきた。また一週間もして、わずかに意識らしいものも兆《きざ》した。毎日、朝から晩まで、時子は病室に詰めた。高浦の顔はさすがに年が一度に寄ったが、ほんのりとしてくるようでもあった。どこかで知らぬ赤児《あかご》の育っていくのを時子は思った。これで言葉さえ出れば、すべて良くなる、禍《わざわ》いはふさがれたことになる、と考えながら、手回りの物を提げて一人で去って行く自分が見えた。このまま三年五年と続くことになるのではないかと思われる日もあったが、そんな時には、自分の忍耐心がはてしもないように感じられた。ひと月ほどして病人は高熱を出し、肺炎と診断され、まる一日喘《あえ》いで息を引き取った。

高浦の一人娘が父親の息の絶えた病室で時子に縋《すが》りついてきた。お姉さん、と叫んだ。時子よりも二つ年上になり、時子が高浦と暮らすより前に結婚して、今は父親の出た家で暮らしている。ひと月前の事故の夜には、集中治療の控室におそるおそる入って来た、亡《な》くなった母親似らしい小柄で華奢《きやしや》な姿が、小学校へあがる子供が二人もあると聞いていたのに、寄辺を無くした少女のように見えた。あの時にも二人して廊下に出ると時子に縋って声を立てずに身を慄《ふる》わせるのを、腕に包んで廊下のはずれまで歩かせ、そこの談話室の椅子《いす》に坐《すわ》らせて背をさすりながら、この女性の二十歳前に亡くなったという母親の存在を、宥《なだ》められるほうにではなくて、宥める自分の内に感じて、子供もない自分はどこへ行ってしまうのだろう、と夜の白みかけた窓を眺めた。駆けつけてからまだ一時間ほどしかしていないと思っていたのが、時計を見れば、四時間あまりも経《た》っていた。

入院の間も高浦の娘は時子を頼りにしていた。大杉さんがいなければ、あたし、どうしたらよいかわからない、と繰り返した。実際に、隔日にかならず正午頃に病院にやって来ても、人の影を目で追う程度の意識しか戻らない父親を相手に、為《な》すすべも知らぬ様子だった。赤子の世話を二人もしたばっかりなのに、入院の初めからまるですべて心得たように手足の動いた時子にくらべて、やることがすべてぎごちなく、及び腰がつきまとう。幼い子を育てる母親は、老いたり病んだりした親の世話がしばらくかえってできなくなるものか、と時子は眺めた。二時間ほどで帰すことにした。家事や子供の世話を気づかってのことだが、それよりも、一時間も過ぎて病人のために為《す》ることもさしあたりなくなると、時子の傍に坐りこんで、刻々息を詰めてこらえるふうになり、顔にやつれが見えてくる。うながしてエレヴェーターの前まで送ると、扉の締まる間際《まぎわ》に、どうかお願いします、とまた縋る目を向ける。手を合わさんばかりだった。おかしな言い方にも聞こえたが、ほかに言いようもないのだろう、と時子は受け容《い》れた。ある日、時子は地階の売店に用があったので表玄関のほうへ折れる角のところまで一緒に行って、外来の客の間を遠ざかる姿をしばらく見ていた。それから病室に戻って窓に寄り、そこから何が見えるわけもないのに、つくづく眺める気持になり、あれは人の親の、母親の姿だった、といまになりつぶやいた。振り返ると高浦が笑った。錯覚ではない。一瞬の影だった。皺々《しわしわ》に崩れそうな老爺《ろうや》の面相から、赤子の笑みのようなものがわずかにひらきかけた。赤子のにおいもした。

ここと外とでは、時間が違うのだ、と時子は思った。この時間の内にある限りは、自分は高浦にばかりか、高浦の娘にたいしても、おのずと母親のようなものになっているのだ、と考えてかすかな身慄いを覚えた。

高浦の死顔には時子の知らない青年の面影が見えた。息の絶えたのを境に、時子の病院の内の時間も絶えた。縋りつく高浦の娘を抱き止める手つきも、過ぎたことのように端から眺められた。やがて駆けつけた娘の夫と相談の上で後の事は一切夫婦にまかせることにして、自分の持ち物をまとめて病院から出た時、あたりが見も知らぬ風景に映って、このひと月、朝晩の往《ゆ》き復《かえ》りの道も病院の時間の内にあったことを悟った。高浦と六年暮した部屋にも病院の時間は失《う》せていた。日が暮れて、娘の夫が葬儀の次第を電話で伝えてくるまで、時子は昏々《こんこん》と眠った。

高浦の四十九日も過ぎて、昼間に都心のほうの食事に時子を招いてくれた娘が、あたし、一昨日、父の殺されたあたりをついふらふらと歩き回ってしまった、と話した。殺されたという言葉を娘は父親の死んだ後からときたま口にした。傷害によらぬ脳出血であることは調べがついていたが、逃げた青年たちの身もとがとうとう知れなかった。犯人として手配するわけにもいかない。それがやはり心残りなのだろう、と時子が受けていると、父がどうしてあの時、あんな夜更けに、あんなところにいたのか、と考えると、それは連れの人から経緯は聞いて得心したつもりなのに、どうして、どうして、といたたまれなくなることがあって、いっそこの眼でその場所を見ておいたほうがいい、とそう思ったの、と娘は言った。何か感じ取れるかと思って行ったら、環状線の交差点の、どこにでもあるような、どこでもないような所だった、とうつむいた。あまりあけひろげなので、がっかりして家に帰って来ると、もう思い出せもしない、と訴えた。時子も初めに病院へ駆けつけた夜に、事故の詳細もまだ知れず、その起こった所の地名は聞かされたが、どこと地理を浮かべる余裕もなくて、そのうちに、甲斐《かい》もないと感じてだが、これでも東京に出て来てから十年以上にもなるのに、の場所を頭の中で定めることもしなくなった。交差点のところと聞いて、後から思えば唐突にも、在所の辻のようなものを想像したきり、その辻が場所から浮いて、あちこちに散ってしまった。わたしなどは、自分の住んでいるところでさえ、どこだか、はっきりしないようになることがあるもので、と時子が答えにならないことを口にすると、父はいっとき、わたしと二人で暮らしていた頃、方角占いに凝っていたので、と娘は話した。どこで手に入れたか古ぼけた和綴《わと》じの本を熱心にめくっては、今日はどちらが吉で、どちらが凶か、占っていたという。ある朝、仕事の用の時はどうするの、と娘が横から心配になってたずねると、父親はキョトンと顔をあげて、必要の時には方角のことを忘れるから、おめでたいもんだ、と本を脇《わき》へ放った。その時の父親の顔つきがよほどおかしかったのか、それともひょっとして、自分の事にかまけていた父親が、母親に残された娘の存在に気がついて一度に情が湧《わ》きあがったのか、娘は楽しそうな思い出し笑いをひろげた。それきり気持も直って、表で別れる時には、ほんとうに何から何まで感謝してます、一生の縁にしたい、と胸をかるく寄せてきた。

その夜、高浦がかぶさってきた。時子は、時子は郷里《くに》で、初恋の男と、何かあったのだろう、とささやいて耳たぶを唇にふくんだ。交わるところまでは夢に見なかったはずなのに、射精をこらえる背を抱き締める感覚が残った。どうするつもりだったのだろう、この手は、と覚めて両腕を蒲団《ふとん》から宙へゆるく伸べた。そのままたうつらとして、冷えた腕から夜が白んできた。

二十五になる年に、高浦と初めての事があった後、たずねられて、これまで一度もなかったのと時子が答えると、そうだったのか、と時子の顔をのぞく高浦の眼に、追いつめられたような色が差した。じつは一度だけ、着た物を脱いで一緒に横になったことはあったの、三年前のこと、と時子は話した。相手の男は抱き寄せようとしただけでそれ以上触れて来なかった。なんだか冷くて、氷みたいで、と部屋を出る時に子供のように言った。十八の年から四年の間に時子は祖母と父親と母親と三人続けて亡くして、線香のにおいが肌にまで染《し》みついたように自分でも感じていたので、男の言葉をそのままに受けた。男とはそれきりになった。そんな話を高浦にしながら、打明けているような気持はすこしもしない。自分は秘密が秘密にもならない素透しみたいなものになっているのかしら、と呆《あき》れる時子の腹から脇を、高浦はなにかおそるおそる撫ぜていた。その夜は二度と求めなかったので、これもこれきりになるのかと思っていると、一月もしてから、一緒に暮らしたいと申し出てきた。

自分が死ぬまでは、責任を持つ、とそんな言い方をした。五十のすぐ手前になる。時子のほうは、東京の遠い郊外の親の家を失って、兄姉の一家も地方へ散り、アパートの一人暮しの身を縛るものはなかった。仕事は続けた。

郷里のほうの初恋の男とのことを高浦がたずねるようになったのは、同棲《どうせい》して半年ほど経った頃からだった。しきりにではなく、責めるのでもなかった。かならず時子を抱いている最中に、それも時子の息の走り出す時に、耳もとでささやく。何もなかったの、と時子は目をつぶったまま笑みで答えようとする。男のからだがいっそう濃《こま》やかになるので、笑みもままにならない。

男はいつまでも女の初恋の男に、女が未通だったと知ればよけいに、その未通まで疑うかのように、こだわるものだとは人に聞いていたが、高浦は年なりに世を経た人だった。女のこともよほど知っているようだった。郷里と高浦の言うのも間違っていた。そこは時子が中学時代の半分と高校時代をすごした土地でしかない。幼い頃から家が引っ越しを重ねた時子には郷里というものはなかった。初恋には違いないが、相手も高校生で、人目のないところで手を取り合う以上のことは知らなかった。一年と続かないうちに、相手が家のほうに事情があったようで鬱屈《うっくつ》してきて、それにつれて時子のほうも暗くなり、お互いにようやく男女の緊張に苦しむようになったようで、どちらからともなく離れた。相手はやがて東京の大学へ出て、一年遅れて時子の家も東京に移り、相手の消息も伝わらなくなった。

一緒に横になった男には、素肌を触れあったのに、高浦はすこしもこだわらなかった。ほかの男との関係を探ることもない。初恋の男のことも閨《ねや》の外では口の端にも出さなかった。閨の内でもまれなことで、ひと言たずねて、繰り返しもしない。過去に何があっても、というような愛撫《あいぶ》と時子は取った。それにしては、ささやく声が重かった。からだのほうも息を詰めた間、重くなる。心ここにない重さと感じられた。大きな塊にのしかかられそうな怯《おび》えが走りかけることもあったが、時子はいつか、かすかな身慄いのようなものを先に覚えて、耳もとでたずねられるのを待ち受けるようになった。

ある夜、物を言い出した自分に驚いた。何もなかったけれど、いまここで抱かれてしまってもいいと思ったことはありました、と澄んだ声で答えていた。町はずれの辻《つじ》の先の、藪《やぶ》が見えていた。しかし嘘《うそ》だった。身にまるで覚えのないことだった。高浦をなぶるような、むごい気持も動いていなかった。なぜそんなことを口走ったのだろうと呆れながら、あの時も、自分の知らない秘密がひとりで自分の内から抜けて行ったような寒さを覚えた。

嘘を言いました、ゆるしてとわびると、わかっている、と高浦は答えて抱き返してきた。やがて傍に肘《ひじ》をついて、時子の顔には、抱かれる間に幾度か、違った顔が浮いてくる、と言った。前世のことまでついたずねたくなることはある、とまたしばらくして言った。俺の死んだ後で、新しい男がこうして、俺とのことをたずねているのも目に見えるようだ、と時子の頰を指でたどった。面《めん》だけになった心地で撫《なぜ》られるままになっているうちに、夜が明けてきた。

抱かれるうちに夜が明けてくる。夏場には明けてから抱かれる。高浦の亡くなった後では、明けていく部屋の白さが六年間へひろがってしまうように思われることがある。生活の中で性の事はむしろ切りつめられていた。高浦は朝の八時前には仕事に出る。時子は勤め先がよほど近くて、出勤の時刻もいくらか遅かったので、一緒に朝食を摂《と》って高浦を送り出してから、家の中をさっと片づける余裕はあった。

夜は普通、七時頃に時子が戻って夕食の仕度をして待っていると、八時過ぎに高浦は帰って来る。一合ばかりの酒を呑《の》んでよく食べた。見ていて惹《ひ》きこまれそうな食欲だった。ときおり手を停めて、危い所をしのいできたような眼をする。以前にはこうも食べなかったと言った。それでいて体重は若い頃に近づきつつあると言う。十一時前には二人とも眠ってしまう。時子はよく眠った。寝入り際に、何処《どこ》で誰と暮らしているのかしら、と自分の今を死んだ親たちにたずねるようにすることもあったが、宙に浮いた気持からよけい昏々と眠った。高浦も二時や三時まで寝つけないことがよくあったのにと言って、今では正体もなく眠ることを不思議がっていた。朝にはたいてい目覚時計に起こされてすぐに出仕度にかかる。

家の内はよく片づいていた。二七日《ふたなぬか》の頃に部屋の内を見渡して、二人で暮らしていた間とまるで変わらないと思った。高浦の生前にはしかし、同棲して三年も経った頃に、朝の出がけに玄関口から、これではまるで晩から人がやって来て朝には跡も残さず立って行く家のようではないか、と眺めたことがあった。いったん乱雑になったら、忙しく暮らしているだけに、けだるいようになってしまうのではとおそれて、片づけにはそのつど心がけていた。すくない閑《ひま》を見てはかえって癇症《かんしよう》なようになっていたかもしれない。高浦も細い事にこだわらないにしては、身の回りの物の始末の良い人だった。ここへ越す時にも、必要最低限というほどの物しか運んで来なかった。その後も物を増やそうとしない。几帳面《きちようめん》なようなところは見せないのに、使った物はかならず元の場所へ戻している。時子が感心すると、生来振り向きもしないほうだ、そのうちに地が出て来るから見ていろと笑った。四年目に入って、ある晩、時子はたまたま高浦の部屋を留守中にのぞいて、自分の手とはまるで違う片づき方に、神経よりも意志を、歳月も拒むような意志を感じて、自分たちはどうなるのか、と考えこんだ。遠くで斧《おの》をふるって薪《まき》を割る音が空耳に聞こえていた。薪がまっ二つに弾《は》ぜて飛ぶのまで見えた。子供の頃にまた別の土地で見た光景だった。

夜明け頃に抱き合う時には、二人ほとんど同時に寝覚めするようだった。覚めている気配も伝えないのに、お互いに覚めていることを知っていた。そのうちに二人してだんだんにひとつのことを、何処だか遠いことを思っているようで、時子は胸苦しくなり、来てと呼ぶと、高浦は黙って寄って来る。いつでも、大きなからだに感じられた。長い旅から戻ったばかりのように感じられた。荒々しい抱き方が途中から細心になる。瀬を踏まれているようでもあった。

高浦が時子の妊娠をおそれていることは、時子は初めから知っていた。時子自身もそれを求めなかった。妊娠はおそらく二人の暮らしの破局へつながるだろうと思っていた。お互いに口にはしなかったが、ほんとうは綱渡りのはずの二人の関係の、微妙な安定はひとえに、妊娠へ通じる心をお互いにいましめあうことに掛かっているのではないかと考えると、自足のようなものすら覚えた。時子を抱く高浦の濃やかさにも、おそれが混じっていた。しかし五年目に入った頃から、高浦は避妊の用意を嫌うようになった。これではできなくなったので、最後は自分で始末すると言う。

それにつれて夜明け頃のことはかえって長くなり、頻繁というほどではなかったが以前よりは多くなった。間際《まぎわ》までこらえて高浦が離れると、時子もせつないようになり、いましがたまではらはらして、早く離れるようにうながしていたのに、自分から腕を解いてしまったことをまたもどかしがった。おかげで出仕度の時間のほうがつまって、高浦は朝食も早々にして飛び出して行く。寝床から一度立ってさっと流すだけで、起き出してあらためてシャワーも浴びずに、人に気づかれはしないかしら、と見送った時子も、後片づけを済ませるとけだるいようになり、そのまま出かける日もあった。仕事の最中に、それまではまれに朝方のことが思い出されて、あれは誰なの、と怪しんだものだが、今ではふいに周囲の人の声が耳に遠くなり、逃げるような、さらに迫るような男の感触が肌に甦《よみがえ》って、その間合いを秘密でも探る心で測っている。精の臭《にお》いを初めて知ったと思った。高浦をすこしも憎んでいなかったが、恨みの静まりに似ていた。

一生の縁にしたいと言っていたのにあれから一年近くも声をかけて来ない、一周忌の案内も寄越さない高浦の娘の顔が浮かんで、あなたの父親を殺したのは、あなたの勘づいていたとおり、わたしだったのかもしれない、と時子は答えていた。それとも、高浦の思った、わたしの、ありもしない息子だったのかしら、とつぶやき捨てて、寄るつもりもなかった病院のほうへ角を折れた。

育っていれば何歳《いくつ》になる、と高浦が寝言のように洩《も》らしたのは、事故の起こる一年ほど前のことになる。曇った冬の夜がようやく明けてきた。長いこと交わった後だった。高浦はからだを流しにも立たなかった。そろそろ三十になるのではないかしら、と時子もつられて頭の内で数えて眠りの中へひきこまれそうになり、いや、そんなわけはない、三十はとうに越しているはずだわ、娘さんの兄になるのだから、とまた数え直して睡気《ねむけ》が落ちた。高浦の初めの子が男の子で死産だったことは、ここに来る前に高浦から話されていた。たった一度聞いただけなのに、その時の高浦の年を覚えていて、とっさに間違えはしたけれど、人の死んだ子の年をなりかわって数えた。執念深いような気がして時子は自分で怖気《おぞけ》をふるい、育っていれば、わたしたち、こうして一緒に暮らしていないわ、と冷えた声で答えると、一緒に暮らしてはいない、と高浦は受けた。そこから、高浦の言うことは、目を大きく見ひらいているのに、おかしな方向へ逸《そ》れた。

ここで抱かれてもよいと思った時子の、その時の子が何処かで、人に引き取られて育っていれば、母親のことを思う年になっているはずだ、伝《つて》をたどってたずねて来るかもしれない、と言う。いま何歳になるだろうか、と初めの問いに戻った。無かった事は数えようがない、と時子が呆れていると、時子は何歳だった、と重ねてたずねる。天井へ眼を剝《む》いた。不意にけおされて、つきあっていたのは十六から十七の歳《とし》でしたけど、と時子が神妙なように答えると、それでは十四になるな、と自分で数えてうなずいた。天井へ向かって幾度かうなずいていた。まるで自身に因果をふくめるふうに見えた。その面相に時子はようやく怯えて、しっかりして、と頭を起こしかけると、その頰を叩《たた》くような間合いで、枕《まくら》もとから目覚時計が鳴り出した。こんな不吉な音を、毎朝、立てていたのだ、と時子はすくんだ。高浦はいつものように腕を伸ばして音を停めてくれない。どうしたことかしら、と戸惑ううちに、高浦の右手をきつく摑《つか》んでいましめている自分に気がついた。脚までからめている。思わず腰を逃がすと、さそわれて高浦はこちらへ向きなおり、髪を被《かぶ》った時子の顔を忿怒《ふんぬ》のような眼で眺めて、荒く抱き寄せかけたがふっとアラームを停めた。起き出して、その足ですぐに出仕度にかかった。

外は雨になっていた。あの日、高浦はいつもより半時間も早く出かけなくてはならなかった。仕事のことは普段から話さなかったが、昨夜は夜半過ぎに戻って、仕事の関係先とむずかしい間違いが起こって明日はまた朝から駆け回らなくてはならないので都心のホテルに泊ろうと思ったけれど、休まりそうにもないので帰って来た、と言っていた。遅れて寝間から、怯えの色のまだ残っていたはずの顔で出て来た時子をゆるく長目に抱き締めて、あとは何も言わなかった。時子もたずねなかった。朝から電灯をつけるのは取りこみ中のようで嫌だと高浦が同棲の初め頃に言ったので、雨の朝の暗いままの食卓で二人はそそくさと朝食を摂った。時間に追われているにしては高浦はよく食べた。出かける高浦を時子は寝間着にガウンの恰好《かっこう》だったので戸口から顔だけ出して、エレヴェーターホールの角に姿の消えるまで見送った。背すじが伸びて壮健な足取りだった。振り向かなかったことに時子は安心した。しかし扉が締まって暗くなったとたんに、あれだけのアラームの音が耳に聞こえていなかった、と扉のほうに向かってしゃがみこんでしまった。高浦がからだを離す間際に精をすこし中に漏らしたことに、気がついていた。早く風呂場へ行って流さなくてはならないと思いながら、膝《ひざ》がきつく合わさって、しばらく立ちあがれずにいた。

すぐあの夜に事故が起こったように、間のまる一年が飛んで、思われることが時子には近頃ある。あの日から三日間、高浦は家に帰らなかった。まずその午後のもう四時過ぎに時子の仕事先に高浦から電話があり、これから博多まで飛ぶことになったので、とてもじゃないが今夜家には帰れないと知らせた。電話を置いてから、とてもじゃないがという言い方がおかしくて時子は一人で笑った。いま高浦を囲む雰囲気が伝わるようだった。翌日にもその翌日にも電話があり、事がこじれて足留めをくらっている、とこぼした。下着はこちらで買ったと言うのでまだ何日かは帰れないものと思っているとまた翌日の土曜の午後、時子がそろそろまた一人の夕食の仕度を考えている頃に、ふらりと空港の土産を提げて現われ、だいぶ疲れているようだったが、わざと憔悴《しょうすい》しきった顔をつくって見せ、まるでほつき歩いた犬が痩《や》せこけて帰って来たようだろうと笑った。買った下着は封も切らずに鞄《かばん》の中へ押しこまれていた。わずかな隙《すき》を見て逃げて来た、と言った。

無事が続いた。高浦は老《ふ》けたと見えて若返った。同棲の初めの一年が最後に来たようにも、後になって時子には思われる。暮らし始めた頃には、寝足りて目を覚ますと、高浦がそばで起きあがり、また一日が始まるというような、淡白な安息の繰り返しであったのに、五年も経《た》って高浦は日を置かず、夜明け頃に求めるようになった。射精をこらえて縋《すが》る高浦の、時子は背をゆるくつつんで、宥《なだ》めながら、からだがどこまでもひろがる。その中をときおり、育っていれば三十をとうに過ぎるはずの高浦の息子の、遠い影が渡っていく。野のようにひろいからだだった。しかし高浦を送り出して一人になり、浴室に入ってそのからだを流すうちに、冷い水を注ぎかける慎重な手に、むごいような眼を感じて、同じ手が、息を詰めた男の背を、いましめるようで強く締めつけ、爪《つめ》まで立てていたのを思った。

ある朝、いつもより早く身を引き剝《は》がした高浦が荒い息の下から、じつは息子がやって来るのを見た、迷いながらすぐそこの角まで来ていた、と口走った。それが死んだ子ではなくて、まだ生まれていない子だった、時子の子だ、やはり男の子だ、生まれてもいない子が成人しているのは、それは俺がとうに、死んでいるからだ、しかし死んだ者にどうしてそれが見える、と呻《うめ》くようにした。怯えるより前に時子は高浦の肩口に顔を埋めた。何でもいいから、何もかも、わたしの中へ入れてしまって、と涙をこぼして訴えていた。わたしが、かかえます、と言った。六年の間に、まともに射精を受けたのは、あれが一度限りだった。十日もしないうちに生理があって、無事は続いた。

病院の裏手へ回りこんで、高浦の病室が木の間からのぞくところで時子は立ち停まり、まる五日も、からだを伸ばしもせずに、泊りこんだのだと見あげた。病人のベッドから椅子《いす》を離して腰をかけ、ベッドの端に顔を伏せてやすんだ。不自由な恰好のようで、腰から背がやわらかになって、苦しさもなかった。そうやってまどろんでいると、二月の夜明け近くに、廊下をひっそりと歩く足音がして、やがて一人二人とあちこちの病室から合流して、ひそめた声からすると男たちの群れが遠ざかるのを、百鬼夜行が朝になって帰って行くように聞いて、百鬼夜行も足音からすると気のやさしいものだとまだ夢うつつに耳で追ううちに、足音がぱったり絶えて、自分が妊娠しているような体感で眠っていたことに驚く。後で知ったことに、あれは六時になるのを待ちかねて、地階の喫煙室へ急ぐ男たちの足音だった。

わたしではなくて、あの病室が母親だったの、と窓に向かって念を押すようにして時子は病院を離れた。さしあたり見当をなくして、行きあたりに道を取り角を折れると、先のほうで両側から、昔の屋敷の名残りのようで、樫《かし》か椎《しい》か、常緑樹の枝が道の上へさしかかり、その暮れかけた蔭《かげ》の中へちょうど、背の高い青年の姿が入った。こちらへ向かって来る。もう三月も見ないうちにひときわいかつい体格になり、太い両腕をだらりとさげ、ゆっくりと足を運んで、逃げ道を失った時子のすぐ前まで来ながら、眼が据わったきり深く澄んで、時子にも気がつかずにすれ違った。いまここで抱かれてもいいと思ったと時子が高浦の腕の中で口走ったのは、あの日の辻のことだった、と時子が立ちすくみかけると、見も知らぬ青年が木の蔭の中を抜けて来て、急にいかついようになり、眼を遠くへ向けたまま通り過ぎるかと思ったら時子の前で足を停め、母親が死んだので、長い病院通いだったので、行くところもなくなったと訴えた。

言われて見れば病院で幾度も見かけた顔の覚えがあり、時子も自分から胸を向けて、母親の病気のことをたずねていた。

役

トキノケという言葉を、花里は幼い頃から父方の祖母に聞かされていた。伝染病のことだと教えられた。時行とも言うことを後年になり物の本で読んで、トキの意味がようやくわかった。祖母の口に出る言葉の響きからとうに悟っていたようにも思われた。

花が盛りをまわって風に散ると、花びらに乗ってトキノケも四方八方へ飛ぶので、その悪い気を鎮《しず》めるために祭りをしたものだ、と祖母は話した。この家の苗字《みょうじ》もそれと縁のないことではない、と言った。

襖《ふすま》を閉《た》てた部屋に香を焚《た》き染《し》める。衣桁《いこう》と屏風《びょうぶ》にそれぞれ紅《あか》い着物を掛ける。人の出入りする隅には紅い暖簾《のれん》がさがる。床に就く子供は紅い寝間着を着せられる。蒲団《ふとん》も紅い。看病する女は、家族ではなくて、やはり紅い物を着ている。その光景を花里は四十の厄年に入って初めて罹《かか》ったインフルエンザの高熱にうなされて、まのあたりにした。しばらくは、自身、紅色に囲まれ紅色に包まれ、病床に臥《ふ》す小児だった。これもすべて祖母から聞いた話である。

話の中の子供は疱瘡《ほうそう》を病んでいる。疱瘡の毒は紅なので、紅い色がまた毒を鎮めるのだ、と祖母は話した。悪い臭《にお》いは、毒がそれに感じてさかんに起こるので、とりわけ禁物だと言う。厠《かわや》の臭い、男の汗の臭い、女の月のもの。それで香を焚く。ところが部屋中に焚き染めると、その底から悪い臭いが、とりわけ厠の臭いが遠くからでも毛物のように這《は》い寄ってくる。

なぜ、祖母は五歳の幼児に、しかも母親を結核で亡《な》くしたばかりの子に、そんな話をしたのだろう。子供の記憶に後年まで残ったところでは、しばしば話したものと見える。あるいは、その話になると、子供が吸いこまれるように聞いていたのか。添寝の床の中のことだった。母親を亡くして冬になり、子供は祖母のからだにぴったりと貼《は》りついていた。短い脚を膝《ひざ》に絡《から》ませて、顔まで胸に押しつけると、祖母は襦袢《じゅばん》の前を押し分けてくれた。ふくよかな肌だった。耳もとで話す声も甘かった。眼をあげて見ると、老女の顔がある。中年にかかって花里は思い出すたびに当時の祖母の年を数えては驚いた。いくら数えなおして見ても、還暦までにはまだ間がある。しかし立居の姿を見るかぎり、すっかり老女だった。

今では黴菌《ばいきん》の仕業ということになって、種痘《しゆとう》で退治られたようだが、昔は胎毒が本《もと》とされていた、と話した。疱瘡のことも天然痘のことも子供は知らず、ただ祖母の話から、顔も胸も手足も紅くなる病気と思っていた。まして胎毒のことは知るわけもなく、その言葉をもっぱら音として聞いて、祖母が寝床で話すことなら何でも、わからないままに、口調から得心していた。ある夜、子供がたずねたらしく、祖母は子供の背をしばらく黙ってさするうちに、男と女と、と言った。男と女の内にはそれぞれ火がひそんでいて、その火がお互いにあまり烈《はげ》しく燃えさかると、ほれ、紫色になった煙の臭いを知っているだろう、煮つまった毒を後に遺《のこ》して、それが赤ん坊に伝わるのだよ、と教えた。生まれて来たからには、誰でもそうなんだから、気に病むことはない、と取りなした。

お前の母親は、病気にこそおかされはしたけれど、それは心も血も綺麗《きれい》な人だった、と子供を抱き寄せた。でもお前は父親の子でもあるし、わたしの孫だから、と言って口をつぐんだ。

抱き締められながら祖母の眼を下からのぞいていた花里はその後、この厄年に流感で倒れるまで、病気らしい病気もせずに来た。その流感にも発熱するまで気がつかずにいた。夜の更《ふ》けがけに家の最寄りの駅の改札口を出て、踏切りを渡って商店街を抜けたところで、通い馴《な》れた道がにわかに遠くなった。いくら歩いても、同じ角へ通りかかる、と一人で大まじめにこぼした時には、もう熱にうかされていたようだった。これではいつまでも家にたどり着けない、と思ううちにいつの間にか着いたエレヴェーターの前を、近寄ってボタンを押すのも大儀で、足の向くままに階段をのぼりだした。わずか三階の高さでも、これはもう生涯、段が尽きそうにもない、と膝の抜けるようなだるさに呻《うめ》いたのは、家の寝床の内からだった。

紅い物を着た男が枕《まくら》もとに坐《すわ》っている。たしか、帰りの電車の中で見かけた顔だ。途中の駅から乗りこんで来て、くたびれたコートを着ていたはずだが、客たちの顔に息を吹きつけてまわった。誰もそれに気がつかない。花里の近くまで来て、花里が顔をそむけると、懐《ふところ》から手帖《てちょう》のようなものを取り出して繰っていたが、何事もなく通り過ぎた。いつ紅い衣のようなものに着がえてここまで後をつけて来たものやら、ただ坐りこまれているだけなのに、頭が割れるように痛む。場違いを咎《とが》めようともせず、俺はそんな、呼び出しを受けるような者ではないんだよ、と弁解がましいことを思ったのも情ない。腰まで疼《うず》き出した。疼きはどうかすると膝から足の先まで走る。しかしそれにも構まっていられないほどに全身がだるい。火照《ほて》りに火照って汗も出ないので、水の中へまるごと放りこんでくれ、と叫びたくなったかと思うと、悪寒《おかん》が肌に張る。

天と地の間に悪い気が満ちわたるのだよ、と祖母は話した。寒いと感じられるのはじつは火で、熱いと感じられるのはじつは寒の気で、火も寒の気も一緒の毒なのだ、と言った。陰と陽の和合が過ぎたり足りなかったりでやぶれると、その毒が空中に昇って、普段でもすこしずつひそんでいるのが、人の行ないがあまり道を踏みはずすと、一度にふくらんで、からだの内の毒もそれに感じて暴れ出すのだ、と言った。ある暮れ方に見知らぬ人が村から村へまわって、昔この辺で労役と呼んで、家ごとに堤の工事などに駆り立てる、その札のようなものを、目には見えないのだけれど、貼って歩くと、三日もして、そこらじゅうで人が寝つく、と。

それは誰なの、と子供はたずねた。疫病神《やくびょうがみ》の手下さ、と祖母は答えた。その疫病の疫と、労役の役が今になり、熱にうなされた中で結びついた。いや、そうでもないか、と花里は思い返した。兵役という言葉を子供の頃に耳にするたびに、自分の生まれる四年も前に終った戦争が、祖母の話す疫病のようなものとして浮かんでいた。最寄りの地方都市を焼き払ったという空襲も子供の想像の中で、空が疫病のように紅かった。

その兵役から戻って花里をこしらえた父親も、母親の命が今日明日に迫った頃には、まるで疫病の土地から逃れて来た人間のように、顔は蒼黒《あおぐろ》く、眼は落ち窪《くぼ》んで、どこかはずれたところを見ていた。役という言葉は、世間に出ていれば、目からも耳からも避けられるものでない。まして二十年近くの会社勤めの身には、馴れに馴れた言葉のひとつである。「疫病」ということに、花里には実際の体験はない。それにたいする感覚もないも同然と思われる。それにしてもたかが風邪の高熱にうかされただけで、役と疫が結びついて、ひとつに重なるといかにも不吉らしい、口調のようなものをふくむのは、疫はいざ知らず、役という言葉は日頃から自分にとって無意識のうちに鬼門の方角であったか、それとも、口調と感じられるからには、役だか疫だか、祖母は花里の家にかかわりがないでもない話を仔細《しさい》に語って聞かせたのに、自分は紅い部屋や男女の火のことしか思い出せないのではないか、と考えようとすると、頭があらためて疼き出す。疼きは太い脈を搏《う》ちながら、頭よりも大きくなる。

朝になり、寝床に起き直った。熱が引いて全身が透明に感じられた。会社へ出るつもりだった。ところが立ち上がろうとすると、膝に力が入らず、尻《しり》からもろに落ちた。姿勢を取繕おうとあせって、蒲団の上を這いまわるかたちになった。足蹴《あしげ》に怯《おび》えて逃げ惑うのにも似ていた。寝間の戸口から妻が見ていて、これではとても無理だわね、と首をかしげた。

子供たちは何処《どこ》へ行った、とまた起き直ってたずねたのは、ひとりでに仰向けに返されてしばらく眠った後だった。学校へ行きましたよ、と妻は答えた。とうに九時を回っているという。そう言えば廊下をばたばたと駆けて行く小さな足音を寝床から耳にして、表に何かめずらしいものでもやって来たのか、変なものに近づくのではないぞ、と思った覚えがある。昨夜、俺は、無事に戻ったか、とそれからいきなりたずねていた。無事に帰ったので、ここで寝ているのでしょう、と妻は笑った。

昨夜は玄関のところで子供たちとしばらく戯《たわむ》れていたという。それから、素饂飩《すうどん》みたいなものが喰いたいと言って寝間に入ったので、妻が仕度にかかるうちに、いつのまにか自分で蒲団を敷いて寝ていた。顔が赤くて額にさわると熱い。体温計をあてさせると三十九度近くあった。解熱剤《げねつざい》を持って来たが、薬は呑《の》まない、寝れば治る、と水だけ呑んで、もう二杯おかわりさせて、さて、饂飩を喰いに行くぞ、と気合いをつけたなり眠ってしまった。

それが夜中になり、妻がまた様子を見に来て枕もとに坐ると、大きな眼をひらいて、声をひそめ、いいか、子供たちを絶対に、近づけさせるな、お前も部屋に入らないようにしろ、枕もとに水だけ置いて、戸も閉てておけ、といかめしい顔で命令する。あとは俺が見るから、と熱で粘る口の中で言ったように聞こえたが、確める間もなく、眼を薄くつぶって寝息を立てていた。その最後の譫言《うわごと》らしいのが気にかかって、朝まで幾度か部屋をのぞくたびに、変らず昏々《こんこん》と眠っているのに枕もとの水差しの、水が減っているのを、誰かが来ているような変な気持で見たという。

粥《かゆ》をこしらえさせて、起きて食べに行こうとは思ったが、いましがた手洗いに立った時の足腰に締まりがなく、息切れさえして、まして固い椅子《いす》に腰かけていれば悪寒が戻って来そうで、寝床に坐ったまま啜《すす》ることになった。米の粥の味が濃厚に感じられた。臭いも濃厚で腹の底から飢餓感を、まるで吐気のように、拒絶の反応のように誘い出す。体力が負けている。それでも縋《すが》りつくようにして啜っていた。ひさしぶりに物を喰っている気持がした。ひと口啜っては、ようやく喉《のど》を通って胃の腑《ふ》に落ちるのを量っていた。長い道だった。遠い記憶の道のようにも感じられた。腹に入るほどに衰弱がまさっていく。気がつくと背をまるめこんで、左手に空の椀《わん》を、右手に箸《はし》を宙に浮かせたまま、首を長く垂れていた。呆《あき》れた妻が横合いから椀と箸を引き取って行った。罪人が飯を恵まれたら、こんなものか、と両手を膝について泣くような恰好《かっこう》になった。

昼間には熱が出ない。ひたすらだるくて、これでどうして寝ていられるのだと苦しみながら、終日まどろんで過ごした。夢に自分のいない職場を見た。そこまで行く道を、考えていた。それが、通い馴れた道であるのに、どうしてもたどり着けない。行くほどに不可解な辻《つじ》にかかり、駅の見当もつかなくなり、どこまで迷ったら済むのか、と絶望して目を覚まし、なぜ、こんなことを、考えなくてはならないのかと呆れてまただるさに苦しんだ。

またまどろむうちに、思いがけず人の厄介になってしまったが、日の暮れには足もしっかりしてくることだろうから出て行かなくてはならない、しかし、ここはどこだろう、と考えている。あの女と交わって子供を二人もこしらえたところではないか、と驚いた。ずいぶん昔のことに思われた。別の土地、別の家でのことであった気もしてきて、となるとあの女はどうしていまここにいるのだろう、と訝《いぶか》った。奇遇に泣いて交わって、子供ができたのは、昨夜のことだったか、と時間が混乱を来たして、子供の年を数えればわかることだと思い、しかし数えようにも、どこから数えたものか、その起点が知れないともどかしがり、つぎからつぎへ妙な方角へ引きまわされたあげくに、今度は足のだるさが先に来て目が覚めかかり、子供たちも学校へ通うようになったので、そろそろ、遠くてもいいからもうすこし広いところへ越さなくては、と妻と話したのがつい先日だったことを思い出した。夜中にこちらの部屋に通うことに、子供たちは気がついているのよ、と妻は言った。

子供たちは父親の、じつは本人の意識にはなかった命令を守らされて部屋には入って来なかったが、母親が世話をしに入る隙《すき》に戸口から首だけ出して、父親の寝込んでいるのが面白いらしく、足をばたばたさせて喜んだ。父親が手洗いにのそのそと出て来る時にも、近寄りはしなかったが、変な物を見てちょっとすくむような仕種《しぐさ》から、身をくねらせて笑った。

日の暮れから、戸外の物の音が耳につらくこたえて、熱が出てきた。どこかで薪《まき》を割る音かと聞いていたが、耳をやれば百米《メートル》ほど先の幹線道路の騒音が寄せるばかりで、頭も疼き出した。夜更けに三十八度を超えたところで妻は解熱剤を呑ませて、明日もう一日、無理なことはしないで大事を取りましょう、と申し渡した。妻の出て行った後の枕もとには水差しのほかに、市販の病人食か栄養食のようなものが色とりどりに並んでいた。手も出なかったが、食べ物の力に頭から惹《ひ》かれるようだった。俺は朝からもう何も食べなくなっているのだろうか、と考えるうちに薬が効いてきたようで汗が出て、眠りこんだ。眠りが浅くなるたびに耳もとで声が、祖母の声がひしひしと話している。ひとつながりの長い話を聞いているのだが、言葉はひと言も聞き取れない。子供は哀れな話と感じて熱心に耳を傾けているらしい。枕もとの食べ物の力がこの耳を塞《ふさ》いでいるのだ、とそんなことを思った。窓が白らみかける頃に、花里のムトヒコという奇妙な名前が頭に遺った。

翌朝の寝覚めは爽《さわ》やかだった。飯の炊《た》ける匂《にお》いがしていた。頭にも足腰にも痼《しこ》るものがなくて、寝床の上にすっきりと起き直れたので、おい、出かけるぞ、と声をかけると、もう十時になります、と水を流す音の中から声が返ってきた。時間のことを言われて、とっさに罪悪感のようなものが動いた。手洗いに立ったついでに、午前の陽の差す居間に入ろうとすると、寝間に追い返され、粥の膳《ぜん》が床に運ばれた。

粥も楽に喉を通った。これにくらべれば昨日は食道も胃もよほど収縮していた。椀に二杯も食べて息をつき、物さえ喰えればこっちのものだ、ところで、俺は昨日、昼と夜は喰ったのか、とたずねた。どちらも椀に半分ほど食べたところで箸を置いて横になってしまったという。じつは一昨日の夜は、冗談でなくて、帰って来た覚えがはっきりしないのだ、と打ち明けた。昨日も、あらかた眠っていたせいもあるけれど、時間がだいぶ飛んでいた、場所も飛んでいた、とついでに話すと、言うことははっきりしていたけれど、と妻はあまり真に受けてない声で答えたが、俺みたいな者は治るのも速い、と誇る顔を横から、膳をさげながらしげしげと見ていた。

また一日寝ることになり、午後から咳《せき》が出はじめた。鼻水もさかんで、枕もとにティシュの箱と屑籠《くずかご》が置かれた。咳はときおり激しくなり、つれて腰の疼くのがたまらず、寝床に起き直った。おさまったあともしばらくそのまま、背をまるめて喘《あえ》いでいると、朝方に妻に横から眺められたその顔が自分で見えてくる。眼は落ち窪んで、頤《あご》が尖《とが》っている。頬骨もけわしく突き出た。わずか二日ばかりの間にこれほど痩《や》せるわけがない。しかし手を置いた膝《ひざ》も骨と皮ばかりに感じられた。

じつは一昨日の夜に発熱した時が頂点で、ひょっとして危機であって、そのもう何日も前からおかされていたのではないか、と考えた。思いあたる節はないが、そうだとすれば悪い菌を撒《ま》き散らしてまわっていたことになる。そういう厄病神は、見る人が見れば、額に印のようなものが刻まれていて、わかるものだろうか。今頃はあちこちで人が寝ついて熱にうなされ、そう言えばあの時あの男が近づいたのが、と呪《のろ》っているかもしれない。まして、抱き寄せたりした子供たちが心配だ。妻も何日か前の夜中にこちらの部屋に来ている。妻は今朝方になって何かを感じたらしく、今日は子供たちが部屋に近寄らないばかりか廊下を歩くにも足音をひそめている。肺病の重《おも》った母親の病室から遠ざけられていた日のことが、その部屋の手前の、鉤《かぎ》の手に折れて黒光りする廊下となって浮かんだ。亡《な》くなる何日か前に許されて病室に入ると、母親は子供の顔を見て、すまないと手を合わせたきり、ただ涙を流していた。

咳き疲れては眠り、眠っては咳きこんで起き直るということを日の暮れるまで繰り返した。まだ半分眠りながら弱い咳を自分で耳にしていると、空屋からひとり立つ陰気な響きに聞こえた。ここから越すことに夫婦の気持が決まってから、十何年来の住まいの端々がどうかするとすでに暮らした跡のように見えることがあった。閉めきった部屋の中でもう力尽きたような声で咳いていると、家の内がさらにひと気なく、ひろく感じられた。

暗くなるにつれて咳きこみは間遠になり、電灯を点《つ》けに入って来た妻が表は雨になっているとおしえた頃には、よほどおさまっていた。発熱の気配はなかった。夕食にはもう一度粥をたのんだが、梅干を嘗《な》める舌に食欲が戻っていた。寝床に坐って粥を喰う間、細目に開いていた戸の隙間から子供たちの眼がのぞいて、父親が振り向くと、キャッキャッと笑って逃げた。お互いに物を言いかけるのを慎しむように、同じ戯れをあきもせずに繰り返していた。眠る前には妻に、とんだ鬼の霍乱《かくらん》だったな、普段丈夫で鈍感な者はちょっとした病気にも意気地がなくていけない、と済んだこととして話していた。しかしひと寝入りして、紅《あか》いものにうなされた。

耳もとでまた祖母が話している。長閑《のどか》な語り口だが、言葉はやはり一向に聞き取れない。花里のムトヒコと呼ぶのが節々で耳についた。その名前がどうにも呑みこめずに苦しむうちに、家の表を大勢の男たちの走る気配がして、遠くで半鐘が鳴っているようで、聞き耳を立てていた祖母の血相が急に変わり、ムトヒコ、ムトウヒコと叫んで、早く逃げろ、ああ、もう逃げられないか、むごや、と呻《うめ》いて子供の首に手をかけてきた。逃げるその肩口を、妻が摑《つか》んで揺すっていた。さあ仕度をして、救急車を呼びますから、とうながした。

救急車だけはやめてくれ、と花里は自分から起きあがり、枕《まくら》もとに用意されたものにすぐに着替えた。

表は大雨になっていた。ズボンにベルトを通して締めたとたんに足腰が定まって、まるで人の大事に駆けつける顔つきになった、と妻は後で話した。妻がもう一度子供の様子を見るうちに玄関口に出て、エレヴェーターを待たずに三階の階段を駆け降り、道路端に仁王立ちになって雨脚を睨《にら》みまわし、最初に通りかかった車を腕のひと振りで停めた。追いついた妻に子供たちのところへ戻れと命令し、どこへ行くつもりなのとたずねられて、それでは案内しろ、と先に車の中へ押しこんだ。

こんなところに住んでいたのか、と車の中ではつぶやいていたという。

救急病院ではインフルエンザとあっさり診断された。来るならもっと早く三日も前に来なくてはいけない、と医者はまるで手遅れのようなことを言って、だいぶの降りになったようなので流感もひとまずおさまるだろう、と外へ耳を遣《や》るようにしているので、大げさな駆けこみとして追い返されるものと思ったら、処置室という札のさがった部屋のベッドに寝かされ、生まれて初めての点滴を受けることになった。

右腕を取られて、これは何とも、所在ないものだ、と思った。何のための部屋かは知らないが、ベッドが四台並んで、奥のベッドでやはり点滴を受ける男が息もないように見えた。部屋の片側はカーテンで仕切られ、入る時には廊下でしばらく待つうちに呼ばれたが、点滴の世話をする看護婦はカーテンを分けて出入りしていたところでは、むこうは診察室であるらしく、さっきは深夜閑散としていたのに、今では人があわただしく出入りしている。救急車がしきりに着くようだった。死体収容所、モルグというものは本来このような、忙しい人の動きから板壁一枚隔てられた所ではないのか、と考えるうちに、昔、トキノケに取られた者は、村のはずれの小屋に置かれたことがあったそうな、と祖母の声がした。

以前に同じ病いに罹《かか》った者がいて承知すれば病人の傍について世話もするが、そんな者がいなければ、家の年寄りが毎朝、空気が清浄なうちに、風上のほうへまわって小屋に近づき、食べ物やら何やらをすこし離れたところに置いて、名を呼んで、また風上にまわって帰って来る。這《は》う力のある病人はそこまで這って出る。鳥や獣に食べ物を取られるままにして、とうとう出て来ない者もある。食べ物のところまで這い出して息絶えているのもある。水は小屋の裏戸のすぐそばに据えた瓶に筧《かけい》から落ちる仕掛けになっている。瓶には柄杓《ひしゃく》がついている。お薬師さまからさげた柄杓だ。筧は裏山の泉から引く。そこの泉は普段、誰も汲《く》まない。

もう死んだと思われた者がある朝、長い眠りから覚めたように、どこからどう見ても元気になって一人で帰って来ることもある。気味は悪くもあるが、何やら光り輝くようで、実際に以前よりも賢いようで、誰も文句は言わない。かと思えば、病気の徴《しるし》もすっかり落ちたので連れて戻ったはいいが、腑抜けになったのもいる。

しかし村中が病んだら、小屋が一杯になるどころでは済まないと、そう思うだろう、と祖母はたずねた。そういう時には小屋は空っぽ、一人の病人もいないという。初めの病人が出たか出ないかのうちに病いがひろまってしまっては、病人を小屋へ送っても、どうにもならない。家ごとが病人小屋のようになり、明日も知れぬ病人と一緒に、明日は我身かと待っている。夜には声も立てぬ野辺送りが表を行く。殊《こと》に哀れなのは身重の女たちだ。母も子もたいてい助からない。乳呑子《ちのみご》も助からない。その年の生まれの者が後に一人もいなくなることもある。流行《はやり》が過ぎれば、結局はそう大勢の人間が死んだわけでない、と人は思うものだが、その盛りには、このままもう三日も重なれば、近郷に人が絶えると、そう人が一斉に感じる、境がある。

それまでは家にこもりがちにしていた者たちがある日を境に、男も女も、老いも若きも、ぞろぞろと表に出て来る。用もないのに村中を歩きまわり、あちこちで熱心に話しこむ。暗い話をしながら、声がはしゃいでくる。冗談も飛びかう。羽目をはずして喋《しゃべ》る者もいる。若い衆は三人五人と組んで、何やら勢いこんでのし歩く。女たちの側《そば》を通りかかると、卑猥《ひわい》なことを言いかける。女たちは顔を伏せもせず高笑いする。負けずの言葉で応酬する女もいる。いましがたまで涙を流していた年寄りたちも一緒になって笑っている。きびしく戒められていた子供たちが群れをなして走りまわる。辻のあたりはやがて縁日のような雰囲気になる。皆、剝《む》き出しの、ふてぶてしいような顔をしている。

その中から祭りの陽気な音頭のように、これは、一体、何の祟《たた》りだ、と叫びがあがる。誰が何をしたので、あたり一帯、この厄災だ、と渡す声がある。邪気の元を探せ、と別の声があおる。どこの誰だ、どこで道を踏みはずした、旅の客を殺したか、と叫びが人から人へ伝わり、それにつれて一同の雰囲気がけわしくなり、いまにもどこぞへ押しかけそうな威勢になる。むやみに叫ぶのは男衆だが、黙っている女たちのほうが、眼が据わってくる。しかし押しかけようにも、思いあたる節もない。怪しい人物もいない。誰も同じような生まれ育ち、どの家も似たり寄ったりの来歴、いや、来歴というほどのものもない。かりに張本人が見つかったとしても、真っ先に罰を受けて死んでいれば、手の出しようもない。生きていたとしても、いずれ無事息災ではあるまいから、別にどう償わせる。忿懣《ふんまん》やる方なく男たちはてんでにざわめき出し、人の言葉尻《ことばじり》を捕まえて諍《いさか》いがあちこちで始まる。女たちはまるで厄災の元をひそかに知っているかのように、それぞれ白い眼をほどかない。女たちまでが騒ぎ出したら始末に負えないと知っている様子の長老が頃合いを見て、ここまで来たらもう誰のせいでもない、人間、誰しも罰当たりなのだ、すべて神仏に先刻まかせてあるので、滅多なことに走らぬがよい、とたしなめる。誰しも、親たちがあんな罰当たりなことをして、生まれて来たのだから、とお調子者がまぜかえす。

日が暮れると人はさすがに家にひっこむ。夜には殊に邪気がさかんになると言われた。切りつめた夕飯を済ますと、昼間に騒いだその分だけ、身も心も沈む。人中で口走った詛《のろ》いが我身に返っていまにも紅い腫《は》れ物となって表われそうで、そらおそろしい。あの空騒ぎは何だったのですか、ほんとうに何も知らずに叫んでいたのですか、と咎《とが》めるような目色を女たちは残している。そこへ夜が更《ふ》けて、寝ていることに堪えられなくなった病人が表を走りまわる。たいていは、俺はどこも悪くない、毒にも穢《けが》れにも一切触れたことがない、と濡《ぬ》れ衣《ぎぬ》でも着せられたようなことを訴える。いよいよいけなくなったかと人は聞いているが、それを境に病いがぱったり落ちることもあり、夜の邪気が身中の毒を吸い尽したのだと説明された。

しかし中には、祟りの元はこの俺だ、と叫んで走る者もいる。この徴を見ろ、俺が何をしたか、話してやろうか、聞いただけで皆、息絶えるぞ、と大声で触れてまわる。破れかぶれの譫言《うわごと》にしても、誰がお前のような者をそんな大した、魔物と思うものか、と人はあわれんで聞いている。話してやろうかとおどしても、後が続かない。話すことなど何もありはしないのだ。しかし滅多なことを叫ぶと本当になることもあるので恐《こわ》い、と男たちは昼間は自分で叫んでいたのに眉《まゆ》をひそめる。病人の家の者たちは捕まえかねておろおろとついて走る。誰も手を貸さない。

村のはずれまで遠ざかると、声は天から降るようになる。地のあちこちからそれに答えて長い叫びがあがる。やがて辻のあたりに風の唸《うな》りが起こって、見も知らぬ男が杖《つえ》を立てて到着を触れる。寝床から青く澄んだ眼をして耳を遣っている女を、男がその眼を塞《ふさ》ぎたいばかりに、この悪疫の時に、抱きにかかる。女はされるままになっている。眼はつぶるが、耳は遠くへあずけている。男はすぐに撥《は》ね返されたように離れる。子安さまが怒っている、と呻く。

三日ほどは村中また、人が絶えたふうになる。宵には野辺送りの音がして、それも静まる夜更けに病人が表を走る。祟りの元は自分だ、と誰もが叫ぶようになる。同じ病人が連夜家を飛び出すとは考えられないのに、同じ姿を人は思い浮かべている。そして正気に名乗り出る者があらわれる。いや、ことさら名乗りもしない。叫びもしない。事の因縁を語ろうともしない。病いの徴が出ているようにも見えないのに、ある朝、自分から家を出て病人の小屋へ移る。

悪い噂《うわさ》の立つような人物ではない。年の頃は四十、そろそろ村の重立った役に就く。人の信望も篤《あつ》い。疫病の最中にも病人の家のためにできるかぎりのことは尽した。神社への祈願にも長老たちについて加わった。それにつけても、その一段と清らな姿が、村人には頼もしく感じられた。村人の騒ぎ出す時には長老の声を待って真っ先に間に入り、それは神仏のはからうことだ、人間の分ではない、と説いてまわった。あの人がいなければ、われわれはどこに走るか、わからなかった、と後で言う者がある。

その人物がまるで遠い労役にでも呼ばれたように発《た》って行った。旅の仕度と変わりがない。その家の者たちはよくよく因果をふくめられたようで、軒の下から控え目に見送り、表を閉めてこもった。どんな因果か知らないが、よほどのお告げがあったのだろう、と人は意外な結末に驚きながら、衆に迫られたわけでなし、それに人物が人物だけに、滅多な振舞いに出たわけでもなかろう、とつぶやきあう。その朝から、心なしか、病人たちの加減が良くなって来たように見えた。夜には叫んで走る病人もいなくなった。

疫病はじりじりとおさまっていく。死ぬ者もなくなった。女たちの眼からけわしさが引いた。それにつれて、あの人物がやはり祟りの元だった、と怪しみが得心に変わった。しかし、仏さまのような人だったのに、と惜しむ心もいまさら深くなる。いかにも道理に合わぬことだ、と呻く者がいた。いや、仏さまのような人が小屋へ行かなくてはおさまらないのだ、とさとす者もいた。

小屋の中からは日夜読経《どきよう》の声がして、病いの出るのを静かに待っている様子だと言われた。しかし誰一人として小屋の近くまでも寄った者はいない。親族の若い娘が朝早く、物を届けに小屋まで通うようだった。花でも摘みに行くような姿だった、と話す者がいた。遠目にちらりと見ただけだ。人は小屋の方角へ眼もやらず、思いもやらない。穢れを嫌うのではなくて、よけいなことを考えれば、ここまでおさまってきたものが無になるように恐れた。小屋の内ではもう死んでいるのではないか、と疑う者がいたが、これには誰もが、そんなことはない、と言い切った。死んでいれば、われわれの夜の眠りが違って来る、と言った。

いずれその風が吹けば流れていく、と年寄りは言った。二度と帰って来ない、と。

ところがある夜の女の夢に、小屋から走り出た魔物のような風体の男が家に押し入って女を抱きにかかり、その間際《まぎわ》に耳もとで、お前の腹を最後にこの村の女はむこう十二年ひとまわり産まずと定まった、とささやいた。女の悲鳴に驚いて夢のことを話させたその母親が翌朝さっそく長老の家へ駆けこんで訴えると、その夜になり長老は若い衆を呼び集め、手に手に鉈《なた》やら鎌《かま》やらを持たせ、酒をあおらせ、これは古くからの儀式だ、いいか、あくまでも儀式だぞ、と言いふくめて小屋へ差し向けた。若い衆は言われたとおり小屋のまわりを三度まわって三度気勢を挙げ、内からコトリとも音が立たないので、ほっとして引き返した。長老の前に戻って、寄せる道のはるか先のほうに女の影らしいのが走っているのを目にしたが見失った、と若い衆の頭立ったものが報告すると、長老はしばらく考えてから、大事あるまい、伝えるべきことは伝えた、と答えて一同をねぎらった。

割符

人から深刻な身上を打明けられた時には、滅多な口はさしはさむものではない。小ざかしい世間智は論外、自分の憑《たの》む体験もあてにはならない。それを承知の上なのに、ある時、相手の話を聞くうちに、話の筋道からして大事とも思われぬひとつの光景が、それだけが目に浮かんで、あまりくっきり見えるので、つい感慨めいた、まるですべてが終ったところから振り返っているような言葉を口走った。相手は不可解そうに黙りこんだ。話はそれで切れた。別れて一人になり、知りもせぬくせに余計なことを言ったものだと恥じた。恥の念は絶え絶えながら何年か続いた。それも忘れた頃になり、その人の身に不幸が起った。伝えた人は多くを話さなかったが、因果だ、と本人は言っていたそうだ、と洩《も》らした。ひさしく聞かぬ言葉だと異和感を覚えた後で、差しこんで来たのは恥よりも暗い、罪悪感のようなものだった。あの時、本人の前で自分の口走ったのは、まさにその言葉なのだ。由《よし》なきことを言い散らしたように後から悔まれたが、因果だなあ、とその一言だけだった。しかし、日頃の自分の口からはまず出ない言葉だ。

何も知らずに言ったのだ、と一人で繰り返し弁解していた。取り返しのつかぬことをした暗さは遺《のこ》った。

山本がそのことを話したのは三十代のなかばにかかる頃だった。聞いて吉沢は、罪悪感とは腑《ふ》に落ちなかったが、自身にもありそうなことに思われて、心すべき戒しめと取った。同じ年ながら何かにつけて思慮の深さを見せる山本に、日頃から一目置いていたせいもある。殊《こと》に山本は三年前の離婚の後で再婚へ踏み切ろうとしていた時期にあったので、物を思う様子だった。

再婚の祝いはごく内輪の友人の間でおこなわれたらしい。双方の親族の姿は見えず、新婦はすでに妊娠していたようだったと聞いた。その席ではなくて後に街で夫婦に出会った男が、しばらく立話をして別れてから振り返ったら、新しい細君の後姿が、とりわけ襟首のあたりが、前の細君とそっくりで、そう言えばいましがたこちらの挨拶《あいさつ》に控え目に答えていた声音も眼もともよく似ていて、うっかり差障《さしさわ》りのあることを口にはしなかったかと心配になったほどだった、亭主にはあれが見えないのか。前の細君も妊娠していて、山本の子らしい、という噂《うわさ》もあった。しかしもしもそうだったら、もっとこじれていてもいいところだ、と噂を伝えた当人もそれには首をかしげていた。吉沢の知る限り、山本は女性関係に締まりのない男ではない、幼い男でもない。五年ばかりはお互いにたまたま疎遠《そえん》になった。

それから、春先の夜更《よふ》けの都心の繁華街で、終電のあるうちにひきあげようと駅へ足を急がせる吉沢の肩を、背後から摑《つか》む者があった。大きな手の、鷲摑《わしづか》みだった。驚くより先に、ついふた月も前に流感で一週間も寝ついた身体から、また力が吸い取られる気がしたものだ。振り返ると真っ赤な忿怒《ふんぬ》の形相があり、やがて目から笑い出して、ここで会ったが百年目、いや、その台詞《せりふ》の場面ではないな、と山本がふらりと並びかけて来た。おのずともう一軒の酒場へ寄る足になった。

店に落着くと山本はなにか濃《こま》やかに吉沢の近況と家族のことをたずねてから、こちらにも二人出来た、どちらも女の子だ、美人だ、いや、ただもうぼけっとしている、揃《そろ》いも揃って千里もあさってのことを思っている眼をしてやがる、と笑った。しかしああいう阿呆《あほう》みたいのがかえって先行き、美人になるのではないか、と他人事《ひとごと》のように声をひそめ、もしもそうなったとしたら、世の中の美人は俺にとって無用になるわけだ、かわりに美人の親として、今から世の中のことが気にかかる、とわざと深刻そうな顔をつくって見せ、たまらず噴き出した。酒はだいぶ入っているようだった。女二人の親になった自分のことを自分で散々にからかった末に、しばらく黙りこんで、大西な、あの男、と切り出した。

大西、知らないな、と吉沢が答えると、それは、知るわけはないな、と勘違いを払う手つきをしながら、いまさっき、そこでぱったり出会った、俺の顔を見ると、あわてて脇《わき》へ逸《そ》れやがった、と急に酔いの回った様子になった。吉沢に会ったのはすぐその後のことで、あの男の姿を見失ってからものの三分も歩いていなかったのではないか、だから、向かいから来た吉沢を目にした時には、人違いの繰り返しかと思われた、と言う。向かいからと言うけれど、背後《うしろ》からいきなり肩を摑んだじゃないか、殺されるかと思った、と吉沢が咎《とが》めるようにすると、やはり見えていなかったんだ、一度すれ違ってから、うむと首をかしげて、取って返した、と苦笑した。

不義理をつくられたな、と吉沢は曖昧《あいまい》に受け止めた。不義理ねえ、と山本はそれ以上のことは話さないようだった。大西とやらのことを、知りもせぬ相手の前でつい訴えるようにしたことを、山本は後々まで気に留めはしないか、と吉沢は余計なことが心配され、いや、明日になれば忘れているだろう、自分だって酔ってその場に関係もない人物を話題の中へ呼び出しておいて、ろくに気がつかなかったことが幾度もあったはずだ、とあてのない記憶を探っていると、俺は怒っていたか、と山本はたずねた。路上でのことらしい。

ああ、赤鬼だった、と吉沢は答えた。しかし男は誰でも、ひさしぶりの人間にぱったり会えば、怒ったような顔になるのではないか、酔っていればなおさら、と取りなした。俺は怒らない、と山本は妙な受け方をした。むしろ、避けられてほっとした、生まれつき怒りやすい質《たち》なので、と言った。ごく若い頃の山本を吉沢は知らない。わずかここ十何年の付合いになり、剛直なところのある男だとは感じていたが、山本の怒ったところを目にしたことはない。

怒るのは、おそろしい、と山本は言った。怒れば、どんな間違いが起るか、わからないからな、と吉沢が受けると、いや、そのことでもないのだ、と答えた。それから山本の言ったことは、吉沢には理解がつかなかった。

怒れば目が昏《くら》みもするが、俺のおそれるのは、怒ると目が見えてくる、見えなかったものが、見たくもなかったものが、見えて来そうになることだ、どうせたいしたものは見えやしないとは思うものの、と言う。理不尽さにではなくて、理に触れて湧《わ》き上がる怒りはあるようだ、と言う。俺のおそれる怒りとは外へ噴き出るのではなく内へ、底まで射《さ》しこむ光のようなものかもしれない、本人の忿懣《ふんまん》など突き抜けて、と聞いて吉沢はついて行けなくなった。黙りこんだ山本に合わせて酒の速さを上げた。

大西という男こそ、何かと言うと困りはてたような顔をするけれど、本来、怒る質だと、俺は見ている、と山本が話を継いだ時には、吉沢にも酔いが回っていた。あの男の言うことはとかく当たる、まず決まって良くない方向のことだ、それでもあの男の言ったことが頭の隅にひっかかっていたお蔭《かげ》で、まわりの昏乱《こんらん》が最小限で済んだこともしばしばあったので、人はそのたびにあの男の見る目にひそかに舌を巻くわけだが、自分で言っておきながら、事が起っていちばんあたふたするのもあの男だ、悪びれている、それでまわりは、何も考えずに口にしたことなのだ、と赦《ゆる》すような気持になる、すこしうっとうしい存在だった、五年前にいきなり会社を辞めた、その後の消息は聞いていない、と言う。

いや、あの男は、怒りの気配も見せたことがない、人が自己主張に出ると、困惑の中へ引く男だ、と自分の見るところを撤回するようなことを言った。あの男の言ったとおりの事態になったと悟りかけた時に、悟る直前に一瞬、怒りへ振れるのはまわりのほうではなかったか、そうなのだ、あの男の罪でもあるまいに、皆、白いような眼であの男を見る、視線を受けてあの男はうなだれる、臭《にお》いのするようなうなだれ方だ、それにしても、あの男の予言するかたちになった事態に限って、悟る時には、まわりが一斉に悟るのは、不思議なことだった、と遠い記憶を探る眼つきになった。あるいは、表にはすこしも出ずに、もっぱら人の怒りを誘い出す、そんな怒りもあるのかもしれない、とつぶやいた。白熱の真空のような……と。吉沢の酔いはまた深くなった。

ここだよ、あの男は横断歩道を渡って来て、青信号に急ぎかけたこちらの顔をたしかに見た、まともに見ながら眼が死んだようになって、ゆっくりと向きを変えて左へ折れた、と山本は小さな交差点にかかるところで、大西とやらの歩いた跡をすこし揺らぐ指でたどって見せた。そそくさと逃げたようなことをさっきは言ったが、一歩一歩足を踏みしめて、なんだかいつまでも遠くならない背中だった、それがいきなり人の中へ紛れた、見失った時、五年前よりももっと昔の人物に思われた、と男の去った方向をのぞいていたが、徐行して来て大通りへ折れようとする空車を目にすると、これはついていた、と手を振り上げて一度で停めた。

何か因縁でもあるのか、その男と、と車の走り出した時に吉沢はたずねていた。黙殺されたようだった。そこまでは吉沢の意識はまだしも持続していた。あの男は、こちらに気がついた時、眼を剝《む》いたな、赤いような眼だった、いや、人中から眼を剝かれたので、俺のほうがおくれて気がついたのか、と山本の独り言らしい声を耳にした時には、車は高速道路にあがってスピードをあげたところだった。しかしまた山本の声がして、俺が再婚の意を洩らした時にも、相手の来歴をざっと話すうちに、あの男は眼を剝いて、強い光が差しそうで、俺に見咎められるのをおそれるようにしどろもどろに左右に振って、それは良かったと祝った、例の悪びれたような臭いがした、と切り上げた時には、車はとうに高速を降りてさびしい住宅街を走っていた。幾度も辻《つじ》を折れて、幾度も前を塞《ふさ》ぐ木立ちの蔭の下を通り抜ける。はっきりと覚めたとたんに吉沢は話の跡がたどり返せなくなり、窓の左右をせわしなく見渡すうちに、屋敷林の枝のかぶさる角で山本は車を停めさせ、高熱を出して一週間も寝こむと半年やそこらは本当の調子ではないというから気をつけたほうがいい、今日は会えてよかった、と言って降りて行った。

吉沢の乗った車がまた角を折れるまで街灯の下に立っていた。

流感で寝こんだことを、いつどこで、山本に話したのか、と翌朝、陽の高くなった頃に目を覚した吉沢はまずそのことに首をかしげた。車の中らしい。ほかの折りは考えられなかった。ふた月前の高熱の最中には耳もとで長い話を、しきりに語りかけられているような耳鳴りに苦しんだ。その後もまれにだが寝入り端《ばな》や酔いの或《あ》る境で、人の話を聞こうとして何ひとつ聞き取れずにいる苦しさを耳の奥に覚えることがある。高速を走る間、山本はぽつりぽつりと話していたようだった。そのうちに、越した後でその家の主人か主婦が寝こむこともあると聞くので、と言った。たしかにそう言った。どういう話の運びだったのか、流感で寝こんだのは、越す前のことではないか、と吉沢は引っかかりながら、朝寝の中へもう一度引きこまれそうになって、目を見開いた。部屋の向きが違う。自分こそ今の今まで、以前の住まいで寝ているつもりでいた。未明に山本が車を降りたあたりは以前の家にも今の家にも、都心から来ればおおよそ同じ方角に当たるので、よくも間違えずにここまで帰ったものだ。

起き出した時に、もうすこし眠っていたら車の中で山本の話していたことを思い出していたかもしれない、と寝床を振り返った。

後から見れば、夫婦の間で話が決まってからひと月ばかりのうちの、あわただしい引っ越しだった。吉沢の妻は前々から心がけていたようでまもなく、同じ沿線を都心からまた離れることになるが、ふた間よけいにあるにしては手頃な値段の中古のマンションを見つけて来た。子供たちの転校を考えて新学年に間に合わせたいということはあったがそれよりも、これまで風邪ひとつ引かなかった吉沢が熱に浮かされて少々奇妙な、意識の昏乱を見せたことが、妻の背をもうひとつ押したようだった。ここの家は何かが飽和したのよ、と気味悪そうに言った。吉沢は引っ越しのあわただしさに紛れて病みあがりのけだるさに苦しまずに済んだ。分相応のところをよくよく考えた上のことにしても、十年の住まいを短時日のうちに移ることがさすがにかるはずみに感じられて、取り返しのつかぬことのように思われる時もあったが、いまどき、どんな決断も軽率の感はまぬがれないと割り切った。

飽和した、と妻は言ったが、それが十五年も昔に夫の口から出た言葉であることを、もう覚えていないのだろうか、と吉沢は怪しんだ。二人ともまだ二十代なかばの、木造アパートの二階の角部屋で同棲《どうせい》し始めた頃のことになる。共稼ぎの、朝には一緒に出かけて晩の帰りは吉沢が先になるのと妻が先になるのと半々ほどの暮らしだったが、妻より早く帰るたびに戸口から、閉めきっていた部屋の内に、自分たちのものではない、先住者のものらしい、体臭のこもっているのが感じられた。部屋にあがって窓を開ければ消える。妻が先に帰っている時には鼻にもつかない。わずか一日留守にしていただけで、畳から染《し》み出るのか、部屋の内をまた満たすとは、さすがに十何年の夫婦者だったそうで、しぶとい体臭の生命だ、と吉沢はそのつど舌を巻いたが、そのうちにすっかり引くだろう、と放っておいた。別れてここを出て行ったとも聞いていた。

妻は臭いに気がついていない様子だった。それで安心もしていたところが、薄暮のいつまでも残る季節のこと、駅の改札口のところでぱったり会った二人が並んで家にもどり、妻が鍵《かぎ》を開けて戸を引くと、内からいつもより濃い臭いが寄せる。一歩内へ入った妻が竦《すく》んで縋《すが》りついてきた。人が中にいたらしい、と言う。怯《おび》える妻を玄関口で待たせ、吉沢は部屋にあがって電灯を点《つ》け、さらに安心させるために、手洗いと浴室の扉を開けてのぞいて見せた。ついでに押入れの戸まで引くと、自分たちの寝具から、最後の臭いが溢《あふ》れ出た時には吉沢もさすがに、先住の男女が別れきれずに、ほかに逢《あ》う場所もないので、合鍵を使ってこの部屋に入り、自分たちの蒲団《ふとん》をおろして交わっているのではないか、と疑いかけたが、住人の入れ換わる際には鍵も付け換えていると管理人は言っていた。妻は白い顔をしておずおずと部屋にあがってきた。

ここは何かがもう飽和していたんだ、と吉沢が妻に言ったのはその時のことだった。だから、別れたんだ、と付け足したかどうかは覚えていない。これまでにも、吉沢より先に帰った晩に、誰かが中に入っていたようで気味の悪いことがあった、と妻は話した。女の人らしくて、何か思いつめていたようで、とこだわっていた。でも十何年も暮らしていれば臭いが染みつくわね、と押入れのほうへ目をやって黙った。

飽和した、とは言ったが二十代の男には、どちらも四十に近いという先住の男女について何ほどのことも思い浮かべられたわけでない。ただ、妻は初めに畳の上にへたりこんだきり動かない。吉沢も着替えに立とうともしない。腹が空いているのに夕飯の支度にかからず、まるでよその住まいに場を借りているようにして、時間が経《た》っていく。その夜中、一度眠りかけてからまた怯えて縋りついて来た妻は抱かれた後で、そう言えば、あなたが熱くなると、押入れのほうから、知らない臭いがしてくることはあったわ、と晩の続きを口にした。やはり女の人だと言う。まもなく、妻の頼みでもうひとつの錠が戸に取りつけられた。

秋に入った頃には臭いは消えていた。三日も二人で旅行した後に帰って戸を開けてもそれらしい名残りも感じられなかった。こんなにも臭わなくなったのは、前の人たち、やっと綺麗《きれい》に別れられたんだわ、と妻は言った。もしかすると、死んだのかもしれないわ、とつぶやいて吉沢を驚かせた。ここに来てから夏頃までは家にいるとどこか熱っぽくて、よく鼻水を出していたでしょう、と妻は以前のことを振り返ったが、それ以後は先住者の影になやまされる様子も見えなくなった。吉沢はもとより気にも留めなかった。そこでちょうど五年無事に暮らしてから越したのが、ついひと月ばかり前まで住んでいた所になる。

そこも中古のマンションだったが、新居に落着いた頃に吉沢は、ここは売りに出す前に業者の手がけた改装の、塗料と接着剤らしい臭いがするばかりで、先住者の影も感じようがない、と五年前のことを思った。妻と寝間に入って、もうひと間、誰もいない部屋があると考えると馴《な》れぬことで妙な気持のすることもあったが、怪しげな想像の入りこむ余地もなかった。気楽そうにしている吉沢の顔を見れば、わたしは家を見つける勘があるのよ、と妻は誇った。俺はどこにいても一緒なんだよ、と吉沢がずぼらな返事をすると、あのアパートはどんなに湿っぽくて、からだにつらいところであったかを並べ立てた。雨が降る何時間も前から頭が重たくなる。夜中に肩口を、沼の上を渡って来たような風が撫《な》でる。実際にあの一帯は昔沼地だった、と土地に居つきの人が話した。雨もよいの晩に家の近くまで来て、あの辺だけに白い靄《もや》の掛かっているのを見たこともある。あのアパートはわたしたちの来る前から下水の土管が壊れていて一階の床下には長年の排水が染みこんでいるらしいとお隣りも話していた。あなたの眠っている傍で、畳が沈んで地の底に惹《ひ》きこまれるような気のすることもあった。そこまで言われて吉沢は、自分は丈夫で鈍くて環境にあまり感じないが、そう言う妻も芯《しん》が強くて、湿気に苦しんでいるようにも見えなかったばかりか、雨の夜にはよく求めて来たではないかと返そうとして、何にしてもここは地面から四階も離れているからな、とそんなことでお茶を濁していた。まもなく妻に妊娠の兆候が見えた。

越す前の子だろうか、越した後の子だろうか、と吉沢がよけいなことを口にすると、ここの子よ、と妻は気色ばんだ。

それも十年前のことになる。今度の新しい住まいは地面からまた二階分離れて六階になり、夜に雨になったことも知らずに過ごすこともある。小学生の子供たちにひと部屋ずつあてがうと、少々は広くなったと思われた住まいの空間もたちまち塞がって、もう何年も前から隙間《すきま》もなかったように見えた。テラスからの眺めは以前とわずか二階の違いなのによほど抽象的に感じられた。山本のことは、ひさしぶりに偶然出会えばどうしても、言うことの端々に悲憤めいた感慨のこもるもので、たいしたことを話していたのでもないのだろう、と考えるうちに忘れた。ところがある夜、子供も寝た時刻に吉沢が家に戻って着替えにかかると、その足もとに妻が坐《すわ》りこんで、前の人たち、二人とも、やはり死んでました、と言う。前の人たちと言うのを吉沢が呑《の》みこめずにいると、前に住んでいた人たち、と言いなおした。以前の四階の住まいを通り越して十五年も昔へさかのぼるまでに、吉沢にはなお間がかかった。奇遇だわ、こんなことってあるのね、と妻は続けた。妻の話すには、その日の午後、お稽古事《けいこごと》の後で近頃そこで知り合った高年の女性と遅い昼食を一緒にして、お茶を呑んで雑談するうちに、たまたまあの界隈《かいわい》のことが話題になり、あの辺のアパートに、子供が生まれるまで、暮らしてましたと妻が話すと、相手はその所と時期とをだんだんにくわしくたずねるうちに顔が恐いようになり、アパートの名と何号室かまで聞くと目を薄くつぶり、そこに越して来た年と月を確めてから、あの人たちは、あれからまもなく、二人とも死にました、と教えた。

あの人たちは、といきなりな切り出しだった。誰のことだか、それだけで妻には通じた。畳みかけてたずねられている間に、自分がこれほどに、まるで追及されるのは、そのことしかない、と感じていたらしいという。あなたはその後に入ったので、何の関係もないことですけれど、と相手はさすがに蒼《あお》くなった妻を取りなして、二人ともそれぞれ新しく生きなおすつもりで別れたのですが、離れてみると、根を移されたみたいに枯れて行きましたと話した。イトコどうしだったのです、と言ったきり口をつぐんだ。

前の人たちはやはり二人とも死んでいた、と言われて吉沢は一瞬のことだが、妻には自分の前に因縁の深い男がいて、自分にも妻の前にそんな女がいて、その二人が心中でもしたような、おかしな妄想の中へ惹きこまれかけた。さらに、前に住んでいた人たちと言いなおされた時には、この現在の六階の部屋の先住者など想像のしようもなかったせいか、越して来たばかりの四階の部屋が浮かんで、そこなら自分たちの、子供たちもいたはずなのに、見知らぬ男女の行き詰まった影が見えそうになった。

女のほうのことを、じつは知っていたのではないか、と口に出してたずねていた。わたしがですか、と妻は悲鳴に近い声をあげた。そうではなくて、越す前に一人で幾度かアパートのまわりを見に行ったじゃないか、外から姿ぐらいは見かけているのではないか、と問いなおすと、窓の明かりは見ているけれど、越すと決める前にもう一度、夜道のことが気になって仕事の帰りに寄ったもので、ぎりぎりまで住んでいると思った覚えがあるわ、と妻はおぼつかなそうに答えた。夜道で知らずにすれ違っているかもしれないな、と吉沢は言うに留めた。女の面影が遺《のこ》っているようなので、と思ったが口にせずにいた。吉沢の着替えの済んだ後まで妻は考えこんでいた。

じつはイトコどうしだった、とその夜、もうすこしで眠りこむところへ、山本の声が聞こえてきた。イトコどうしとは今の細君のことか前の細君のことか、だったとは今になってわかったということか、それとも承知の上だったということか、と問い返そうとしても睡《ねむ》たくて声が出ない。そのうちに何やら続けて話すらしい山本の声が遠くなり、長い道をきれぎれに伝わる悲嘆のように聞こえて、誰の声ともつかなくなり、ああ、これはさっき聞いた話の、早速な返しだ、たわいもない、と目が覚めた。しかし高速を運ばれる感覚が耳の奥にあった。

知っていて、知らないんだ、と山本の声がした。それはまだしもお目出度いほうだが、知らずにいて、知っているので、始末に悪い、と言った。たしかに厄介だ、と吉沢は相槌《あいづち》を打ってから、聞いていたつもりが、話の前後が摑《つか》めなくなった。なまじ知っていることが、知ることを妨げる、ということはあるんだな、と山本がまた言った。そうなんだ、それで明白な間違いにも気がつかずにいる、と吉沢は返事していた。ほんとうは知っているので、いつまでも悟らない、と山本は受けた。

言葉も事実を塞《ふさ》ぐな、塞いでおいて、偽りの言葉でなければ、結局は開く、いや、すでに開いていることになるのだろうけれど、それをやられると、見えるものも見えなくなる、聞こえるものも聞こえなくなる、と山本は歎《なげ》くようにした。誰かに何かを言われたのか、と吉沢はたずねようとしたが、眼をひらこうとすると窓の外の流れに吸いこまれて、剣呑《けんのん》そうなことを問うには、睡気がどうにも払えない。

割った半分を自分が持って、もう半分は人の手にある、知らぬ所へ渡っていることもある、割符《わりふ》と言ったか、喩《たと》えばの話だ、それが莫迦《ばか》なこともあるんだ、と山本が切り出した時には、吉沢は話題が変わって近頃おかしな出来事の披露かと聞いた。片割れが片割れを呼ぶわけだが、しかしせっかくの片割れが目の前に現われたのに、自分のほうに留めたもう半分を、箪笥《たんす》の奥かどこかへ、不渡りみたいなものと思って仕舞ったきり、忘れていたら、どうなる、と続けた。間違いだと言って追い返すか、それとも、同じくすこしも思い出せないのに、ただもう不可解理不尽の物と眺めるか、と借問《しゃもん》のようで長い間を置かれ吉沢は返答に窮して、山本が自分で後を継ぐのを待つうちに、道路端に寄せて停まった白っぽい小型車が眼について、たちまち通り過ぎたその後から、妙に静まり返ってまるで追突されるのを待っているみたいだったと気味が悪くなり、おい、今の、見たか、と山本に声を掛けると、それこそ間違いだ、自分の内にあるもののほうが実だとばかり思いこんだら、体験すら人手に渡ることがあるんだ、と山本は訳のわからないことを言って、割符はもしもほんとうに半分ずつならどちらが親でどちらが子だということもないので、と低い声を震わせて笑い出した。

俺は親父を殺した、という評判が郷里《くに》のほうでは広まっているらしい、十八の歳《とし》だ、と話した。もちろん、殺したも同然だという意味だ、元は。しかしそれ以来郷里に足を踏み入れなくなってから十年、二十年経てば、周辺の人間にとっては、言葉と事実との中間を振れるのだろう。信じるでもなし信じぬでもなし、人はそれで一向に困らない。今から十何年か前にまだ二十代の身で、先妻の子のところに居づらくなって飛び出して来た母親を、そのまま東京に引き取ってしまった時には、息子が刑務所から出て来たので母親がそのもとへ走った、と郷里のほうで思いこんだ者もあったようだ。息子の年齢を間違えていることになるが、思うということは何事かだ。それを機に郷里の兄弟たちと、顔も合わさずに切れた。その兄弟たちもまもなく本家を処分して隣の県の街へ出た。年寄りたちは死んだ。母親も息子と五年暮らして東京で死んだ。お蔭《かげ》で息子は結婚が遅れた。

俺は三十近くにして、かしずかれたのだ、母親に、と冗談へ紛らわしそう聞こえた。もともと後妻の遠慮もあって、亭主にたいしてばかりか、義理の子たちにたいしても何かにつけ気をつかって、家に帰って来れば出迎えるようにしていたものだが、子供の頃にはあまり構わないようにしていた実の息子にたいして、今では至れり尽せりの世話だ。息子の気持は早目に読み取る。二十歳前から十年もひとり暮らしに馴れた息子が、よくもうっとうしくならなかったものだ。母親にたいして、よくも暴君にならなかったものだ。あんな狭いふた間のアパートの中で、お互いに無口ということもあったが、母親の存在を苦にした覚えがない。ただ夜更《よふ》けに家に帰った時、とくに女と一緒だった時に、戸口に膝《ひざ》を屈《かが》めて迎える母親の顔を見て、なぜ、いつのまに、ここにいるのだろう、と思うことはあった。あるはずもない奥から母親が出て来たような気のすることもあった。母親は息子の顔を見ると、その眼を息子の肩越しに表へやる。

まるで息子が人に追われているような、耳を澄ます眼つきだ。

後から考えれば、母親は息子のあまり傍には寄らぬようにしていた。食事の時でも何でも、真向かいをはずした。家の中ですれ違う時には身を竦《すく》めて脇《わき》へよけた。息子が立ち停まっても、通り過ぎるまで、目を伏せて動かずにいる。

しかし死なれてみて、二人きりだったことがわかった、と声が遠いようになった。誰も来ない。考えてみれば、来るはずがない。病院で息を引き取ってから、寝台車でアパートへ連れ戻る道でも、通夜《つや》らしきものと葬式らしきものの間も、焼場へ行く道も、言ってみれば、水入らずの差し向かいだ。遺骨を持って帰ってとりあえず箪笥の上に置くと、狭いアパートの部屋が寒々と広くなった。夜には吹きっ曝《さ》らしの野っ原で寝ているようで目を覚ます。俺は何処《どこ》をほっつき歩いていたのか、などと考えている。そうか、母親が死んだのだ、と気がついてこの五年の間のことを思い返そうとしても、五年前の日曜の晩にいきなり戸口に立った姿しか浮かばない。不細工な荷物を両手に提げて、東京駅に着いてから住所と地図をたよりに半日も歩き回ってしまった、電話は掛けると居なくなるようで掛けられなかったと言う。何だ、来たのか、と息子は十年ぶりの再会なのに、つい先週顔を合わせたばかりの声で招き入れた。母親は脱ぎ散らした息子のサンダルを揃《そろ》えてから、やはり先週の続きのように、迷わず部屋にあがって来た。

それしか、浮かばない、と繰り返した。しかし五年ぶりにまた一人になった部屋の内で夜が更けて、ほかに誰もいないので物は言わぬに決まっているが、なにか刻々と黙りこむうちに、気がついてみれば、それが一人の沈黙のようではない。母親がいる。もうひとつの部屋で何かしている。あるいは同じ部屋の隅のほうに坐って、ぽつりぽつりとつないでいたあたりさわりもない会話がいましがた途切れたところだ。二人して黙っている。どうしてああも、お互いに黙っていられたのだろうと怪しむと、感慨にもならなかった五年という歳月がそこにあった。まるで声をひそめて話し込んでいるような沈黙だった。何事もない部屋の中に、母親はとうに亡《な》いのに、今生の別れの、あわただしい出立の緊張が張りつめる。立って行かなくてはならないのは、これは何事だとただ坐りこんで呆《あき》れている息子のほうだった。死者は立ちようがない。

五年の間、母親は父親の最期《さいご》のことを一切口にしなかった。じつは二人とも絶えずそのことを、黙って話していたのではないか、それでいて安閑と眠る息子を、母親は隣りの部屋からひそかに憎んだことはなかったか、と振り返ろうとすると、髪の根がゆっくりと締まった。

しかし病院で息を引き取る数日前、昏睡《こんすい》の覚め際《ぎわ》の譫言《うわごと》に、逃げなさい、早く、出来るだけ遠くへ、と母親は手でうながすようにしていた。

受胎

あれが弓子との初めての時であったかのように、今になり思い返している。実際には男女の間になってから一年あまりも経《た》って、互いに馴《な》れた肌になっていた。三十歳を岩切は越して、弓子もそこへかかるところだった。今から十年足らず前の事なのに、その弓子と同じ家に暮らしながら、子供も二人までありながら、そのような記憶の昏《こん》乱《らん》の這入《はい》りこむことが岩切には不可解に、時には見も知らずの女との事でもあったかのようで、幾度も交わった後で見ず知らずということは、あるのだろうか、と面妖《めんよう》にさえ思われた。

山の迫った枝谷の奥にあって古くからの温泉場と言われた。表からは寸の詰まった家に見えたが、二階にあがると廊下の長く感じられる宿だった。玄関と帳場は階下の中央にあるのに、階段は片端に付いていた。二階の廊下の窓側は手拭《てぬぐ》いでも吊《つる》せそうな欄干を残して、もう片側は昔、高年の人に聞いたところでは、煤《すす》けた障子が続いて部屋と部屋の境も襖《ふすま》だったという。今では扉が並んで部屋も薄手の壁で仕切られていたが、この改装もだいぶ以前のことのようで、新しいなりにもう古ぼけていた。階段から来てはずれの部屋に二人は案内された。控えの間もない赤茶けた畳の部屋だった。秋雨続きの平日のことで、客はほかに二組しかいないと案内の女性は言った。

夕飯には階下の十畳ほどの部屋の、それぞれ隅のほうへ寄せて膳《ぜん》が据えられた。客は三組とも二人連れなので宿のほうで気を利《き》かせたようだが、部屋の真ん中あたりががらんとして寒々しい。ほかはどちらも四十代と見える男女で、席と席とはよほど離れているのに、やはりどちらも膳の上へ額を寄せて、声をひそめて話している。皆、まるで逃げて来たみたい、と言った弓子の顔を岩切は見た。岩切自身もいましがた、まるで使いこみの、駆落者だと思ったところだった。もしも明日の朝に山の中へ入って別の谷から降りたその足で都会へ紛れこんだら、失踪者《しっそうしゃ》になりおおせるだろうか、と妙なことまで考えながら、この座敷の、雰囲気のせいではないか、と弓子に答えて二組のほうを眺めると、廊下を人が来かかるたびに、どちらの席からも男か女かが、鋭いような眼をそちらへ遣《や》る。

見た、奥の隅の二人、と階段をあがったところで弓子がたずねた。二組ともどこの部屋に入ったのか姿が見えなかった。窓には欄干のあるには似あわぬ安物のカーテンが長く引かれていた。

あれは親子よ、母親と息子だわ、と弓子は返事を待たずに答えた。男のほうはそろそろ五十にかかる年と見たぞ、もしも実の母親ならよっぽどの、と岩切はそこまで言ってなにか絶句させられた。

男の人には年が見えないの、息子のほうはせいぜいあなたぐらい、あの萎《しぼ》んだ顔はなにか不始末をして来たらしいわ、と弓子は断言して、呆気《あっけ》に取られた岩切の先に立った。どう二人の顔を思い返しても岩切には母子に見えなかったが、それでも弓子の言葉はその二人の面相の上へ、いまにも相互の変容を呼びそうに掛かった。

部屋に入ると廊下では気がつかずにいた雨の音がこもって、蒲団《ふとん》が敷かれていた。お互いに時間の折合いがつかず半月も逢《あ》えずにいた後のことになる。枕元《まくらもと》に寄せた卓《ちゃ》袱台《ぶだい》に向かって持参の洋酒を飲むうちに、弓子の身体《からだ》から、肌を合わせる時の匂《にお》いが、あの殺風景な階下の座敷の隅でもうふくらんでいたことに、岩切はいまになって気がついた。この半月、仕事も立てこんでいたが、知人の葬式が二度あったという弓子はその間のことを話した。二度目の通夜《つや》の席で、先週の通夜と区別のつかないような気持になりかけてふっと、いますぐに立って帰れば、シャワーを浴びて、岩切に電話をすれば明日の葬式に駆けつけるまで時間はたっぷりあると膝《ひざ》までついたところで、人に呼ばれて用を頼まれてしまった、身内のすくないさびしいお通夜だったもので、帰るに帰れなくて、夜は更《ふ》けていくし、と表の雨の音へ耳をやったのを、岩切は引き寄せて唇を合わせて寝床に倒れこんで、弓子も息が走って抱かれるばかりになったところへ、裏の山からひと声、鳥が叫んで、二人して顔を見合わせて次の声を待つうちに、弓子の瞼《まぶた》がちらちらと顫《ふる》えて寝息が立ち、同じ息に染まって岩切も眠りこんだ。二人同時に目を覚ますと夜は更けていて、身体が冷えこんでいた。湯へ誘うと、風邪を引きそうなので眠って待っていると弓子は蒲団に入った。岩切は手拭いをさげて部屋を出た。

さっきの急な眠りは、何だったのだろう、と湯の中で怪しんだ。睡気《ねむけ》の前触れらしいものもなくて、夜の鳥の声を聞いて、顔を見合わせて耳を澄ましたのが境だった。時間の経過も覚えぬ昏睡なのに、目を覚ますと夜の更けているのが感じられて、まるで長く交わった後のようだった。湯の中で手足を動かすと波が人のいる気配となって返ってくる。この何日か、あなたの顔が思い浮かべられなくて困った、と弓子は谷の奥へ入るバスの中で言った。それだもので、表であたりを見まわしているのよ、面影を求めるみたいに、まるで恋の初めだわ、いっそ仕舞いかしら、と続ける声が湯の落ちる音の中から響いて来るようで、岩切は立ち上がった。ここでまた眠りこんで目が覚めたら夜が白んでいたでは気味が悪いから、と逃げるように湯から出た。

ひと気のない帳場の前を通り過ぎたあたりから宿の内はもうひとつ静まり返った。こんな山の奥ではもう季節はずれに思われる虫の声が、屋内へ忍びこんだものか、廊下に沿って細々と続いた。階段にかかると長湯でもなかったのに膝に湯疲れが出て、足もとばかりを見て一段ずつ踏んで、それにしてもこの階段の位置は不可解だ、何か曰《いわ》くありげだ、と考えていた。あがりきって廊下をすこし行ったところで目をあげると、先のほうを行く背が見えた。

幻覚のようなものではなかった。ここの廊下は人の足音を先のほうで響き返すようだ、と聞き取った気がして目でもその距離を確めようとした時に、耳でつくられた想像から、一瞬残った像でしかない。しかしひたむきに求める背に見えた。それにしては足取りが自身の耳まで憚《はば》かるように暗い。暗くて、なにか薄い。女の肌に惹《ひ》かれて行く男の姿とは、一途《いちず》さと裏腹の、こんなにも幽霊めいたところがあるものか、と自分でおかしくなり、低い笑いを洩《も》らすと、それにかぶせて呻《うめ》く声があった。部屋の扉の前に屈《かが》んで鍵《かぎ》を差しこんだ時、廊下のほうを振り返った。

寝床の中で弓子は裸でいた。岩切から離れた時には寒気を覚えていたのに、蒲団にくるまってひと寝入りするうちに汗まみれになり、全身が火照《ほて》って苦しくて、這って出るみたいにして浴衣《ゆかた》を剝《は》ぎ取ってしまったと言う。足のほうへ押しやられた浴衣も、乱れた敷布もしっとりと湿っていた。そばに寄り添って、あの鳥の声は、何だったのだろう、とたずねる岩切に、熱っぽい肌が吸いついてきた。長い交わりの後で息のおさまる頃に、暗がりの中からいきなり大きく目を見ひらいたような声で、あなた、何か言わなかった、と弓子がたずねた。いや、何もと岩切が答えて、いつのことだ、と聞き返すと、いま、と答えて寝息が立った。

その寝息を耳もとに岩切はいましがたの交わりを思った。離れていると岩切の顔が思い浮かべられなくなると弓子は言ったけれど、岩切こそ現に抱いている弓子の顔に老若もつかぬ面立ちを見ては、責めるように求める、眉間《みけん》にかすかな怯《おび》えを寄せて弓子もそれに答える、その繰り返しで、幾夜ものことがひとつにつながったような交わりになった。しかし、雨の谷の暗闇《くらやみ》の中でどうして顔だけがあもくっきりと見えたのか、女の顔は何かの境で発光するものか、何の境だ、何処《どこ》への境だ、と訝《いぶか》りながら弓子の寝息に引きこまれた。

寝静まった廊下をまた一人でたどっていた。帳場を過ぎる時にあたりを窺《うかが》った。陰惨な目つきだった。濡《ぬ》れ手拭いをさげた右手はそれにしてはいかつく、握りしめていた。階段にかかって、なぜこの位置なのか、とこだわりが真剣らしくなった。二階の廊下にあがると、道が遠くなった。膝がたるみかける。

夢だとはわかっていた。しかしそうと確めようとすると、また帳場の前へ差しかかる。幾度目になるか、二階の端の部屋で眠る女の息も伝わって来そうだ、とつぶやくとその静まりが質感を帯びて、髪の根が締まった。虫の声が高くなり狂ったように騒いだ。階段の中途まで来たところで、背後になる階下の帳場の向かいの暗がりに、古い階段が見えた。黒光りのする厚い踏み板が踊り場から折り返して二階へあがっているようだった。正面の階段を潰《つぶ》して、道を断ったか、と合点すると、足音が意を決したようになった。しかし二階の廊下にはまた先を行く後姿があった。

あれを追い越してはならない。

苦しくて、そばに寝ている裸体を引き寄せる。眠りながら答えて下腹を寄せてくる。抱かれるばかりの匂いも伝わるのに、廊下の長さは解《ほぐ》れない。先を行く影は一歩ずつ、いよいよ境を踰《こ》える足取りで踏みしめながら、わずかも遠ざからない。この時間を一気に過ぎさせようとして、かえって留めている。それにつれて深い既知感に捉《とら》えられ、反復にうなされる。踏み出すたびに、行為はとうに済んだ跡となって背後へまわる。

張りつめた足音をひそかに響かせる廊下を残して姿は薄れかかる。

まるで呪縛《じゅばく》を掛けられた幽霊じゃないか、と喉《のど》の奥から震えが押しあげた。幽霊が金縛りに遭っては、世話はない、と笑いを洩らすと、呻き声が返した。

行為という行為は間際《まぎわ》まで来ればすべて、既知感の幽霊だ、そうでなければ何事も起らない、と聞こえた。また帳場の前を通りかかった。

弓子が胸に手をあてて揺すっていた。顔が白かった。あなた、笑っていたわ、笑っていたかと思ったら、呻き出した、と言った。

別れ話を切り出すつもりではなかったのか、と岩切はたずねていた。今の今まで思ってもいなかったことだった。そうね、そろそろ決まりをつけたいとは思っていた、と弓子は答えて仰向けに返った。しばらく黙りこんだ後で、昨夜、あなた、何をしていた、とたずねた。語気がすこし迫ったので、岩切はなぜとも問い返さず、昨夜の自分のことを思い出そうとして、まるで空白なのに驚いたが、普段と変わったこともなかった。何か考えていなかった、と弓子は重ねてたずねた。それは、何かは考えているのだろうけれど、と岩切が答えかねていると、夜中の三時すこし過ぎに、と時刻まで言った。

外階段をひっそりとあがる足音がして、岩切が鍵を使って部屋に入って来たと言う。

寝そびれたのでいっそ起きてタクシーを走らせて、ここでひと眠りしてから一緒に出かけるつもりなのだ、と思ううちに枕元に立って、旅の仕度をしていて……ずいぶんはっきりとした夢だったと言う。上着も脱がずに枕の上へ屈みこんで、急に別れなくてはならない事情が出来たので、暇乞《いとまご》いに来た、と髪を撫《な》でた。一緒に行くわ、とわたし、答えていた、起きあがって出仕度にかかりました、そうなることを前から知っていたの、夢の中で、と弓子は蒲団の中で岩切の手を取って、物を言うのを戒めるように握りしめた。このまま十年も眠れたらいいわね、と頭を寄せた。握りしめられた岩切の手の、まるで現場を押さえられたようなこわばりがほぐれると、長い廊下をたどる影が絶えた。足音も立たなかった。雨は小止《こや》みになったようで、かわりに沢の音が降って来た。

十年も眠った後で顔を合わせたら、お互いに覚えているのだろうか、それこそ初めて出会ったことにならないか、と岩切は沢の響きに耳を遣った。大勢の声の、まちまちの節の合唱に聞こえた。

夜の白みかけた頃、風に吹かれてただ立っていた夢から岩切が覚めると、今日はまっすぐわたしの部屋へ帰ってだんだんに、だんだんに越して来て、と弓子は言った。

かりに妊娠したとしても、岩切の子とは思わないから、と宗子は言った。ほかの男とのことかと岩切が疑えばそうではなくて、女は特定の男の種で孕《はら》むわけでないと言う。女の内にはもともと、母親から母親へ伝えられた先祖代々の男たちの種がひそんでいて、そのうちの誰かが、たまたまの交わりに触れて目を覚ます。突飛な考えだが、投げやりな声でもなく、奇言を弄《ろう》する顔でもないので、何か深く思うところがあるのだろう、と岩切は自分には理解の届かぬ言葉として受け容《い》れた。まだ二十歳を過ぎたばかりの、掛け離れたものにも拒絶的にはならない年だった。宗子も初めて会った日には年上に見えたが同じ年だった。

それでは間庭と岩切も、いつでも、たまたまか、とたずねた。そうよ、だからいつでも、嘘《うそ》はないのよ、と宗子は答えた。岩切のほかに、間庭には男はいない、と言った。岩切のことを苗字《みょうじ》で呼びつけにした。初めて交わったのを境にきっぱりそうなった。岩切もしかたなく、相手を呼ばなくてはならない時にはそれに倣《なら》った。

二人ともそれぞれ別の大学に籍を置いていたが、アパート暮らしの自立の生計のために細かい稼ぎに時間を断たれて授業にも満足に出ない半端《はんぱ》な存在になりかけていた。岩切は友達とも遠くなり、遊びらしきものにも疎《うと》くなり、砂を嚙《か》むような稼ぎのほかには、土曜は正午頃まで一週間の疲れから昏々《こんこん》と眠ると、蒲団もあげずに宗子の部屋へ向かう。日曜の夜までそこにこもりきって、終電に近い電車を乗り継いで自分の部屋に戻り、敷き放しの蒲団にもぐりこむ。偶々《たまたま》出会って十日も経《た》たないうちに男女の間になったので、恋人どうしのように、境遇を打ち明けあう暇もなかった。人を介さずに出会ったので共通の知人もなく、ほかの口からお互いを知りようもない。いつのまにかこんな暮らしになったものだ、とある夜、終電の中で驚いて思い返してみれば、これにも経緯らしきものもなく、初めて交わったその晩から、女との事のほかには何もないような男になっていた。間庭はどうなんだ、以前を振り返る、いや、以前から今を見ることはあるか、とたずねると、東京に出て来てからずっとこうしていたような気がする、それまで何をしていたか、よくも思い出せない、と宗子も答えた。

岩切は郷里で早くに父親に死なれて、まだ十歳にもならない頃に母親が再婚したのを機に、子供のことを諦《あきら》めていた親類のもとに引き取られたところが、まもなくそこに女の子が生まれ、一時、行く行くは夫婦にとそこの親たちは考えもしたようだが血筋の近い難があり、結局、東京の大学へ出る時に、そこの家とも切れた。岩切の話を聞いているのだかいないのだか、宗子は目をつぶって黙っているので、よけいな打明け話をしたと岩切が悔みかけ、それにしてもこの二人の間ではそれとない言葉の切れ端からお互いの身上がおおよそ知れるということがないものだ、と思っていると、その妹さんと、唇ぐらい、した、とたずねて岩切を唖然とさせ、返事を待たずに、間庭の家のほうはもう誰もいない、皆、あたしが殺してきた、と話に触れられるのも嫌そうに眉《まゆ》をきつくしかめた。

岩切は間庭が初めて、間庭も岩切が初めて、だけど初めてなんて、じつはないのよ、初めてのほうが遅れて来るのよ、百年も遅れて、とある晩やはりいきなりそんなことを言って後を継がなかった。黙りこむと端《はた》から物のたずねられなくなる女だった。

あの女は狂っている、ともしも誰かがそう言えば、岩切もそう見たかもしれない。しかしあまりにも二人きりだと、奇異なものもすぐには奇異とは感じられない。宗子の部屋で夜明け頃に目を覚ますと、宗子が壁に寄せられた机に向かっていることがあった。取り急ぎ物を書き置いている様子だった。よほど力を込めているようで手の動きが髪のかすかな揺れにも見えた。しかしスタンドの灯《あかり》は点《つ》いていない。明けるか明けぬかの時刻なのに、机に向かう姿がくっきりと白く浮かんで、青味さえ差すようなのを、岩切は寝床から、一心になると人の身体は発光するものだろうか、とただ眺めている。声をかけようとすると、それを戒めるようで、睡気があげてくる。気がつくと、宗子がそばで小さくまるまって眠っている。あれは何だったのだろうと怪しむのはいつでも、夜半を回りかけて寒々とした電車の中だった。なぜ、机から引き剝《はが》して抱いてしまわなかったのだろう、と出かけた時のままの自分の蒲団の中に入ってもう一度思う。

岩切はよく夜中過ぎにこの部屋に来るわね、帰ったその足で来ることもある、とその宗子は言う。不可解なことを口にする時、宗子の眼はいままで岩切の肩に顔を寄せて寝息を立てていても、覚醒《かくせい》の極致のように澄んで見ひらかれる。その眼から面相も切り詰まる。外階段を足音がそっとあがってくる、と言う。その足音が止んでしばらくすると、扉の前に立つ気配も消えて、引き返したようでもなく、新しい足音がまた階段にかかる。同じ事を何度繰り返しても決まりがつかず、宗子が笑いそうになる頃に、部屋の内にいる。寝床のまわりを、外から近づく時と変らない足取りで歩きまわる。一心に探している。寝床にいる宗子が目に入らないようだ。狭い部屋が歩きまわられるにつれて広くなる。ここよ、ここにいるわ、何をしに来たの、と宗子が声をかけても、聞こえないらしい。岩切、と呼ぶと不思議な顔をして、ぶつぶつと呻いて帰って行く。

何をしに来たって、それは抱きに来たに決まっている、と岩切は引きこまれて答えていた。宗子の部屋から戻った夜にはもぐりこんだ蒲団に馴染《なじ》むにつれて、ついさっきまで肌を合わせていたことが夢のように思われて、いっそ起き上がって確かめに引き返そうかと考えることはあった。電車は終っていて車を使う金もないので、歩いて行っても夜明けまでには着くだろう、と道筋を頭でたどるうちに、いつでも同じようなところで迷って、眠りこむ。ほかの夜には寝入り際に、宗子とのことがひどく遠く、自分の知らぬ昔かよその土地のことであったように思われて、今が摑《つか》めなくなりそうな昏乱に苦しめられることもあったが、夢も見ない。宗子とこうなる前よりも眠りが深くて昏睡めいているのが怪しかった。陽が高くなってから目を覚ますと、蒲団の中に宗子の匂《にお》いが濃くこもっている。

あれは仇《かたき》を探しているんだわ、と宗子は言った。あんなに泣き濡れた目では、見つかりはしない、と眉をひそめた。

除夜の鐘の鳴りおさまった後で、大勢の足音が遠くを渡るような風の音に二人して耳をやり、今夜は終夜運転だけど、どうする、と宗子がたずねて、餅《もち》も喰わずに三箇日寝て過ごすかと岩切が答えたきり、時間の経っていったような記憶が後に残ったが、じつは春先から夏の終りまでの、わずか半年ほどの関係だった。大晦日《おおみそか》には宗子はもういなかった。

八月も末になり、あれは土曜ではなくて金曜日の暮れ方に、早目に仕事のなくなった岩切がお互いに電話もなかったので留守で元々のつもりで宗子の部屋に寄ると、戸口の前で鉢植えの上へしゃがみこんで、めっきり赤くなった西日に背から照らされる宗子の、髪が白いように光った。黙って外階段をあがってそばに立った岩切に、宗子は来ることをとうに知っていたように、目は向けずに、この万年青《おもと》、遠くの縁日から抱えて来たの、重かった、と先に声をかけてきた。それは重かっただろう、電車の中ではどうしていた、とたずねると、家にあったのはこの倍もあった、物心ついた時からあったような気がする、と大きな鉢を抱えこむ手つきを膝《ひざ》の上でして見せた。

そこではそれだけの話で終ったが、部屋に入って岩切が寛《くつろ》ごうとすると、小窓から西日の差す台所のほうに宗子は立ったきり、膝をすこし屈《かが》め、同じ手つきをして、腕がだんだんに沈んで、見えない鉢に腹を押しつけた。汽車の中では後生大事に膝に抱えてました、としゃがれた声で宙へ向かって話した。半端な姿勢がいまにも崩れそうでいつまでも、身じろぎもしない。岩切も思わず足音をひそめてそばに寄り、抱える形にこわばった両手を、見えない鉢を引き取るようにしてほぐしにかかると、取らないで、と逆らったが、息をつくと両手を垂れ、岩切の肩に顔を埋めた。

この前の日曜の夜に岩切の帰った後、月曜の朝から熱を出して、この四日買物にも出ていないと言う。冷蔵庫をのぞけば中はほとんど空だった。台所は汚れていなかったが、臭《にお》いに感じて見まわせば、片隅にゴミの袋が小さく重ねられている。熱は昨日から引いていると言うので岩切はまず宗子を、家に一人置いて行く気にもなれなくて外へ連れ出し、駅前の商店街であれこれ買い揃《そろ》えた後、蕎麦屋《そばや》に入って丼物《どんぶりもの》を取って食べさせた。ありがとう、お腹がすいた、と宗子はほんのりした顔になって箸《はし》を動かした。酒を呑《の》んだ岩切が自分のを半分まわすと、いっそうしおらしくなり、残らず食べた。ところが夜中に、岩切の腕の中にいたはずのが枕《まくら》もとに立って、暮れ方と同じ手つき、同じ恰好《かっこう》をしていた。

鉢から引き抜かれて、細い根の詰んだ土を鉈《なた》で叩《たた》かれた、やめて、後生ですからやめてください、わたしが持って行きますから、と訴えて何やらまだ口の中で嘆きつのるのを、岩切は耳にしながら起き上がれずにいたが、声が止んで姿が細くなると跳ね起きて、逆らう宗子を寝床に組み伏せ、膝を割って、胸の中へ抱きすくめた。殺して、と宗子は力を抜いて、見知らぬ面相となった。その面相を見つめて何事かを考える自身の顔から、かすかな慄《ふる》えが背へ走るのを岩切は覚えて、宗子の胸を締めつける両腕の、左右の手首を縛《いまし》めるように交差させた。やがて寝息を聞いたが、夜の明けるまで、幾度か胸の中から抜け出される恐れを覚えて、締めなおした。

翌日はもう何事もなかった。起き上がれない宗子のために岩切は朝食と昼食をこしらえて食べさせた。部屋の内は陽の高くなる前に寝床に宗子を置いてゴミを出して来たついでに見まわすと、ここ何日か人の暮らした形跡も見えないほどに片づいていた。日の暮れに二人はまた目を覚まし、わたし、臭うわ、と宗子が言うので、つれだって銭湯へ出かけた。先にあがって路地で宗子を待つ間、銭湯の奥から抜け道があって宗子が二度と戻って来ないようなことを岩切は考えていた。外で夕食を済ませ小雨の降り出した中を戻って扉を引くと、今の今まで男と女の交わっていた臭いが溢《あふ》れた。雨の音の高くなる中で二人は洗濯を始めた。宗子は着換えた肌着と寝間着のほかにあちこちへ押しこまれていたらしいものを抱えこんで来て洗濯機の中へ放りこみ、岩切にも肌着を脱がせて腰にバスタオルを巻きつけさせた。部屋に張り渡した紐《ひも》に吊《つる》された洗濯物の下で寝ることになった。

寝床の中からあらためて眺めて、どうしてこんなに溜《た》めこんだのだ、と呆《あき》れる岩切に、自分の肌につけていた物を目にしたくなくなることがあるの、と宗子は答えた。汚いからではなくて、なんだか、見も知らない人が着ていたように見えて来るの、吊すと背恰好から、何を考えているかまでわかる、と声をひそめた。それでいちいち物の隅に押しこんでいては、この部屋は大勢の女で充満することになるぞ、と岩切が冗談へ紛らわそうとすると、そうよ、と宗子は受けた。人に見られているような、ひっそりとした交わりとなった。あの夜も、眠りが浅くなるたびに、岩切は宗子を胸に抱きすくめた。宗子は寝床から抜け出そうとする気配もなく、逆らわずに胸の中へ入って来たが、岩切はさらに腕に力をこめて、目の上からさがる洗濯物を睨《にら》んだ。そのうちに宗子を抱きすくめる感覚のまま、その宗子を部屋に置いて、暗い道をひたむきに急いでいる。抱きしめる腕の先で拳《こぶし》が握りしめられ、そこにじわじわとこめられる力が道を行く足に異様な緊迫となって伝わった。宗子のために人を殺しに行くところだ、と思った。しかしその足取りとはうらはらに、そんな恐ろしいことを妙に淡々と、とうに知ったことのように考えている自分を怪しむと、辻《つじ》らしいところに差しかかり、もう取り返しのつかぬことになっている。この境界を越して宗子を起して一緒に逃げるところだ、と気がついて竦《すく》みこみ、かすかに揺れる洗濯物をまた怪しんだ。

珈琲の匂いに目を覚ますと、よく晴れていて、枕もとの卓袱台《ちゃぶだい》に朝食の用意が出来ていた。岩切の起きるのを待って宗子は蒲団《ふとん》を窓に干した。人目にさらすのも気がひけるわね、と岩切の前に坐《すわ》って笑った。あまり強く抱きしめるのでまだひりひりするわ、と腋《わき》のあたりを撫《な》でて見せた。秋めいた陽が差して、風もときおりひんやりと腕を撫でた。あの日、朝から日の暮れまで、二人で何をして過ごしたか、後になって岩切には思い出せない。何年も後のことではなくて、彼岸も過ぎて宗子の郷里から年配の女性の手らしく、宗子の初七日も済んだ旨《むね》を報らせる葉書が届いた後、ひと月もしてようやく宗子とのことをあれこれ思い返すようになった時にも、あの日の昼間のことはいつまで経っても空白のままだった。

朝食の後で二人で散歩に出かけ、溝川《どぶ》を溯《さかのぼ》ってどこまでも歩いた末に、もう市街地の場末のようなところの、傾いた赤い日のわずかに差す小さな公園に足を停めて、どこまで来てしまったのだろう、と顔を見合わせたような、そんな記憶の動きかけることもあったが、宗子の部屋の近間に川はなかった。半年の間、二人で散歩に出たこともない。

すっかり元気な様子の宗子を見て、反故《ほご》にするつもりだった人との約束を思い出して、すぐに帰って来ると言って出かけた。待合わせた喫茶店では、薄々勘づいていたとおり、仕事は今月限りということになった。まわりくどい相手の話の、先がいちいち読める。人の思惑を先回りして読むことは日頃からもう反射的に嫌っているのに、どうしてこうも聞えるのだろうと不思議がっていた。帰り道には、稼ぎが半分ほども減ってしまうと、周囲の見え方が違ってくるものだ、と他人事《ひとごと》のように感心していた。それにしてもこんな男にも、ひらいてくれる女がいるとは、怪しい聟取《むことり》物語に近い、と近頃読んだ説話を思った。

しかし、人と話す間も襟元から洗濯物と昨夜の肌と、匂いがひとつにふくらんだような記憶はあるが、「解雇」を申し渡されたのは金曜の午後のことだった。周囲から零《こぼ》れた心で歩いていたのも、いるかいないかわからない宗子の部屋へ向かう道々のことだ。晴れた日曜の部屋の中で、金曜にここに来るまでの経緯を、岩切がぽつりぽつりと話したということは考えられる。しかしそのことで宗子が何を言ったか、聞こえて来ない。抱き寄せたりはしなかった。午睡もしなかった。自堕落なところを見せるのをお互いに以前から避けていた。わずかに台所の流しに向かって万年青の鉢を洗う背が見えて、鉢が二人の間に置かれたような気がする。しかし交わした話が思い出せないばかりか、見つめるうちに鉢も二人の姿も消えて、陽の匂いのする部屋と窓に干した蒲団ばかりになり、軒の影が移って行く。昼食の覚えもない。至福の時だったように、一年も経つと思われた。

あなた、日曜の夜なのよ、と肩を揺すられた。あなたと呼びかけられた最初だった。十一時を回るところだと言う。明日の朝の十時前には家に置いた資料を持って出かけなくてはならない用が岩切にはあった。睡《ねむ》い頭を起こそうとすると、宗子は胸へ手をあてて押し戻し、顔をまともに向けて来た。岩切の目の覚めるのを待って、郷里《くに》へ行って来ようかと思うの、と言った。何をしに、と岩切が睡気を払ってたずねると、もうひとつだけ、片づけておかなくてはならないことがあるので、と答えてその顔が白くなった。眼がむごいように澄んだ。それでいて視線の差し出さないのがもどかしくて岩切は問い返すより先に胸に抱き寄せた。

枕元で鉢を抱える恰好をして立っていた時と同じ冷い身体だった。抱かれるにつれて眉《まゆ》のひらいていく顔とは別に、ひとりで眼を澄ませる顔がいましがた押しつけたまま胸の肌に喰いこんでいるようで、その感覚がほぐれるまで、身体が温《ぬく》もるまで、長い交わりとなった。その中から長い道がひとすじ伸びた。通る者はなくて、この辻から二人してうかがっている限り、先へ続く道なのだ、と声がした。やがて寝床のまわりを歩きまわる足を感じていた。その動きがぱったり絶えて、目をひらくと、出仕度をすっかり整えた宗子が立っていた。詰まった鞄《かばん》を片手に提げ、小さな目のが足もとに置かれた。もう行くのか、と岩切はたずねていた。お彼岸過ぎには帰って来るので、そうしたら、一緒に暮すことを考えよう、と宗子は枕の上から走り書きらしい紙を取って破り棄《す》て、岩切の目の前で旅の仕度を脱いで裸になった。行く前にもう一度、と寝床に入って来た。

起き出すと日が短くなったようで窓の外はまだ暗くて、蒲団を片づけた後、寒いようになった部屋の真ん中に卓袱台を据えて、宗子のいれた茶を二人で啜《すす》った。宗子の物腰がすっかり旅に立つ人間らしくなっているのを岩切は眺めた。旅の仕度も脱ぐ前よりもしっくりと身についている。化粧をする閑《ひま》もなかったはずなのに顔も旅らしく整っていた。わたしたち、幾度も別れた後なのね、と宗子はつぶやいた。まもなく電車の走る音が伝わって来て二人は腰をあげた。宗子が台所で茶の後始末をする間、岩切は宗子の荷物を提げて戸の外に立ち、ようやく白みかける曇り空を見あげるうちに、宗子はゴミの袋を持って出て来て、万年青の鉢の前に足を停め、これ、預ってもらおうかしら、と考えていたが、ついっと目をそむけ、雨の降る日もあるから、と先に立って階段を降りた。

草原

背丈のめっきり伸びた息子と並んで暮れ方らしい一本道を歩いていると行く手の辻《つじ》の、屋敷林のかぶさる蔭《かげ》の中から白く浮かんで、女の姿が近づいて来る。その顔に笑みが輝いて、ようやく出会うことになったか、と安居は息をつく。四十の坂で女たちを見ても色欲らしきものも動かなくなっていたこの三年の間のことが振り返られる。息子もはにかんで女の顔を見ている。そろそろ思春期にかかるので、新しい母親との間はどうなるのだろう、と安居は危惧《きぐ》を覚えながら、三人で暮らす家を明日からでも探しにかからなくてはと考える。やがて女は間近まで来て、うなずいてまた笑いかけるので、安居が答えようとすると、三年前に亡《な》くした妻の、息子の母親の、顔になっている。

これはならない、と呻《うめ》いて夢は切れる。これはならないとは、子供の頃に郷里の祖母の口から聞いたような覚えはあるが、安居の口にはつかない。呻いたところでは禁忌の念が動いたようだ。しかし仮に、夢の続きで亡妻と交わったとしても、人に話せばともかく、一人で納めておくかぎり、忌《い》むべきこととも思えない。七年馴《な》れた夫婦なら時折は夢の中で交わりながら年月につれて遠くなるのがむしろ自然であって、実際にはそんな夢もつゆ見ない自分を物足りないように感じている。まして息子の、実の母ではないか、また会えたと喜んで、覚めて哀《かな》しむのが人情なのに、呻いて絶ち切るとは、と自責の心さえ起る。

鬼気のようなものは覚める間際《まぎわ》までなかった。不治の病いの床から妻はまだ七つの歳《とし》で残して行く子を不憫《ふびん》がって安居に向かって手を合わせることもあったが、子を連れて来ると、抱き寄せて背を撫《な》でるその顔に、涙ではなくて、喜びとしか見えない光が差した。息の絶えた夜の、その暮れ方には昏睡《こんすい》から覚めて、安居の手を取りながら、この子を産んで、わたし、しあわせ、と澄んだ声で言った。目はつぶっていたが、苦《く》悶《もん》ではなくて、微笑《ほほえ》んだ。夜が更《ふ》けて冷くなっていく顔にもその笑みの影は遺《のこ》った。

初めて妊娠のことを知らされた夜にも、遠くへつぶった目をやって、顔が白いようになり、わたし、こうなって、しあわせ、と細い声を洩《も》らした。智恵の口からそんな甘やかな言葉の洩れたことに安居は驚いた。妊娠のことよりもその声のほうに、とっさにたじろいだ。智恵は三十代のなかばで安居より四歳年上になり、その二年前までは夫がいた。じつは二年前から別居して、その半年後に夫は死んだ。自殺だった、と初めて話された時、安居は反射的に、何時《いつ》のことだとたずねたが、智恵と知り合ってまもなく関係の始まった時と、半年は隔たっていた。打明けられたのもそれからまた半年あまり後のことになる。

子を遺してまた物を言わなくなった妻の前で、安居はそれに続く時期の二人しての沈黙を思った。お互いに自身のことを話すのも相手のことをたずねるのもすくなかったのは出会った始めからだったが、智恵の夫の自殺のことが口にされてからは、言葉はさらに切り詰まった。十日に一度、表で待合わせて、ほとんど話しもせずに食事をする。車を拾ってまっすぐ智恵の部屋まで走らせ、からだを重ねあうと、物を食べていた時からすでに始まっていた交わりのように感じられた。夜半前には安居は自分の部屋へ帰る。智恵も引き止めなかった。

三十五の女と三十一の男と、言葉の無用になる境はある。しかし交わった後で、それぞれ遠くまでさまよい出てきた、その記憶の影のようなものが男には遺った。お互いの姿も思い出せなくなるところまで来ては出会う。戒める目を見かわして、何事か、危急の事態を告げあう顔にまでなり、黙ってすれ違う。何処《どこ》まで行って何を見て来たのだろう、と男は覚めて物問い顔を女に向け、女も問いを促す眼で受ける。男はたずねる糸口をつかめず、何を考えているの、という言葉も女の口から出なかった。

ある夜、仰向けに返って安居は松山の、智恵の夫の死んだ場所をたずねた。自宅でした、と智恵は答えて後を継がなかった。どこであろうとこれまで気にも留めずにいたのに、いまさら由《よし》なきことを、と安居も憮然《ぶぜん》として黙った。しかし次に来た夜に、交わりの尽きた寝床から、自宅とは、場所はどこだ、とたずねていた。それだけで通じて、智恵はぽつりと、ただ私鉄の駅の名を口にした。わたしは降りたこともない、と言ってそれきりになった。安居にも縁のない所だったが、土地の名を聞いて、帰る時刻も近づいているのに睡気《ねむけ》がかぶさってきた。

次に来た時には、駅を降りてどちらだ、北か南か、とたずねた。自分でも降りた覚えもないのに、土地のことをよく知っているように声をひそめていた。わたしは行ったことがないので、と智恵はまたことわって、なんでも北へ大通りに沿ってしばらく行ってから左へ折れて、そこから先が、辻が入り組んで迷わされることもあると、越してから電話で伝えてきたと答えた。年は幾つだった、どんな背恰好《せかっこう》だ、と安居はたずねて、四十七でした、あなたと同じような体格で、あなたよりも痩《や》せぎすで、白髪がだいぶ混じっていたと答えて、なぜそんなことを聞くのとも問い返さない女を、あの夜はもう一度、荒く抱いた。乱れた跡も見えない女の顔へろくに目をやらず、早々に部屋を出た。

死んだ男への嫉妬《しっと》だと恥じた。初めに関係が出来てから半年あまりの間の交わりを思った。お互いに物を問う隙《すき》も容《い》れまいとするような烈《はげ》しさがあった。夫とは死別したとだけ安居は聞かされ、それ以上のことには触れさせまいとする女の様子を見て、何年前のことかとも、年齢もたずねず、自分とそうも掛け離れていない年の男を漠と浮かべていたが、年まわりからしてどうしてそう決めているのだと自分で訝《いぶか》るうちに、ある夜、すべて女の身体《からだ》からじかに感じ取っているのではないかと疑った。しかし男の顔も姿も見えない。たとえ死んだ年を確めたところで、死者は女の身体の記憶の中でも年の境を自在に往来するだろうので、見えるわけもない。男の迫るのに答えながら女も、掌《てのひら》だけはひっそりと、男の背を探った。これは、誰なの、と男にはその感触から聞こえた。

自殺だった、と女が話したのを境に、それまでにくらべれば交わりは緩やかに、慎重なようになった。それにつれて長びくようになり、二人してどちらからともなく息をひそめる間がはさまり、これからお互いの身に何かが起りそうな、恐れの忍びこむのを安居は肌に感じたが、過去への嫉妬は絶たれたと考えた。

それがここまで来て、場所を、道を、年と背恰好まで聞き出すことになった。それよりも、いままでたずねずにいたということが、陰険な嫉妬の潜伏を暴《あば》いた。戒しめあうように長びく交わりも、女がただ男の鬱屈《うっくつ》を受け止めて包んでいただけのことだったか。自殺と知っても死んだ男への嫉妬をほぐせずにいた自分に安居はあさましさを覚えると同時に、いくら女の身体を幾重にも押し開いたところで、壁も通り抜ける死者の存在はどこの部屋にも見つかるはずがない、とあらためて無力感を覚えた。

ところが死んだ男の痕跡《こんせき》を探って女の身体を念入りに汚していた自身への嫌悪《けんお》の中から、日を経るにつれて、あるいは智恵の夫の松山に生前、出会っているのではないか、と不可解な疑いが安居の内に兆《きざ》した。智恵の話した私鉄の駅に安居は降りたことこそないがその深夜の改札口に、北側の大通りを下って来て、立ったことがある。下りの終電が行ったところで、上りはもうない、と駅員に追い返された。

まだ寒い季節だった。それにしてもなぜ、知合いもなければほかの関係も思い当たらぬあの界隈《かいわい》にいたのか、それが訝しくて、智恵の口から後暗い心に誘い出された偽《にせ》記憶だろうと何日かは突き放していたが、ひと気の絶えた改札口の寒々しい眺めが疼《うず》きのように留まり、だんだんに思い出したことに、あの夜、都心のほうの酒場を出て、通りで車を拾った先輩と週明けの予定を手短かに確認して一人で歩きかけると、締まった車の扉がまたひらいて、同じ道すじだから途中まで乗って行け、と先輩が呼ぶ。言われるままに乗りこんで途中話しこんではいたが、半時間も走ってひろい交差点にかかり、いつかもこの辺だったな、と先輩がたずねて、ここからならもう歩いても帰れます、と安居も迷わずに車を降り、頭をさげて見送ったそのとたんに、見覚えがはたりと落ちた。狐《きつね》につままれた気持で知らぬ交差点の際に立つうちに、先輩は近頃、以前とは違う沿線へ越していたことに気がついた。

車の来た方角から、東西の見当はついた。南へ大通りの下りきるあたりに高架線の、駅の灯が見えた。その大通りを駅へ向かって猛烈な早足で歩き出した。あの時から腹を立てていた。先輩の間違いに劣らず、自分こそ車の中から、深夜に通い馴れた道を見て疑いもしなかった。さほど酔っていなかったはずの二人の、錯覚の重なり合ったことの奇っ怪さが、なにか性悪なものの仕業に感じられて、歩くほどに怒りを掻《か》き立てた。駅まで半道ほどまで来たところで、高架線の駅に電車が着いて走り出し、下りとはわかったが、怒りがまた足もとから突きあげた。まもなく電車を降りて家へ急く住人たちとひとしきりすれ違った。その足も絶えた頃、人を呪《のろ》うようなつぶやきが背《せ》後から聞こえて、ひやりとさせられて振り返りかけた。

そこへ向かいから、一人置き残されたかたちで、白髪混じりの痩せた男がやって来て、自身の声の幻聴らしきものに疎《うと》んだ安居の眼をまともに眺めやり、安居が思わず睨《にら》み返して、視線をさらに刺しこむようにしても、ただ受けたきり、憎悪の光が差しそうで差さず、笑うともなく口もとをゆるめ、皺《しわ》ばんだ横顔を見せて、男からすると左手へ、角を折れた。暗い道を行く肩が、厭《いや》な物を見た、とつぶやくように落ちた。それだけのことだった。

智恵のわずかに話したところと、符合するというほどのものは何もない。ただ、人は行きずりに見も知らずの、危い境にいる人間を、悪意の一瞥《いちべつ》で、殺していることはあるのだろうな、と考えて、自分はあの時、まっすぐに睨みつけただけで、視線の刃《やいば》を返すようなことは、まさかしていまいな、と気がかりになった。そんなことで人は滅多に死ぬものでないにしても、埒《らち》もない悪意の迸《とばち》りを無縁の者から受けたのを最後の一滴に、世にたいして人にたいして、ひいては自身にたいして嫌厭《けんえん》の念が飽和して、この夜の明けるのを拒む。すれ違った男の面相はとうに浮かばなくてもその眼だけは、絶望の封印として遺る。永遠のように遺る。それなのに当の男はまったく意識もしなかったので、思い出すどころか、忘れるまでにも至らない。その眼でいとおしげに女を抱いている。知らずにいるということの気味の悪さを思わされて、智恵の夫に出会ったような拘《こだ》わりはそれでほぐれたが、また日を置いて、あの顔は、たしかに見覚えがあった、と新しい疑いが頭をもたげた。

また不可解だった。見覚えがあったと思った時、とっさにそれより以前のほうを窺《うかが》いもしなかった。ややあって記憶を遠くまで探ってみたがそれらしい影もない。本気で探るふうでもない。男と眼が合った時にも、見覚えらしきものは動いていなかった。むしろ後にもう一度すれ違って、あの男ではないか、と驚いて振り返ったことのあったのを今になり思い出したかのようだった。あの男とはその後出会っていない。ついでに、あの夜のことがいつのことだったか、記憶の限り確めて、智恵が夫との死別について初めに話した「一年ほど前」と引き合せてみると、時期はおおよそに重なる。しかし仮にあの男が智恵の夫の松山だったとしても、短い期間に、どこでだろうと、二度と会うということはまずあり得ない。所詮《しょせん》詰まらぬ、詰められぬ疑いに拘わる自分に気が引けているうちに、智恵のほうから先に電話が来た。その智恵と逢《あ》う前に、安居はしつこいことだと自分で眉《まゆ》をひそめながら、例の先輩の勘違いからあの界隈まで持っていかれた夜の、日付を古い手帖《てちょう》から割り出していた。

待合わせの店に落着くなり、何かあったの、と智恵は安居を見た。別れ話を切り出しそうなその智恵の顔に安居は驚いて、同じ問いを返そうとして、自身の顔こそ智恵の視線を受けて一度にやつれ、面変わりしていくような怪しさを覚えた。何もなかったと安居が答えて智恵は眼を逸《そ》らし、例によって口数のすくない食事になり、ほとんど物を言わぬのはいつもと同じなのにいっそう寡黙《かもく》に、いっそう内密に、物を食べながら人目も憚《はば》かられるほどまともに向き合っている。この智恵の顔からあの男へ、時間をさかのぼっての、見覚えだったのではないか、と安居は思った。安居が物をたずねる心になると、智恵は待ち受ける顔になる。待ち受けながらすでに拒む。その顔に、たずねようとしてたずねかねている男の、影が映る。安居の顔ではなかった。しかし今日の智恵の顔は、面変わりしていく男の顔を浮き立たせかけたきり、あとは何も映さぬ鏡となった。それに対して安居の内で張りつめるものがあったが、二人して間遠に立てる食器の音があまりにも静かで、とうに済んだ記憶から音だけが響いて来るようで、耳を澄まさせた。

車の中でもたずねそびれた。智恵の部屋に着いた時には、今夜もこのまま、たずねずに、抱こう、と切りをつけた。寝床の中で肌を寄せて、ここで抱いてしまえばもうたずねることもないだろう、と思った。そのかわりに、物を言うまいとして追いつめられた交わりを続けなくてはならない、厭《あ》きることは許されない、と生涯のことのように観念して枕《まくら》から頭を起すと、智恵は受け容れるばかりに目をつぶりながら、問いを待ち受ける顔を留めていた。

松山の自殺した日と、時刻まで安居はたずねていた。

智恵はしばらく数えるようにしてから、安居の疑っていたその日を、ぽつりと口にした。また長い間を置いて、夜明け頃のことらしい、と言った。安居は仰向けに返り、しかし松山がその夜終電で帰って来たとはかぎらないと考えたが、あの男がやはり松山ではなかったとしても、あそこで松山に会っていたとは露骨な偶然の悪意だったと目をつぶるとしても、どちらにしても徒労の逃げと感じられた。自分が驚愕《きようがく》しているのかいないのかも、分からなかった。どうして、聞くの、と智恵はようやくたずねた。安居が答えにためらっていると、松山に会ったことがあるのね、と言った。

それには答えず安居はあの夜あったことを頭から順々に話した。区切り区切りたどっていると、一歩ずつ踏みしめるように、それぞれの場面が記憶していたよりも鮮明にあらわれたが、時間の繋《つな》がりがそのつど前後で絶たれ、明白な現実がそのまま妄想めいた。駅に近づいた頃に向かいから来た白髪混じりの痩せた男にまともに眼を見られて思わず睨み返した。男は視線を受けた眼を逸すともなく、顔もそむけずに横を向いた。あの緩慢な、なにか断続的に見えた動作が今になり思い出されて、あの男は目が見えなかったのではないかとひそかに怪しみながら、じつは自分がその前から自分の間違いに腹を立てて人を呪わんばかりだったことも智恵に隠さず、駅から来て左手の角へ男は折れて、うしろからのぞくと、肩がひどく落ちていたことまで話した。行ってしまったのね、と智恵は話が尽きると言った。それを聞いて安居の内で、男の存在が無数に割れて八方へ散り、結局は何も決まらない、智恵にも決められない、と気持が安易に流れた時、右足をかすかに引きずっていなかった、と智恵はたずねた。妙にまっすぐな、揺らぎのない姿勢から、足を引いて近づいて来た。なぜそんな、初めに受けた印象が記憶から落ちたのか、男に眼を見られるよりも先にあの歩き方の、不思議な、不自然なような平衡に、いよいよ怒りを掻き立てられていたではないかと驚くと、裸体を寄せて横たわっていることが俄《にわか》に意識された。もう交わることもならず二人して冷い床に埋められている。十日前にこの部屋から帰る道では何歩目かごとに右足を引きずるようにするのを自分で見ていた、と慄《ふる》えが背から走った。智恵が右手を取った。握り返す安居の手の、親指の付け根の肉に細い爪《つめ》を立てた。

あなたが殺したのではないの、と言った。

理由を話しましょうか、と爪の先をさらに肉に喰いこませながら、後を継がなかった。

智恵が口にしかけた理由とは、後に言外に話されたことになるのか、話されずに終ったのか、智恵の死んだ後も日々に育って行く息子を眺めながら安居は考える。妊娠が定まってから智恵は一度に変わった。追いこまれるかと思うと、何事かから解放されたように晴れやかになり、まもなく仕事から引いて安居の収入に掛かり、婚姻の届けも出して、子が生まれ育って行く間も、現在を喜ぶ様子が立居にも見えて、死ぬまでそれは揺がなかった。自分の記憶にこそ智恵の妊娠の前後で断層があるのではないか、と智恵を亡《な》くした後で安居には思えるほどだった。

理由をとまで言われて口を閉ざされ、掌の内で冷くなっていく智恵の手を感じながら、智恵は安居が松山を殺したと、知っていたのだ、と安居は考えた。初めに関係が出来た時から、知っていた、とさらに妄想めいたものへ沈みかけた安居の手を、智恵は掌の内から握りしめて、わたしたち、離れていてはいけない、と言った。抱けたら、抱いて、と顔は向けずにうながして、ためらう安居に、後生だから、とたった一人の声で縋《すが》った。血の気の引いたような身体だった。

金曜ごとに逢うようになった。どちらも仕事の立て込む時期にあたり、待合わせは夜の八時を過ぎる時刻になったが、安居の仕事のひける頃に智恵からかならず、約束はしてあるのに仕事場に電話が掛かり、急な事情でも伝えそうな声で、そのつどすこしずつ違った、街角のあたりを言ってくる。安居よりも先に街へ出ているらしく、できるだけ早く落ち合える場所を選んでいるようだった。店で逢うことはなくなった。

人通りを抜けて来る安居を智恵はじっと見ている。安居が近寄ると安堵《あんど》の笑みを浮かべて、提げていた買物袋を持ち換え、安居の肘《ひじ》のあたりをつかんだ。車を拾わせず自分から駅のほうへ歩き出す。肘にあてていた手はだんだんにさがって、人目には立たぬところで安居の手を取った。電車の中でも放さなかった。その手の硬さは、男に縋っているというよりも、男の身を案じているかのようだった。

女に手を取られていると電車の中の時間が長くなった。乗客たちの顔がそれぞれ固く浮き立って、わずかに無関心を装《よそお》いながら咎《とが》める眼に、忌《い》む眼に見えてくる。もしも誰かが憎さげに物を言いかけて来たら、自分はそんな場面を踏んでいないではないが、智恵のほうが先に、自分を庇《かば》って大胆な振舞いに出はしないか、といつか無事を刻々と願う心になっている。何を考えているのだ、とやがて驚く。自分は一体、何者であって何をしたというので、女を連れているだけで周囲にたいして身構えるのか、と理不尽を呪う気持になると、松山の眼が見えて、髪の白くなった頭《かしら》が、まるでその場でゆっくりと回転したように横顔を向け、智恵の手がそっと力をこめる。悪い面相を剝《む》いたのではないか、と安居はおそれた。

智恵の部屋までが敵意をひそませた。智恵はすぐに夕食の仕度にかかる。有り合わせのもので、と改まって安居の前に坐《すわ》る。男として女の部屋に通っていたのに、今では客になっている。この部屋の女主人を抱くとは、ほとんど冒瀆《ぼうとく》に思われた。以前よりは言葉を交わすようになり、それぞれ仕事の話をしているが心はそこにない声だった。言葉が途切れると、憎んでいるのだろう、と問いが安居の喉《のど》もとまで出かける。智恵のひそかに思うところへの疑いではあるが、男女の距離を一気に詰めようとする焦《あせ》りにも駆られていた。安居の目色に感じて智恵は頭をかすかに横に振る。そんなことは考えないでと戒めているのか、抱かれません、と男の求めを払っているのか、安居には感じ分けがつかない。息を抜いてまた細々と続く会話が、どこかの部屋で行き詰まった男女の声に聞こえた。

食事が済むと智恵はすぐに膳《ぜん》を畳んで、盆にのせた洋酒の仕度を安居の前に置いて、台所で後片づけにかかる。この部屋では安居は酒を断わり、智恵もすすめなかったのに、今になりこの仕度をして来るとは、根性を見すかされたようで居心地の悪い気持でいると、盆の向かいから女の坐っていた匂《にお》いが濃くふくらんで、たった一人で物を思っていた匂いに感じられ、台所で水を使う当人に代わって部屋が何も知らぬ男を、招かれざる客を疎む雰囲気になり、思わず背がまるまり、手が悪びれて瓶へ伸びる。

ついなみなみと注いでしまった一杯を素速くあおって口を拭《ぬぐ》う。やがて片づけを仕舞えた智恵が坐って居ずまいを正し、あらためてたずねられるのを待つ恰好《かっこう》から、顔をまともにあげて男の視線を受け、しばらくこらえてから瞳《ひとみ》を逸らす。気の重そうな腰をあげて部屋を出て行く。

それでも迎える身体になっている。お互いにむごいことをするような眼を見合わせたきり、愛撫《あいぶ》も避ける交わりとなった。智恵は安居の首に腕をまわし、頭を抱えこんで引き寄せる。顔を見られまいとするようだった。胸もわずかずつ逸らしながら、くっきりとくびれた腰から、男の身体をまともに受けた。男に腰をあずけて男の腕の中で女の眼が開いている。そんな感触がいつまでも消えず、その眼をつぶらせよう、つぶらせようと、責めるのではなく宥《なだ》める心で男は迫る。深くなった息に声が細くまじるようになると、安居はようやく解《ほど》けて、すぐ腕の中で立つ声なのに、遠くへ耳をやる。その声が長い経緯を話しているように聞こえた。安居に向かって訴えているようではなかった。声の主を安居はただ包みこんでいた。

夜の内に帰ることを安居は考えなくなった。智恵も時刻を気に留めなかった。交わった後からかえって縺り合って眠りこんで、もう夜明けに近い頃、胸に覆《おお》いかぶさっていた重みが引いて安居が目を開くと、枕もとを裸の智恵が通る。膝《ひざ》を竦《すく》めず腰も引かず、乳房《むね》を張って、大きな裸体に見えた。手洗いの水を落とす音がして、足音が居間のほうへまわり、しばらく戻らない。安居はまたまどろんで、手洗いの内いっぱいに豊満になっていく女体を思ううちに、智恵は枕もとに裸のまま坐りこんで皿から物を摘《つま》んで食べている。枕の上から目だけをやる安居に、あげようかとたずねて、いきなり口へ押しこむ。仰向けから返りそびれた安居の唇の間へ、戯《たわむ》れのようでもなく、男女の睦《むつ》みのようでもなく、つぎからつぎに指で銜《ふく》ませて、たどたどしく口を動かす顔を眺めている。

寝床に入ってきた身体がまた大きく感じられた。冷い空気にさらされていたはずの肌が温く火照《ほて》っている。安居の首に片腕を巻きつけて、腰に股間《こかん》を寄せてくるので、安居が抱き取ろうとすると、もう片手を胸に当てて押し返す。

あなたの母親という人に会って見たい、と言った。とうに死んでいるよと答えると、そうだったわね、初めに聞いていたのね、と首にまわした腕を抜いて片肘をついた。乳房が安居の肩口に掛かり、あなたはわたしのことを、どうして、こんなに熱心に抱くの、とたずねて答えを待たず、松山はわたしが妊娠することを恐れていた、死ぬほど恐れていた、とつぶやいた声が変わり、安居の髪へ手をやった。心ここにない手で、いつまでも髪を撫《な》ぜていた。股間は男の腰に触れたままでいた。

だから、松山を殺したのは、あなたではないの、と続けたのは次に安居の来た夜のことになる。やはり安居の髪を撫ぜながらだった。先夜の話を継いだことは声音の変わったことでわかった。理由の明かされるのを待つ安居をしかし置き去りにして、わたしたち、松山とわたしは、どうかするとはっとさせるほど似た顔になることがある、と人も言っていたけれど、血筋が近いなんて、何の証拠もない、と訴えた。たしかにあの人と、わたしの親たちは同郷でした、何代にも近親婚の入り組んだ土地だと聞いてます、だけど、わたしはそこで生まれてもいない、実の親たちの子であることは戸籍を見ればわかること、いくら親たちが、妊娠して駆落ちしたからと言って、と訴えつのりかけたところで、実の親たちの子とつぶやき返して、それは誰だってそうだわね、と安居の顔を見た。

でもあの人のは妄想よ、あれだけ分別のまさった人がその恐れを振り切れなかったのだから、妄想にしても、一生の呪《のろ》いみたいなものだわ、どの女にも妊娠ということになれば同じ疑いに苦しめられたに違いないわ、と眼を見ひらいたまま唇を近づけた。

唇の端と端とを触れるか触れぬかに合わせて、首すじが寒いようで振り向くと見られているというの、わかる、とたずねた。とうとう見えたと竦《うと》んだみたいな眼で、と言った。怯《おび》えた人に抱かれるの、わかる、とまたたずねた。恐ろしくなると来るんだわ、いたわりながら一人で怯えている、やさしいようであれは愛撫ではないのよ、お前の身体は生まれついて豊饒《ほうじょう》だからと言ったわ、と唇をずらして耳もとでささやいた。

あなたは何も知らない、と言った。あなたはわたしの身体を、気づかえば気づかうほど、押し分けてくる、抱かれている間、わたしにとっても、知らない人なの、と声が耳もとを離れた。知らない人に押し分けられて、わたしはどこかで見た広い野原をまた見ている、その野原になっているの、もうすぐ誰かがやって来るのを、知っているの、と頭を起して自分の乳房を眺め、でも不思議だわ、あなたに抱かれた後から、あなたを抱き締めたくなる、知らない人のように感じていたのに、長年待っていた人がそばで寝ている、一体、誰なの、と叫ぼうとすると、知っているはずだと声がする、と髪を揺すって、乳房から安居の胸にかぶさった。

だから、あなたが殺したのではないの、と次の夜にまた同じことを言った。だからとは、何だから、と安居は聞き返した。抱かれていればわかるわ、と智恵は答えた。いましがたの交わりを思って安居は問いを継げなかった。草原となった女の身体を迷い歩く男の背に、人をあやめて来た影を探っていた。見えかかる境もあった。

しかし夜の白みかける頃、わたしは松山が死ななくては生きられない、と智恵は言った。別れていても、あの人がどこかで怯えているかぎり、その怯えに身体から縛られる、どうしたら逃げられるの、とまるで松山がまだ生きているかのように助けを求めた。じつは憎んでいるのではないか、その後からすぐに来た男のほうを、と安居は初めてその疑念を口にした。

もしも松山を殺したのがあなたなら、わたし、あなたに抱かれます、と不思議な答えが返った。実際に安居が初めて智恵を求めた夜にそんな言葉が交わされはしなかったか、と記憶の昏乱《こんらん》に安居は引こまれた。

何もかも見えていた気がする、と智恵は我に返って息をついた。松山よりも、わたしのほうが知っていた、と言った。何を知っているか知らなかった、今でも知らないけれど、今ここでわたしがこうしているよりも、もっと確かな、動かせない何かなんだわ、と瞼《まぶた》を降ろした顔が、明け放たれていく部屋よりも白く、刻々と蒼《あお》ざめていくように見えた。

遠くから大勢の賑《にぎ》わいに似たざわめきが地にひろがって寄せた。雨になったわ、と智恵は目をひらいて、わたしたち、自分が何者か、ほんとうのことは知ってはいけないのね、と安居の手を取り、安居もゆるく握り返したつもりが思わず力がこもった。あれが、そのことについて二人の交わした最後の言葉になった。

それからは毎夜、安居は智恵の部屋へ電話を掛けるようになった。智恵は調子をすこし崩したのでなるべく早く休むようにしていると言ったが、声に暗さはなかった。これまでそんな習慣もなかったのに、どうして日々に安否を気づかうようなことをするのか、安居は長くも拘《こだ》わりはしなかったが、眠れば繰り返し同じ夢を見た。もう安居を咎める言葉もなくして智恵が坐りこんでいる。智恵の深く戒めたことを安居がまもらなかったばかりに、逃げるに逃げられない事態に立ち至ったらしい。それでも求める安居の手を智恵は取って、この上は覚悟しましょう、と言う。避けられぬ事と智恵が話したのはこれだったのか、と安居は悟って、黙ってうなずく。母親もとうに死んでいることだからと思って、夜が白んでくる。しかし金曜日の晩に二人はまた落ち合うことになった。

人中を抜けて近づく安居の顔を智恵は見つめていた。その姿が張りつめた眼から立ちながらにやつれていくようで、安居は夜の夢を思い出しそうになったが、並びかけると甘い匂いが伝わって、雨の降り出しの音に似た雑踏の中へ、細く澄んだ声が通った。

わたし、あなたに、妊娠していて抱かれていた、と言った。

暖かい髭《ひげ》

暮れかけたその榎《えのき》の朽木を後にして、やや広い児童公園のはずれから、昔は脇《わき》往還の分岐だったと言われ、今は建て込んだ住宅の間で曖昧《あいまい》な鉤《かぎ》の手となった辻《つじ》を過ぎるそのたびに、父親の享年《とし》をとうとう踰《こ》えたか、と樋内は背中から惹《ひ》かれる。振り返ると、晩夏の日が短かくなっていくのが日毎《ひごと》に感じられ、暮色の濃くなったその中に、幹から中折れした朽木が一度に甦《よみがえ》って立ち上がる。じつはその背後に繁《しげ》る欅《けやき》の大木と、影がちょうど重なったにすぎない。辻を過ぎてからわずか十歩ばかりの間、そんな角度に踏み入る。

樋内の父親が死んだのは三十三年前の梅雨時のことで、満で六十七歳の手前になり、樋内自身はこの立秋過ぎに六十七ちょうどになった。若かったのだと驚くほかは格別の思いもなかった。母親は父親に先立って六十前に死んだ。兄も六十にまでならずに往《い》った。中年の入口から出口あたりまでの間、樋内は三人の肉親を送ったことになり、去年の秋に甥《おい》の呼びかけで三十三回忌の法要を寺でおこなった折には、なんだか、長閑《のどか》になってしまったな、と働き盛りの甥のそばでついつぶやいたものだが、あの独り言も、庭に降る小春日和《びより》の正午の陽差しに感じて、すっかり閑暇の身になった感慨が洩《も》れたまでのことだ。

あれはしかし、気が抜けてしまったなと言おうとしたのではないか、とこの八月の中頃から、日課となった暮れ方の散歩の帰り道に、その辻を過ぎて振り返り、また歩き出す時に、ふっと思っては自分で首をかしげることが度重なった。気が抜けたと言うのも不可解だった。父親の死を二十年も三十年も心に掛けていたわけでない。事故死でもなかった。ところが、何をいまさらと振り払うと空虚感を覚えて、背後で辻に差《ひ》しかかる、自分自身の姿が見える。長年、慎重な足取りで歩いて来たものだ、と他人事《とごと》のように感心した。まるで辻を越して歩みが一度に楽になったかのようだった。自身の姿を背後にこうもありありと思い浮かべられるとは、いよいよ先のすくなくなった徴《しるし》か、とおそれないでもない。しかしその足取りは、すでに過去の翳《かげ》をまつわりつけているのは奇妙だが、幻覚めいたところはなく、自身のよくよく知ったものだった。五十代のなかばにかかる頃から、急ぐことも走ることもあったが、おおよそそんな風に歩んで来た。瀬踏みをするような足取り、そのような心だった。老年の見えて来る頃からのことになるが、老と病と死を深く思って歩みを戒めたのでもない。それよりも心に掛かるのは職を離れて閑《ひま》になる日のことだった。停年にはまだ間があっても、年々、世の中は不況で、いつ希望退職の、声をかけられるか知れぬ時代になっていた。かならずしも経済上の不安ではなかった。娘たちは二人とも片づいて、借金もなかった。「孤独」になることに今から恐怖を覚えるという人の話を聞いたが、それにたいしては早目にすこしずつ心の準備を積んでいた。あらかじめ備えきれないことだという覚悟もついた。無事停年の近くまで来た頃には、毎日家に居る自分を自然に思い浮かべられるまでになっていた。そこへ僥倖《ぎようこう》があって、知人の会社でもう五年働くことになり、半分の給料で倍使われる、と同じ境遇の旧同僚はぼやいていたが、忙しさは忙しさでもすでにその質が違って、閑暇の心がそこに混じるようになった。二年前にすっかり職から退いた時には無聊《ぶりよう》に苦しむこともなかった。

季節をひとめぐりして二年目に入っても、変わりはなかった。もう長年閑暇に馴染《なじ》んでほかの暮らしも知らぬげな自足を怪しむそのまた一方で、何を恐れて来たのだろう、と引退前のことを振り返った。その頃から、ほかの年寄りたちへ目が行くようになった。前のめりに急ぐようにしてしか歩けない年寄りがいる。膝《ひざ》のあたりの弱りから小足をあわただしく送るよりほかにない老年の歩行の事情はわかっていたが、それにしても一歩ごとに、忿怒《ふんぬ》が足もとから突き上げる。あげくには何もかも、自身の老年までも、後へ切り捨てんばかりの勢いになり、足を取られかけ、物に手をついて喘《あえ》いでいる。通りがかりの者のちょっとした落度に目をつけてひと言、挑みかかる年寄りもいる。相手を見てのことだ。たいていはすれ違い際《ぎわ》に、去りがてらに罵《ののし》る。しかし相手に呼び止められ睨《にら》みつけられ動けなくなることもある。総身に針を立てるような慄《ふる》えから、怒りよりも、哀《かな》しみが臭《にお》う。悪相に剝《む》いた眼も涙ぐむ。

もしも魔界などというものがあるとしたら、脆《もろ》くなった年寄りはそんな忿怒の発作をきっかけに、たとえばもうひと声、悪声を放ったのを境に、造作もなくその中へ入ってしまうのではないか、とある日、思った。魔界などと日頃考えたこともない言葉のいきなり浮かんだのが、これこそ面妖《めんよう》だった。しかし忿怒の一線を踰えたそのとたんに、人をふくめて周囲の、見え方が一変してしまう、聞こえ方も異なってしまう、見知らなくなる、切迫感だけに満ちて空虚に静まり返る、というようなことはあるかもしれないと考えて、あの時にも小心に瀬踏みする自分の足取りを、足もとに感じていた。

その足取りがこの夏の盛りから背後へ回った。暮れ方の散歩の帰りの、例の辻を過ぎて朽木のほうを振り返ってから十歩ばかりの間のことだが、辻へかかる自分の足取りを置き残して、楽になって歩いている。この年まで来て自分もようやく、吉凶のことはともかく、何かの境を踰えたしるしかとも思われたが、踰えるなら一回限りのことのはずなのに、日々に繰り返されるのが理に合わない。日が短くなるにつれて背後の影は濃くなり、辻へ差しかかりながらいつまでもたどりつけず、そのままいまにも夕暮れに紛れて失せそうで、ひそかに焦《あせ》る面相が先を気楽そうに行く背に縋《すが》って来る。

九月に入り、日の落ちるのがさらに早くなったら暮れ方の散歩もここまで足を伸ばさなくなるだろう、春になったらこの辺は自分の足にとってもう遠い所になっているのだろうか、と或《あ》る日、もう名残りを惜しむようにして辻へ近づくと、児童公園の、欅の木蔭《こかげ》に入るあたりのベンチのひとつに、瓦《かわら》の剝《は》がれた屋根に張るような青いビニールシートをかぶせられて、なにやら物の置かれているのが目についた。車で運びきれなくなった荷物を、盗《と》られる気遣いもない物ばかりなので、雨露をよける手立てはして、明日の出がけに取りに寄るまで置いて行ったのだろう、と眺めて通り過ぎた。

それから三日もして、昨日も一昨日もなかったはずなのに、同じベンチに同じようにして物の置かれているのを目にした時には、ビニールシートが人の形にふくらんでいるように見えて、ひょっとしたら中に人が寝ているのではないかと思ったが、それにしては丈が短くて、人だとしたら腹のあたりから、急にしぼんでいるので、嫌な連想をしたと目を逸《そ》らした。

ところがまた十日もして、そのこともすっかり忘れた頃に、霧雨の降り出した中を通りかかると、ベンチにまたシートが張られていて、その中へ脚を突っ込む男の影が見えた。年寄りだった。腰まで入ったところで、傘をひろげて枕元《まくらもと》へ差し掛け、うすら笑いを浮かべると、頭までシートの下にもぐりこんだ。

歯だけで笑うようなその顔には見覚えがあった。まだ日のよほど長かった頃から、暮れ方のベンチに腰をかけて、一人であのうすら笑いを浮かべていた。ホームレスではない。身なりは小ざっぱりとして、垢《あか》を溜《た》めた様子もなく、白髪の頭は綺麗《きれい》に刈りこまれている。そう言えば傍に、黒い布のバッグのほかに、バスタオルらしきものの折り畳んだのが幾組か重ねて積んであった。そうして公園でまだ遊ぶ子供たちの姿の消えるのを待っていたらしい。

それからは三日に一度はその寝床を眺めて通り過ぎた。すでに夜目に近くなっていたが遠くからは、人が中にいるとはとても見えない。近づくと、人のふくらみになる。それにしても、ベンチに坐《すわ》っていたところではひどく小柄の人でもなかったのに、物にくるまれて外に置かれると、人はこうも小さくなるものか、と毎度驚いた。眺めて過ぎるかぎりのことだが、身じろぎもしない。ビニールシートの中に頭まですっぽり入って蒸されはしないか、蚊に喰われはしないか、と他人事ながら呆《あき》れていたのがやがて、冷えこみはしないか、夜中までそうしているのか、家族は知っているのか、と心配される季節になり、彼岸も過ぎた頃、或る日、あれはもう人が入っていなくて、中は詰め物ばかりで、家の者を威《おど》すための、形代《かたしろ》のつもりなのではないか、と疑いながら近づくと、例の寝床のしつらえられたベンチの前に、暗くて年の頃はよくも見定められないが、若い男が腕組みをして、その背の静まりが、殺意に耐えているように見えた。

――また庚申《こうしん》堂へ行ったようだ。来てくれないか。

夜の九時過ぎに兄から電話が掛かる。十一月に入って夜はだいぶ冷えこむようになっていた。わかった、とだけ樋内は答えて受話器を置き、行って来るよ、と身重の妻に言って自転車で家を出る。車に気をつけてね、と妻は眉《まゆ》もひそめずに送る。三夜に一度は繰り返す事なので、頼むほうも頼まれるほうも無責任のような口調になる。兄や嫂《あによめ》が出ないほうが事は早く片づくとは、すでにお互いに了解していた。

樋内の住まいから自転車を急がず漕《こ》いでも十五分ほどのところで、父親と兄たちの家によほど近くなる。住宅のだいぶ建て込んできたあたりの古い辻の角に、子供の遊び場にも足らない狭い空地があり、お堂が遺《のこ》されている。庚申堂と父親が言うので、家の者たちもそう呼んでいたまでで、ほんとうは何であったのか、正体は知れない。そこの地所は所有権が宙に浮いているそうだ、と嫂がどこからか聞き込んできた。半月も前に越して来たばかりの樋内にとってはもとより無縁の土地だった。父親と兄たちにとっても、この土地に家を建てて移って来てから七年にもならない。私鉄を急行で四十分近く外へ来た当時の新興住宅地のひとつになる。父親は六十六、樋内は三十四歳になったところだった。

お堂の脇に使い古された乳母車が、捨てられているかのように見える。この乳母車が樋内の目にお堂の寒々しさを、周囲の冬枯れの芒《すすき》の類《たぐ》いよりも、よけいに際立たせる。じつは樋内の姪《めい》と甥、父親にとっては二人の孫たちの、姉は小学校の三年生、弟は一年生になるが、それぞれ赤ん坊の頃に載せた乳母車だった。下の甥だけがわずかに、この土地生まれになるか、それと、妻の腹の内にいる自分の子とが、と怪しむまでもないことを毎度怪しみながら樋内はお堂の階《きざはし》に足を掛ける。間口一間足らずの四角四面のお堂の、裏からベニアを打ちつけた格子戸《こうしど》を開けると、内の暗闇《くらやみ》の底に、もうひとつ濃い闇が片寄せられたように、寝袋にくるまって父親が寝ている。

また来たか、と父親のほうから声を掛けてくる。また来た、と樋内は答えて土足のままお堂にあがり、寝袋の足もとの壁際にしゃがみこむ。帰れ、とまたしばらくして父親は言う。帰らない、と樋内は声を強めもせずに答える。それ以上の言葉は責めるにせよ宥《なだ》めるにせよ無用なばかりか父親をよけいに頑《かたく》なにさせるということは兄からとうに言いふくめられていた。父親のその奇行の始まったのは、他処《よそ》で暮らしていた樋内は知らずにいたが、その夏の終り頃からだという。或る日、暮れ方に散歩に出た父親が暗くなっても戻らない。夕飯時も過ぎたので家族たちが手分けして探すと、近所の公園のベンチに寝ていた。いつ運び出したのかタオルケットをまだ暑い季節に頭からすっぽりとかぶっているので、家族たちは幾度もその前を気味悪がって通り過ぎた末に、ほかを探しあぐねてだんだんにそこに寄り、おそるおそる声をかけるが反応はなく、人違いということもあるのでケットに手をかけてめくるわけにもいかず、ベンチをまるで遠巻きにうろうろとするうちに、ケットの端から赤く火照《ほて》った禿頭《はげあたま》がにょっきり現われ、お前たちの知ったことでない、と歯を剝《む》いて笑ってまたもぐりこんだ。子供たちが声をかければケットの内からおどけた合いの手を打つが、兄や嫂が口説きかけると返事もない。ふいに自分から起き上がるまでに、だいぶ間がかかった。

そんなことがまだ暑い内に三度あったという。不満があるなら言ってください、と嫂は泣いて迫った。何の、不足はあるものか、と父親は答えた。この家がそんなに、居づらくなることがあるの、と兄がたずねると、これほど恵まれた年寄りもない、と答える。表で寝るにはじつに気持のよい季節だ、夏の終りは、などと言う。たまにはすっかりひとりきりになってみるものだ、年齢も忘れる、と笑っている。そらとぼけているようにも、ほんとうにひとりで楽しんでいるようにも、兄の目には映った。まだ笑い話にもなる域の内だった。子供たちはどう感じるかと親たちは心配もしたが、子供たちは二度目の時からベンチに寝ている祖父を見つけると二人して駆け寄って、タオルケットの内と外とで戯《たわむ》れ合った。やがてケットを剝いで祖父を引っぱり出し、二人してもぐりこむ。

九月もなかばに掛かる頃には父親の「悪戯《いたずら》」も止《や》んでいた。兄の話したところでは、年老いた親との同居はむずかしいとされているがこの家に限って、それまで年寄りをめぐる悶着《もんちゃく》というほどのものはなかった。父親は年にしては心身ともに壮健で、年寄りの癇積《かんしゃく》やら物僻《ものひが》みやら、同じ話を繰り返したり人の話に割り込んだりする癖から無縁だった。ここの住まいもその六年あまり前の、父親の六十になる年に、母親の亡《な》くなったのを機に、区内の長年の住まいを引き払って、父親と兄の共同の形で建てたもので、母屋《おもや》からすぐ鉤《かぎ》の手につなげて父親の「隠居所」も設けたが、その後も五年ほど、父親はよほど閑職になるが勤めを続けた。もともと家のことは母親にまかせきりにして外で働く一方の人で、物に拘《こだ》わらぬ、大抵のことは笑い飛ばす性分だったが、すっかり引退した後にはその笑い性《しょう》がひときわ強く出て、智恵のついて来た孫たちとのやり取りが、どうかすると懸合いの漫才風になり、母屋から聞いている夫婦に腹をよじらせた。

何もかも、俺にとって、目新しくなった、この土地もいまさらめずらしい、と父親は引退後の感想を洩らしたことがある。長年忙しくして来たのに本を読む習慣は残して、無聊に苦しむ様子も見せない。机の前に坐って一時間でも二時間でも孫たちをまつわりつかせている。親父は遠慮しているのではないか、と兄は気になることもあったが、とにかく波風の立たぬ家で、問題があるとすれば、二十代に家を出たきりろくに寄りつかぬ次男のことよりほかになかった。

ところが彼岸も過ぎて、野分めいた風の吹く夜に、夕飯を済ませて孫をからかいながら部屋にひっこんだはずの父親の姿がいつのまにか見えなくなった。公園にもいなかった。四人して探しあぐねて例の辻《つじ》に通りかかると、お堂の前に古い乳母車が捨てられている。家《うち》のだ、と下の子が言う。よくよく見れば、もう何年も物置きに放りこんだままの乳母車だった。兄はお堂をのぞいてみた。中に人のいるような気配はなかった。ところが格子戸を閉めようとすると、その尻《しり》についてのぞいていた上の子が、いるいる、と言う。いるいる、と朽ちかけた階の上で飛び跳ねる。いるいる、と下の子もお堂の前で、見えもしないのに、つられてはしゃぎ出す。そのうちにお堂の暗がりの底から、いるいる、と笑いをふくんだ低い声が返した。

嫂がとっさに笑ってくれたので、兄は助かった。父親は寝袋にくるまって寝ていた。次男の樋内がまだ学生の頃に山登りに使っていた進駐軍放出の寝袋だった。枕もとに酒の四合瓶と湯呑茶碗《ゆのみぢやわん》と少々の摘《つま》みがあった。このお堂は何なの、と兄はたずねた。庚申堂だ、と父親は答えた。ここで何をしてたのとたずねると、おこもりさ、と答える。それ以上追及するのは子供たちの手前もあって険呑《けんのん》に思われて兄は控えた。父親もすぐに起きあがって寝袋をまるめ、瓶や湯呑みもまとめて乳母車に載せ、孫たちと一緒に賑《にぎ》やかに押して家に帰った。

兄が日曜日の午後に別の沿線にある樋内のアパートを訪ねて来たのは十月に何日か入った頃になる。ひと間と少々の住まいだったので、兄は樋内の妻のいる前でこの夏から始まった父親の奇行のことをざっと話した。庚申堂のことがその後三度重なったという。一度は兄が夜更《よふ》けに家に帰ってくると、子供たちはもう寝ていて、嫂が疲れはてた顔で出迎えた。わたしでは返事もしてくれない、それにしても、用心していたのにどうして家を出て行くのに気がつかなかったのかしら、と頭を抱えこむ嫂を置いて兄は一人で庚申堂へ行った。二度目の時には兄も家にいながら父親の抜け出した気配にすこしも勘づかずにいた。その夜も一人で連れに行った。三度目は夜の帰りに例の辻にかかるところで、何となく予感がして、ずいぶん挙動不審になるがお堂に寄って念のため中をのぞくと、もう死んでいるぞ、と笑い声が立った。

目を瞠《みは》って聞く樋内を兄は片手で制するようにして、いや、こう口で話せばひどいことに聞こえるだろうが、そんなでもない、お堂の中で父子の諍《いさか》いが始まるわけでもなし、親父《おやじ》が自分から起き上がるまで少々閑《ひま》がかかるだけのことで、俺も気が長くなっている、家に帰れば親父は格別変わりない、ますます陽気でよく笑う、家内すこぶる平穏なのだ、とそう言いながら、しかし親父はこの夏を境に、元気は元気なのだが、どこか脆《もろ》くなったように俺には感じられる、もともとせっかちなほうだったがなにか急《せ》くようなところが端々に出てきたことも気にかかる、これから日一日と夜は寒くなる、俺も毎晩早く帰れるとはかぎらない、どうだ、子供の出来たのを汐《しお》に、俺たちの近所に越して来ないか、借家の心あたりはある、と切り出した。越す先を探していた樋内には渡りに舟の話だったが、ごく若い頃から骨肉の争いでは苦労したらしい妻のことを思って返事を留保しようとすると、行ってあげなくてはいけないわ、と妻は口を添えた。

日が暮れかけて、夕飯時までに家へ戻らなくてはと立った兄を駅まで送る道で、妻の前で話しただけのことではあるまいと見た樋内は、お堂の中で親父と、一体、何を話すの、とたずねた。庚申待ちとやらの、講釈を聞かされた、と兄は憮然《ぶぜん》とした声で答えた。何でもカノエサルの夜には潔斎して夜明けまで庚申堂にこもる。人の体内に棲息《せいそく》するサンシとかいう虫が、その夜には眠るうちに体から抜け出してその人間の犯した罪を天に告げ口するので、油断がならない。宴会をして睡気《ねむけ》を払うのだと言う。お堂には青面金剛が祭られると勿体《もったい》をつけるけれど、あそこはそんなもの、ありはしない、何もない空っぽだ。

潔斎などしていないじゃないかと言えば、毎日が潔斎だ、と言う。寝てるじゃないかと言えば、眠ってはいないと言う。天ならお見とおしだろうと言えば、告げ口されると話がこじれると言う。一人では宴会にもならないと言えば、いや、大勢寄ってくると言う。カノエサルだろうと何だろうと六十日に一回しか巡って来ないことぐらいは知っているんだと言えば、俺にとっては干支《えと》の回転も速くなっているのだと言う。

自分こそ言いつのりながら心ここにないようになっていく兄の声を樋内は耳にして、

これとは別のやりとりこそ父子の間で交わされたに違いないと感じ取り、問い詰める兄を父親が言を左右にしてはぐらかす様子をお堂の内の暗がりに思い浮べるうちに、あげくには寝袋から頭を起こして、うすら笑いを浮かべて、俺に向かってこう、こう、こう、と兄は両の掌《てのひら》を顔の前へ回し、頭の左右へ浮かせ、頤《あご》の下で落ち合わせ、不思議な手踊りみたいな動作をまた奇妙に緩慢に繰り返し、どうかしたのではないかと弟が呆気《あっけ》に取られて眺めていると、猿だよ、三猿《さえん》だ、見ざる聞かざる言わざる、庚申さまの手下だ、と言って両手を垂らし、日曜の宵の口の閑散とした駅の改札口へ入って行った。風の走るホームを遠ざかる背がさびしげに見えた。

半年ぶりに樋内の会った父親は白い口髭《くちひげ》を蓄えていた。髭で笑うという印象を樋内は受けた。口数はすくなかったが、話し出すと以前よりいくらか、言葉が走るようだった。子供が出来ることをあらためて報告すると、眉間《みけん》に皺《しわ》を寄せてちょっと考える様子をしてから、それは賑やかになる、とやはり髭で笑った。自身にとって孫にあたるということが、とっさに呑みこめなかったのではないか、と樋内は顔を見た。

越して初めて嫂から電話で助けを求められて自転車で庚申堂に駆けつけた夜にも、樋内が兄に教えられたとおり黙ってお堂にあがると、来たかと声を掛けてきた父親の髭が寝袋の中から笑っているように見えた。来たとだけ答えて壁際《かべぎわ》に腰をおろすと、お堂の内は思いのほか暖く、格子戸を閉めても、どういうものか、すぐ目が馴れて、薄明りがこもるようで、所を得たように膝《ひざ》を抱えて落着いた自分が、つい半月ばかり前には予期もしなかったことなのに、もう幾夜もここでこうして父親の守りをしていたように感じられ、来たかと父親に声をかけられた時には、どこから来たと思っているのだろうと疑ったものだが、はて、自分はほんとうに、どこから来たことになるのだろう、とおかしなことを考えた。

あらためて眺めれば寝袋は父親の体格にしては莫迦《ばか》に太く膨んでいる。寝袋の中に毛布か何かを下に敷きこんで上からも掛けていると見えて、これだけの仕度を家から運び出すとは、兄も嫂も阻止することを諦《あきら》めたようで、夫婦の疲れが思いやられた。父親は口をきかなかった。拒絶するようでもなく、気楽そうな寝息を立てている。樋内ももとより長期戦に備えウイスキーの小瓶を忍ばせていて、瓶の口からふくみふくみするうちに寝袋のほうから、覚えのある匂《にお》いが床を伝ってきて、だんだんに濃くなり、まだ二十歳にならぬ女の青い肌の匂いと嗅《か》ぎ分けられ、昔、山中の夜にこの寝袋に、戦死した米兵の遺体を包んで運んだと言われた寝袋に、二人してくるまって交わったことのあるのを思い出した。あの夜の匂いが十何年も寝袋に遺って、ここで熟睡に入ったらしい老父の体温に触れて発散してきたかと思えば辛《から》い皮肉の味はした。しかし二十歳の時から家を出て宙に迷った自分の、子がようやく今の妻の腹に落着いた、その験《しるし》がここに後《おく》れて現われたことにならないか、この巡り合わせは、と酔いの回りかけた頭で間の抜けたことを考えていると、父親の寝息が止まって、いきなり起き上がり、まだいたのか、そろそろ行くぞ、と促して寝袋から這《は》い出した。達磨《だるま》のように着ぶくれて、頭に毛糸の帽子をかぶっていた。

父親をお堂から先に出して毛布を畳み、寝袋もまるめて乳母車に積もうとすると、父親の姿は見えず、自転車もなくなっていて、辻の先のほうの道に黒くふくらんだ影が自転車を大童《おおわらわ》に漕《こ》いで、雑木林の蔭《かげ》に消えた。乳母車を自分の不始末の跡のように押して行くという図になった。

同じようなことが三夜に一度ほど繰り返され、お堂の中で父親はたいてい安楽そうな寝息を立てている。樋内自身もわれながら一向に苦を覚えない。全体が面妖《めんよう》なままに、兄の言葉ではないが、すこぶる平穏なのを、徒労のようにも自然のようにも感じるうちに師走《しわす》に入り、風の吹く夜にまた兄の家から呼出しが掛かり、樋内が防寒に身を固めて家を出ようとすると、悪阻《つわり》も過ぎて生温くけだるいようになった妻が宵のうたた寝から身を起こして、今夜でお仕舞いね、と言った。どうしてとたずねると、どうしても、と答えて風の音へ耳をやるその眼が、まだ睡気を滴《したた》らせながら、青いように澄んでいた。この莫迦げた騒ぎに呆《あき》れもせず、夜に電話が来れば飛び出して行く夫を黙って送り出しているが、ひょっとしたら俺や兄貴よりも、事の由来と成行きが見えているのかもしれない、と首をかしげて樋内は風の中へ自転車を漕ぎ出した。

しかしお堂に着いて見れば変わったことはありそうにもなく、吹き渡る風の合間に父親の寝息を聞くばかりになった。板壁とそこにもたれこむ背中が一枚に合わさってひろがりかかるように感じては自分も眠っていたことを知る。覚めるたびに、太くふくらんだ寝袋が床の暗がりからくっきり浮かんで、あそこで寝ていれば、守りをするほうとしては、ちょうどこの位置に控えるよりほかにない、すこしでも見る角度が違えば憎悪《ぞうお》の起こる恐れがある、と兄のことを思った。腰をおろすまでの手間もなかったようなことを口では言っていたが、兄もここでこうして膝を抱えて待っていたのだろう。たまに親の家に寄っては責任を済《な》し崩しにして来てここで残りを安く納めようとしている自分と違って、兄は妻子の手前もあり、どういうつもりだと父親に迫りもしたに違いない。おもむろに狂っていく手踊りのような手つきを繰り返す兄の顔が見えて、気がつくと樋内は壁から背を起こして硬い腕組みをしていた。その恰好《かっこう》がこんな所の暗がりの中でいかにも思い詰めているふうに感じられて、深い息を吐いて腕をほどこうとすると、息の掠《かす》れたところで、思わず太い呻《うめ》きが洩《も》れた。

お前は俺の息子ではない、と父親が答えた。兄の名前を言った。声はくぐもって寝言に聞こえたが、寝息は間遠になった。それなら俺もか、と樋内は及び腰にたずねた。だいぶ間を置いて、寝言の相手をしたかと悔まれる頃になり、お前か、お前は俺の息子も何も、まだ生まれるにも至っていない、サカリばかりつきおって、まだ母親の腹の内だ、と覚めた声が返って来た。

――おふくろはとうに死んでいるよ。

――なおさら、腹の内だ。

――死んだ腹の中で生きていられるものか。

――女の腹の内から、女の腹の内へ、種を洩らしおった。

髭が笑っているように見えた。遠くから風が吹き寄せ、お堂をあおって通り過ぎ、その音がおさまると、そこにいても女の腹の匂いがする、と父親は風の問話していたようにもうひと言吐き出して、寝息がまた立った。その声が樋内には父親の声ではなかったように聞こえて、自分は一体誰と話していたのか、誰から責められていたのか、と驚いた。それでいながら、長年聞き馴《な》れた父親の声以上に父親の声だった、と訝《いぶか》りも混じり、いつ聞いたのか、いつ聞いて忘れた声なのか、と記憶を徒《いたず》らに探るうちに、父親の寝息のほうへやっていた耳がいつのまにか、風の寄せる間際の、地平の静まりのほうへそのつど惹《ひ》き寄せられた。甲高い潮騒《しおさい》のような、しかし音にはならぬ気配が八方から地平の一点へ吸いこまれて、その一点の静まりが飽和を重ねながら空虚になり、恣意《しい》の笑いのようになり、おのれの吸引力を持ちこたえられるだけ持ちこたえてから崩れる。俺たちの家には因縁というほどのものはないと、俺の知る限り、そう思うが、お前はどうか、と兄がたずねた。兄さんが知らなければ、俺が知るわけはない、変わった家とも思わないけれど、と弟は答えた。親父は変な物に取り憑《つ》かれて庚申堂《こうしん》へ行くのではないか、と女房は近頃気味悪がっている、と兄はやましいような眼つきになった。庚申堂なら、さしずめ、お猿が憑いたか、と弟は冗談で取りなそうとして眉《まゆ》がひそまり口を噤《つぐ》んだ。親父は俺に何を言いたいのだろう、と兄は一人で考えこんだ。地平がまた静まり、兄もいまそちらへ耳を澄ましているのだろうか、と自分も息を凝らして吹き出しを待つと、静まりはいつまでも破れず、それに応《こた》えてお堂の内が張りつめ、その空間そのものがひそかに髪を逆立てているように感じられて、殺せるものなら殺してみろ、とまるで俺を促しているみたいだ、と暗い兄の声が聞えた時、樋内は我が眼を疑った。お堂の内がはっきりと、今までよりも明るくなっていた。床から壁から、見あげたこともない天井まで、木目が浮き立った。憎さげにふくらんだ寝袋がすぐ手もとに見える。それが蛇のようにのた打って、笑いが湧《わ》いて出た。怒ったな、と声がした。怒った、と答えると、怒った覚えもなかったのに、その声の重たるさに慄《ふる》えが来て、片膝をついて壁際から立ち上がろうとしていた自分を見た。

――では誰の子なんだ。

――俺が母さんと寝てこしらえた子だ。

――息子ではないか。

――それで息子というもんじゃない。

――ほかに何がある。

――父親に認められてこそ息子だ。

――認めていないのか。

――父親の死ぬ時に決まる。

――こんな所へ引き寄せて、何のつもりだ。何を要求しているの。

――壁に貼《は》りついて膝を抱えているようでは心細いな。

――殺せ、と言うのか。

父親の頭がゆっくりと起き上がり、目を剝《む》いて睨《にら》みつけ、怒気が走りかけて口髭かららゆるみ、両手をゆるくもたげるので、見ざる聞かざる言わざるの三猿の嘲弄《ちょうろう》かと樋内が構えると、手間のかかる奴《やつ》らだ、と笑い出した。辻まで届きそうな声で笑いに笑ったあげくに、おこもりは今夜で仕舞いだ、と言って寝床から抜け出し、なぜ、と樋内が呆気に取られてたずねると、もう階《きざはし》まで出たのが振り返りもせず、お前が床を蹴《け》って立ちかけたはずみに、あの世へ道がぽっかり開いた、息子殿のお蔭で、とそらとぼけたことを言って降りて行った。

あの夜も樋内が寝袋などを抱えてお堂から出て来た時には父親の姿も自転車も見えなかったが、石ころ道を吹きつける埃《ほこり》に向かって樋内がガタのきた乳母車を押して行くと、途中で父親は風の中に自転車を停めて待っていた。近づく樋内に、太郎は元気か、と声を掛ける。太郎って誰と聞くと、お前の女房の腹の中だ、と言うので、太郎なら俺の息子じゃないかと苦笑すると、それはこれからのお前次第だ、と背を向けて自転車をついと漕いで遠ざかる。

つい十年ばかり前までは農道だったと言われて、新興の住宅の間をゆるくくねる道だった。その行く手の曲がり目の、古い辻のあたりの暗がりに繰り返し、自転車を停めて待つ背中が見えた。乳母車の音が近づくと振り返り、こちらの顔をまじまじと見ながら、声は掛けずに自転車を出す。その前に髭が笑った。風の中でそこだけが暖かく見えた。亡《な》くなる半年前のことになる。

林の声

――わしはここに入る。村へはいまさら、帰ってくれと頼まれても帰らん。

林を背負った墓地のはずれの、痩《や》せた畑のむこうに旧道のくねくねと通るのが見えるあたりに、土の中から頭をもたげた丸い石の上に祖父は腰をおろして、子供の眼をまともに見た。聞くたびに佐岐は石の下へ自分から入っていく祖父を思った。返事を待つような間を置かれて、コックリとうなずいたこともあった。

佐岐たちの住む村から町に出て、鈍行列車をふた駅だけ乗った町からまた山際《やまぎわ》のほうへ入った村だった。本家の長であったはずの祖父がどういう事情で親族から離れて一人でそこにいたのか、佐岐は知らなかった。今でも知らない。月に一度、日曜日に継母は佐岐を連れて祖父のところに行き、半日で出来るかぎりの身のまわりの世話をする。父親の言いつけだった。父親は家の長男《あとつぎ》だったが若い頃に郷里を飛び出したきり家に寄りつかず、十何年もして東京の生活に行き詰まり、三つにもならない佐岐と、胸を病んで衰弱した妻を抱えて、大叔父の家に転がりこんで離れに居候《いそうろう》の身になった。まもなく妻を亡《な》くし、町で知り合った女を呼び寄せて家に入れ、ろくに働きもせず、厄介者のくせに気位ばかりが高く、自分から棄《す》てたはずの家督を、新しい法律を盾に、何人かの親類を味方に引き入れて叔父と争うことにかまけて、昼間から酒の入っている日もあった。

女房をひっぱたいても親父のところへ行かせている、と父親はまわりに吹聴《ふいちょう》していたが、そのまわりからは、ああやって、孫娘の顔を見せて、点数を稼いで、後の証文にするつもりだ、と蔭口《かげぐち》をきかれていた。ところが、むっつりと駅まで来た継母は列車が走り出すと穏やかな顔つきになり、佐岐にたいしてもうちとける。祖父の家へ向かう道では口から細い唄《うた》が洩《も》れる。親族たちを一切寄せつけないと言われた祖父も二人が庭先に立つと、笑わない人だったが、自分から縁側に出て迎えた。継母が家の内の掃除やら洗濯やらにかかる間、祖父は佐岐の手を引いて表へ出た。途中口もきかず、墓地のはずれまで来ると例の石に腰をおろし、佐岐を一人で遊ばせて、遠くへ耳をやるように目をつぶる。

後年になり、通りがかりの人にはさぞやいかつい、恐いような顔に見えたことだろうと思うほかは、祖父の姿も満足に浮かべられなくなっても、手を大事に引かれる感触は佐岐の掌《てのひら》に遺《のこ》った。小学校へあがるまでの、何年かの間のことだったと思われる。やがて父親が死んだ。雨の夜に酔って泥水の中に倒れているところを見つけられて、町の病院へ運ばれる救急車の中でもう息がなかったという。それからある日、継母が佐岐を抱き締めてしばらく泣いてから、さよならと言って家を出て行ったかと思うと、日の暮れになり、灯も点《つ》けぬ離れで佐岐が一人で膝《ひざ》を抱えていると庭のほうから戻って来て、一緒に行こう、と普段着のままの佐岐を連れ出した。継母が昼間に家を出て行ったのと、暮れ方に戻って来たのが、同じ日の内のことだったかどうか、佐岐の記憶はとうにはっきりしなくなっている。どちらにしても家を出たその足で二人は駅前の店で夕食をしたため、夜の更《ふ》けかかる頃に祖父の家の戸を叩《たた》いた。

来たか、あがれ、今夜は泊って行け、と祖父は待ち受けていたように迎えた。継母は玄関の間の端に控えて両手をつき、お別れの御挨拶《ごあいさつ》にまいりました、と頭をさげるとすぐに家の内の片づけにかかった。その夜、馴《な》れない寝床の中から佐岐はむこうの座敷の、詫《わ》びる継母を宥《なだ》めながら何かをしきりに諭す祖父の、底から黒く光るような声を耳にして、林のむこうでひとり風に吹かれる石を目に浮かべるうちに眠った。

翌日、三人して朝食を済ますと、祖父はいつものように佐岐の手を引いて、墓地のはずれの石に腰をおろし、遊ぶ佐岐をその日はつくづくと眺めながら、この道の、あの曲がり目の先に、昔は茶屋があったはずだが、いつ消えたものやら、とつぶやいていたが、花を摘もうとしゃがみこんだ佐岐がうなじに視線を感じて振り返ると、
——お前も、この土地に縁もなくなるだろうが、わしの墓を忘れずにいれば、きっと良い運にめぐりあうだろう。

そう言って立ち上がった。昼食をまた三人で済ませて後も片づけると、継母は佐岐に着替えさせて祖父の家を出た。祖父は庭に降りて、わしの報《し》らせは届かんだろうと思うが、と二人を見送った。二人はまた上りの鈍行に乗り、半年後に東京の郊外のアパートに落着いた。そこで継母の亡くなるまで二十年、一緒に暮らした。

——だから半年ほど、わたし、学校へ行っていないの。そんなもの、小学校の一年生の時なので、いくらでも取り返しはつくのだけれど、高校生の頃にも、基礎のことを考えると急にわからなくなって、何もかも、おかしくなってしまう。わたしの記憶もそれと同じで……。

佐岐の話を聞いていて河合こそその時間の、思い切った飛び方に惹《ひ》きこまれそうに

なった。継母は働いて佐岐を育てた。高校を出てから佐岐も働きに出て助けた。共稼ぎと二人は呼んで、かわるがわる炊事にあたった。夕飯を一人で食べることはまれだった。五年後に継母は検診で癌《がん》が見つかり手術を受けることになった。二年後に再入院になり、また半年後に再々入院になり、佐岐は勤め先と病院とアパートの三辺を通う日々を繰り返し、この分なら近く退院になるかもしれないと医者に言われた時期もあったが、半年足らずで継母は亡くなった。その形見を整理するうちに佐岐は自分と継母との間に養子縁組の整っていることを知った。それだけの配慮はしたのだ、と死んだ父親のことを思った。それにしても、「お母さん」が父親の妻であったことを、これまでほとんど意識もしないで過ごしてきた自分が不思議だった。継母はまだ五十の手前で、佐岐は二十六になっていた。

以前から立退《たちの》きを要求されていたので、継母の遺骨を市営の納骨堂へ預けたのを機に、もっと遠い郊外のアパートへ移ることになった。あれから一人で暮らして、三年経《た》っても、風の吹く夜などに、自分がどこにいるのか、もともと、子供の頃から、どこにいるのかわかっていなかったもので。

三年暮らして、と聞いて、まるで何年も昔の、遠い土地でのことのようではないか、と河合はまた驚いた。日曜日の正午前の河合のアパートの、河合は窓辺にもたれて胡坐《あぐら》を掻《か》き、佐岐は戸口に近いほうの隅に、部屋にあがったばかりのように行儀よく膝を揃《そろ》えて坐《すわ》っていた。佐岐のアパートはそこから歩いて十分ほどの距離にある。

出会ってまもない、中年へかかる男女の間で交わされる身上話には違いなかった。しかし身上話にしては、佐岐の口調にまるで粘りがない。話すひとつひとつは記憶に刻みこまれているようだが、傷《いた》みなり恨みなりによって前後が繋《つな》がることもなく、それぞれ点々と孤立して、長い年を渡る風に、ただ淡い哀《かな》しみを浮かべて、吹かれている。義理の母親とは、二十年も一緒にいられたところでは、よほど相性だったんだ、と河合が半端なことを口にすると、それはもう仕舞いまで、ほかの暮らしを考えたこともなかったですもの、と自明のことに答えて、でも、お母さんお母さんと呼んで来て、亡くなってしまうと、大事にしてくれたということのほかは、どんな人だったか、まるで見ていなかった、父の後添えになる前に何処《どこ》で何をしていたのか、話されたことも尋ねたこともない、何が楽しみで血のつながらないわたしを、男の子ならまだしも、養っていたのか、ほかに好きな人がいたのか、考えたこともなかった、なんだか、はかなくて、と窓へ吹き寄せる風へ耳をやり、もう一度会ったらまた一緒に暮らしたい、と明るいような声を洩らした。その声とともに、改めて揃えた膝の上に手を置いた女がそのままついと遠のくようで、河合は機を逃がさず抱き寄せようとして、二人の間を渡る風に流されてすぐそこの膝まで届かないような無力感に捉《とら》えられ、俺の身上こそ、話しても話さなくても、スカスカの吹き抜けだ、と息を吐いた。じつはそれまでに二人は幾度か身体《からだ》の関係を重ねていた。昨夜も佐岐の部屋で寝て、陽の高くなる頃に、見送りがてら買物に行くという佐岐と並んで、河合のアパートの見えるところまで来ると、佐岐は二階の角部屋の窓を、そこでも一度抱かれているのに、臆《おく》した目で見あげて足が遅れがちになるので、河合は佐岐の手を引くことになった。

結婚の約束も交わしていた。佐岐は一緒になる男に自分の生い立ちのあらましを、男の部屋で距離をまもって報告したまでだ、と河合は取った。

二人が出会ったのはそのつい三月ばかり前のことになる。しかしあれがお互いに出会った時だったと言えるのだろうか、と後になって河合は迷った。夜更けに女が河合の先を歩いていた。駅前から出る最終バスに乗り遅れ、商店街を抜けて右手は広い畑に沿った道へかかったところだった。二、三十米《メートル》は離れていただろうか。女の背が距離にしては妙にくっきりと見えるのを河合は訝《いぶか》り、自分の神経を疑ったが、人への関心は動かなかった。そこへいつのまにか一人の男が間に入って同じ方向へ歩いていた。女の後を付けていると河合はやがて気がつき、警告のために足音を高くして、つれて大股《おおまた》の歩みとなった。ところが男はそれが耳に入らないのか、かえって押し出されるように足を速めて女の背後に迫った。何をする、と河合は自分でも思いも寄らぬ太い声で怒鳴って駆け出した。頭の隅に刃物のことをちらりと浮かべながら突進の形になった。男はさすがに背中に驚愕《きょうがく》を見せて、女の脇《わき》を掠《かす》めて走るかと思ったら女の肩に腕を回し、女を引きずって逃げるようにしたが、女が腰を落とすと、なにやら喚《わめ》いて女を畑のほうへ突き飛ばし、死物狂いに駆けて次の角を折れる間際に一瞬振り返った顔は、忿怒《ふんぬ》の形相を剝《む》きながら目を潤《うる》ませて、年寄りの顔だった。

畑の端にしゃがみこんだきり動かなくなった女のそばに黙って仁王立ちになり、腕組みをしてあたりをねめまわしていたのも、何日か経つと河合には自分の行動のようにも思えなくなった。女はゆっくり立ち上がり、よろけかけて河合の肘《ひじ》につかまった。あのように慄《ふる》える人の身体に河合はそれまで触れたことがなかった。底からくりかえし走り抜けるその慄えがどうにかおさまったところで河合が歩みを促すと、女は歩きかねて河合の顔を仰いだ。口もとを笑うようにゆるめて、歯の先をわずかにのぞかせ、瞼《まぶた》をちらちらとさせて助けを求めるその目が、その視線が、河合の目に縋《すが》ろうとしながら刻々遠のいて行く。年齢も容貌《ようぼう》らしきものも失《う》せて、一年前に死んだ母親の末期《まつご》の顔を河合はそこに見た。

助けた女の顔をその翌日にはもう河合はよくも浮かべられなくなった。もともと、いまにも光の消えそうな目で縋られただけで、こちらは顔をまともにも見ていなかったので、かりに朝の出勤の駅ですれ違ったとしても、おそらく見分けがつかないだろう、と女のためにも安心した。それよりも角を折れる前にちらりと振り向いた年寄りの顔が後に遺り、これはまた何の兆候だ、これで四人目ではないか、と陰鬱《いんうつ》な気持になった。

その秋から河合は三度、行きずりに年寄りを助けていた。どれも日曜日の午後の、遅い昼食を済ませて夜の仕度の買出しがてら散歩に出た道のことだった。一度目はバス通りのほうから来て年寄りを追い越すと、バス通りはまだまだ先ですか、と背中から声をかけられた。呆《あき》れて反対方向を指差した河合の、手の先ではなくて顔を、薄膜の掛かった瞳《ひとみ》で見あげている。すっかり途方に暮れているようで、戻る道もまっすぐではなくて何箇所か曖昧《あいまい》な辻《つじ》もあるので、河合がバス通りまで案内することになり、バス停に立ったのを見届けて引き返して来る途中、いましがた声をかけられたあたりでふっと、バス通りまで行かせてはいけなかったのではないか、と取り返しのつかぬようなことを思って足が停まりかけた。

二度目はやはり道に迷った年寄りの後について同じ界隈《かいわい》を半時間も歩き回らされた。

角を折れたところで出会頭に、吉崎の家はどこだ、とたずねてきた。元気な年寄りだった。しかし家の所番地も電話番号も思い出せない。今の今まで覚えていたと言う。遠くから来て、もうすぐのところで、わからなくなったと言う。よれよれの普段着にサンダル履きの、どう見ても家の近間を歩く恰好《かっこう》だった。辻に来かかるたびに、ようやく見つかったというように先に立って角を折れ、大股の歩みになるが、家に入るところまで見届けようと河合が辻のところに立っていると、足がはたと停まり、首をかしげ、河合に行かれまいとするようにあたふたと駆け戻って来る。置いて去るわけにもいかなくなった。吉崎という表札の掛かった門を河合が目に止めて指差すと、頭をけわしく、斜めに振り降ろしてまた足を速める。そう言えば駅からこのあたりにかけてよく見かける苗字《みょうじ》だった。それにしても先日の年寄りとはまるで違った足腰の達者さで、同じ角へいくら舞い戻っても疲れを知らず、河合はいつだかまだ三歳にもならぬ男の子に、同じ遊びにはてしもなく繰り返しつきあわされて、この幼い子の熱中は、何が取り憑《つ》いたのか、とあげくには眺めたものだが、その幼児に劣らぬ熱が年寄りの身体から、金物の焦《こ》げる臭いのように伝わって来る。

仕舞いに、幾度か通り過ぎたはずの門の前で立ち停まるともなく、中へ入って行った。ついて来る河合に構わず門を閉めた。河合も脇目を振らず、呼び戻されるのをおそれて通り過ぎた。ところがむこうはずれの角まで出て、これでは自分のアパートと正反対の方向になることに気がついて引き返して来ると、例の家の生垣越しに、玄関の戸から外へ押し出される年寄りの姿が見えた。戸の隙間《すきま》から赤い物がちらりとのぞいた。戸がぴしゃりと閉まると、それまで腰の引けていたのが昂然《こうぜん》と胸を張り、玄関の脇に駐《と》められた車にのっそりと寄り、鍵《かぎ》を使って中に入りこむ前に、生垣のところに立つ河合へ、何をまだ、そこにいるんだ、と言わんばかりの目をやった。

何だか知らないけれど、見込まれて、見限られたか、と河合は帰る道で苦笑した。道で拾った若い者を引き連れて家へ乗りこむつもりだったか、あるいは若い縁者と顔が似ていたのかもしれない、とそんなことを考えた。

胸の張り方から、この前と同じ年寄りかと、初めには見えた。またひと月ばかり後のことになる。しかしよほど貧相な体格だった。若い男と胸を寄せあって、睨《にら》みあっていた。どちらも手は後へ引いている。頭ひとつほど背丈が違うので、青年は胸からのしかかり、年寄りも押されて反りながら胸で押し返している。畑の間の土手道で行きずりどうしの喧嘩《けんか》らしい。車のぎりぎりすれ違えるだけの道幅はあるのに、まるで一本橋の上でお互いに後へ退けなくなったような切り詰まりようだった。年寄りの背のひたりと静まっているのが河合の目についた。それにひきかえ、人の足音に気がついてこちらを向いた青年の目にはすでに困惑の揺らぎが見えて、顔をあげたばかりに逆に押し込まれそうになり、辟易《へきえき》した様子のところへ、河合は指の先を耳のあたりにやって、くるりと回すと、青年がそれに答えて決まり悪そうに笑ったので、素速く傍に寄り、年寄りの腕に肘を引っ掛けて、行きがけに攫《さら》った。

年寄りも逆わずについて来た。一度に緊張がほぐれて荒い息を全身で吐き、ひゅうひゅうと喘《あえ》ぎが喉《のど》の奥から洩《も》れた。自分としては上出来過ぎた機転に河合は感心して、これはひょっとしたら、この前の年寄りの役に立てなかったうしろめたさが、とっさのつぐないに出たものかと考えていると、年寄りは河合の腕を支えにしたまいきなり振り返り、邪魔が入ったが、喧嘩のやり方を覚えたかったら、あらためて俺のところへおそわりに来い、と吠《ほ》えた。河合はあわてて手を引いて次の辻から雑木林の蔭《かげ》へ逃げた。

また次の三叉《さんさ》の辻のところで年寄りは河合の手を振り払い、お前は何者だ、と睨んで左へ折れた。数歩行ってから首だけ振り向け、唯者《ただもの》ではないな、とニヤリと笑って、案山子《かかし》の肩をそびやかして去った。

そして四人目の年寄りが痴漢とは、だんだんになまなましくなる。痴漢なら女に惹き寄せられたことになるが、河合はどうかすると、自分が惹き寄せたような後暗さを覚えた。そのたびに、一年前に母親が息を引き取った後の、未明の病院の廊下の静まりが、何処にいても身のまわりに降りてくる。女たちが死者の化粧をする間、病室から追い出されて、長い廊下を足音忍ばせて行きつ戻りつしていた。ここは母親にとって所詮《しょせん》無縁のところなら、親の家を離れて自分の家も持たぬ次男にとってはまして往来に変わりない、と索漠さがきわまりかけた頃、ひと足ごとにあたりの静まりが深くなり、あまり静かなので遠くから何者かを、自分のよく知っていてしかもまだ見たこともない者を呼び寄せそうで、一体何を考えているのだとひたすら自分の足音を聞くうちに、目をあげると行く手に凄惨《せいさん》なほどに痩《や》せた大男が、年寄りの患者がこちらを見ていた。

助けた女に朝の駅で会ったのは年の暮れも押し詰まった頃だった。準急電車がもう近づいて、河合がホームの先のほうへ急いでいると、動き出した列のひとつから、こちらへまともに向き直り生真面目《きまじめ》に頭をさげる女があり、河合は反射的に目礼を返して通り過ぎた後から、あの女だと気がついて、あれでは痴漢を誘うと眉《まゆ》をひそめ、それきり忘れた。それから正月をアパートの部屋で寝て暮らすうちに駅の女の姿がふいに浮かんで、まるで周囲から、所と時から、いきなり切り離されたような振舞いだったと今になり驚いた。静まり返った廊下がどこまでも伸びた。あれが河合にとって、佐岐に出会った初めだったか。

一月も末になり、日曜日の午後に畑の間の土手道の、年寄りが若い男と胸を押しつけて睨みあっていたあたりで、佐岐に会った。河合が笑いかけると、目を瞠《みは》って近づいて来て、スカートの膝《ひざ》に手をあてて深く頭をさげた。礼を言われるより先に、散歩ですか、と河合はたずねた。不思議な言葉でも聞いたように佐岐は顔をあげて河合の目を見ていたが、はい、散歩です、と答えて初めて笑みを見せた。しばらく黙って一緒に歩いて辻の所で別れた。

それからは佐岐の顔を河合は夜の夢に見るようになった。うつむいたところを、その斜め左あたりから見ている。淫夢《いんむ》の雰囲気はすこしもなく、こうしてただ寒々と惹かれているのは、生命が芯《しん》で薄くなっている徴《しるし》ではないか、と疑いが掠める。それなのに、お前の女だ、とどこかで促す。嗄《しやが》れた年寄りの声で、むしろ陰惨に聞こえた。朝の駅で会っても顔がまたわからなくなっているのではないか、と振り払った。

三月に入り、日の傾きかかる時刻にまた出会った。またしばらく一緒に歩いて辻のところで別れた、と後には思われた。その日はしかし、佐岐がどこまでも足取りを合わせてくるので、一時間ほども歩きまわった。途中で名前を教えあったところで乏しい会話も尽きて、後はお互いに口もきかなくなった。河合は母親の病中にそれまで二年同棲《どうせい》していた女と別かれて以来、馴染みかけた男女が境遇を打明けあうことに、他人の事として思っても、自己嫌悪《けんお》のようなものを覚えるようになっていた。佐岐にとっては人といても沈黙が自然であるらしく、まるで一人でいるような添い方だった。そのまま辻から辻へ足まかせに歩いて、人家が途切れ、畦道《あぜみち》のようなところへ出た。土埃《つちぼこり》の走る広い畑のむこうの雑木林の後に日が落ちかかった。ちりちりと顫《ふる》える枝を黒く浮き立たせて日が沈みきり、ひと息おいて残照が差し返し、枯木の林が紫掛かった色に華やいだ時、どうしようか、と途方に暮れたつぶやきが河合の口から洩れた。先へはもう行けないわね、と佐岐は答えた。

さらに幾度か会った後のことのように思われることもあるが、その日その時のことだった。結婚してほしい、と河合は言った。手を取ったこともない女に、と自分で驚いたが、声は思案の末のように率直だった。結婚、と佐岐は河合に聞き返すよりもその意味を自分に聞くようにして、吹きつけてきた埃を左の頰に受けて目をつぶり、見知らぬ顔を風にそむけず林のほうへ向けていたが、長い風が過ぎると目を瞠り、いま、林のむこうから人が大きな声で叫ばなかった、とたずねた。河合には何も聞こえなかったが、黙って伸べた河合の手を取った佐岐の掌から、遠くへまだ耳を澄ます静まりが伝わった。

この部屋でわたしは初めて、男の人に抱かれたのね、と佐岐はいよいよ空室となった三年間の部屋を、扉を閉めかけた戸口からのぞいた。河合に話しかけながら、時折、河合がそこにいないような口調になる。

すべてが迅速に進んだ。半月ばかりお互いの部屋を往《ゆ》き来《き》した後、河合は新しい住まいを探しにかかり、同じ沿線を一駅だけ離れた準急の停まらぬ土地に手頃なアパートを見つけて月末には引っ越しになり、日曜の朝からかかって、どちらもたいした荷物もなかったので午後にはまとめて新居へ運びこみ、それから掃除に戻り、まず河合の部屋を、次に佐岐の部屋を始末して、日の暮れかかる頃に、引き払うところだった。

六時までは開けているという駅前の不動産屋に返す二人分の鍵を河合が忘れないように手に握って、去年の秋の末に痴漢に遭った畑沿いの道に入ると、佐岐が物に怯《おび》えたふうに河合の肘をつかむので、土地を去り際《ぎわ》にもう一度あの夜の恐怖に取り憑かれたのかと思うと、あなたとこういうことになったので、いつか、お祖父《じい》ちゃんのお墓にお参りしたい、一緒に行ってくれる、とたずねた。来月にでも行くように河合は請け合った。でも、行ってもよいのかしら、無縁になりたいので来るな、と母には言ったらしくて、と佐岐は考えこんだ。母とは継母のことのはずだが、どうしてその継母や、実の父母の跡ではなくて祖父の墓なのか、と河合は首をかしげたが、今日からは一緒に暮らすことになるので、たずね急ぐまい、と口には出さずにいた。いつ亡《な》くなったか、じつは知らないの、と佐岐はまた一人の声になった。あの人に大事にされたのは佐岐だけなのだから、自分でも大事にしなさい、と母に言われて、遠くのお墓を思ったのは、中学生の頃だったので、と年をたどるようにするうちに目を瞠り、雑木林のむこうへ耳を澄ました時と同じ顔つきになり、忘れてきた、と来た道を振り返った。何をと聞くと掃除道具だと言う。たしかに、佐岐の部屋の扉をいよいよ閉める間際に、戸口の土間の隅に雑巾《ぞうきん》の掛かったバケッと、ハタキと柄の短い箒《ほうき》とがまとめて片寄せられているのを河合は目にしていたが、置いて行くものと思っていた。振り向いたきり佐岐は身体を固くしていた。新しく越して来た人がさしあたって、埃を払うのに使うさ、と河合は宥《なだ》めて、背中に腕を回して顔をこちらへ向けさせた。抱いて、と佐岐は唇をあげた。自分から求めた最初だった。帰ってから、と河合は歩みをうながした。誓え、と背後から声にならぬ叫びの立ったのを聞いた気がした。

その週のうちに河合は知人を保証人に立てて婚姻届を出した。索漠とした手続きがなまじの男女の交わりよりも後暗い事柄に感じられた。河合佐岐、これ、誰、と佐岐は幼な顔を見せて笑った。河合自身の実家のほうへはその後からまず電話で報告することになった。母親の病院へまめに足を運んだので、父親と兄からなしくずしに許されていたが、この半年ほどまた寄ることもなくなっていた。兄が電話に出たので、籍を入れることになったと話すと、よく続いたな、子供でも出来たか、と言う。誤解をただそうとしたが、それよりも、と兄は隙《ひま》をあたえず、父親の近頃めっきり惚《ぼ》けたことをこぼし出した。夜中に家の内を歩き回るという。七十歳になる。河合こそ驚いて様子を聞き出そうとすると、なに、手洗いの見当がしばらくつかなくなるようだ、昔われわれの住んでいた家とは便所の位置が違うからな、年寄りによくあることらしいので心配するな、心配していては身が持たない、入籍のことは親父に折りを見て俺から話しておくから、と言って電話を切った。家の中でなにか騒ぎがあった後ではなかったかと河合が思っていると、半時間もして嫂《あによめ》から電話があり、新しい人なんでしょうと切り出して、佐岐のことをあれこれたずねるので、一緒に暮らすまでになっても何も知らないものだと河合がいまさら呆れながら、佐岐から聞いたかぎりのことをおおよそに話すと、そういう人のほうがいいのよ、でも、なぜお母さんが生きている間に、そうしてあげなかったの、と初めと喰い違ったことを言う。父親の様子を確めると、元気ですよ、亭主のほうがまだ四十前なのに惚けてるぐらい、と答えた。

朝に一緒に出かける暮らしが続いた。早起きになり時間に余裕が出来たので、最寄りの駅から鈍行に乗ると次の駅で準急に乗り換えることもしなくなった。車内が込んでくるにつれて佐岐は身を寄せてくる。すると河合には佐岐がまた見知らぬ女に感じられ、家で向かいあって食事をするうちに佐岐がどうかすると一人きりの顔になることを、本人をそばにしながら怪しんだ。夜が更《ふ》けて蒲団《ふとん》を伸べる佐岐の立居はさらに一人きりになる。継母との二十年間のことを河合は思った。その間、継母自身のことも、佐岐の実の親たちのことも、祖父のことも、佐岐がしっかり覚えられる年になってからはほとんど何も聞かされていない、何もたずねていない、と佐岐の言うところでは、平穏にしても言葉のよほど切り詰まった歳月だったに違いない。そんな沈黙を抱える女と暮らすことになったか、と今を振り返る心で佐岐を見ると、ぎっしりと詰まってきた客の間で、毎朝のように、頭を河合の肩にもたれかけさせてあどけない顔で眠っている。夢を見ているとしたら、何処《どこ》へ行っているんだ、と河合はその顔を眺めた。五月に入り、夕食の前に佐岐はちょっと改まって、勤めをやめたいと申し出た。もう家に居たい、と言って畳の上に指をついた。

河合の実家を二人で訪れることになったのは五月もなかばを過ぎた頃だった。それまでに幾度か電話をしたが兄や嫂の返事がもうひとつはっきりしなくて、あるいは兄が言ったように父親の振舞いにおかしなところがあってそれで家の内が平穏ではないのかもしれないと河合は疑い、そんな時にはとかく外にたいして硬い構えを取りがちな家の性分を知っていたので、佐岐がどう迎えられるか心配していたところが、佐岐は家族たちにひとわたり挨拶《あいさつ》を済ました後で、嫂にささやいて仏壇に案内させ、長いこと手を合わせて戻って来ると、家族の間で控え目ながら所を占めた顔になり、家族も知らず親族も知らず、人の家を訪ねたこともないと言っていたのに、と河合はひそかに舌を巻いた。

父親は元気だった。立居は緩慢になっていたが、言うことに惚けの兆《きざ》しもなかった。それどころか、夕飯の仕度に佐岐が嫂について台所へ立ち、兄も席をはずすと、過ぎたのを引いて来たな、とつぶやいた。世辞じゃないぞ、息子の機嫌を取る閑《ひま》はもうあるものか、過ぎたという意味がわからないだろう、と言う。見ろよ、この家にもう二十年も三十年もいたような物腰だ、と言われて河合は父親を見た。三十年も昔では生まれたか生まれないかの頃だよ、二十年昔だってこの家はここになかったじゃないか、と笑おうとすると、父親は廊下のほうへ耳をやり、あの歩き方だ、知ってか知らずにか、御先祖を背負いこんだ足だ、ここの家の先祖は俺のところで留めているので、お前らは気楽に済んでいる、と声をひそめた。お前のところは全体、どれだけの広さなんだ、と佐岐の現われる前にたずねた。

夕飯の席で佐岐はいつのまにか馴《な》ついた小さな甥《おい》と姪《めい》を両側に坐《すわ》らせて遊ばせながら家族たちと寛《くつろ》いで話していたが、時折ふっと例の、まわりから切り離された顔になった。そして父親のほうへ目をやる。視線の差さない目なので、兄も嫂も気がつかずにいたが、河合はつられて目をやると、父親の顔が一度に老《ふ》けこんで、心なかばここにないように見えた。佐岐が目を向けないかぎり、父親は機嫌良く、むしろ壮健な笑いをひろげているのが不思議だった。父親の顔に老衰の翳《かげ》の差すのと、佐岐の目の行くのと、どちらが先か、河合には見分けがつかなかった。二人に同時の、どこか遠くへ惹《ひ》きこまれる隙間《すきま》が開くのではないか、とそんなことも思った。

お父さまは、足がすこしふらつくようね、廊下の途中で一度、立ち停まっておられた、とその帰り、駅へ向かう道で佐岐は言った。父親が手洗いに立った時に、また遠い目つきになって廊下のほうへ耳をやっていた佐岐に河合は気がついていたが、父親がふらついていたような覚えもなかった。

いったん都心のほうへ出てから馴れた電車に乗り、ついこの前まで二人がそれぞれ乗り降りしていた準急の停車駅も過ぎてあと一駅になったところで、眠っていた佐岐は目を開いて、知らない土地へ帰って行くみたいね、と肩を寄せてきた。

まだ小学生の頃に、眠っていると母親が添寝してきて、耳もとで話した、と思うの、現実《ほんとう》の事だか夢だか、だから、わからない、と畑沿いの道に入ると河合の手を取った。お祖父ちゃんは昔、人をあやめたとか、あやめかけたとか、その後から身内にたいして鬼のようになったけれど、佐岐にとっては仏だった、と言うの、と話して喉《のど》を詰まらせたのを抱き寄せると、初めて会った時と同じ、慄《ふる》えが水落《みぞお》ちから押しあげた。

その夜から佐岐は熱を出して寝込んだ。朝方に河合は佐岐に物を食べさせて、昼食の用意も卓の上に置き、晩には勤めからまっすぐに戻り、駅前で買物をして来て夕食の仕度にかかる。夜には佐岐の蒲団のそばに床をこしらえて横になると、寒気がするので抱いていてと佐岐は言う。実際に鳥肌を立てるようにしているのに夜中に幾度か発汗するので、起き出してタオルで拭《ふ》いてやらなくてはならない。熱がさがりきらず三日四日と重なるうちに佐岐の肌は臭《にお》い出した。河合も風呂《ふろ》に入るのを忘れて朝の出がけにさっとシャワーを浴びるだけになった。妻の看病になるが、二人して病気にあずけて、畑沿いの道で洩れた秘密の落着くまで、沈黙をまもっているような日々だった。

五日目に熱がおさまり、また一日置いて夜更けに佐岐が垢《あか》の溜《た》まった肌を気味悪がるので、すこし迷ったが風呂に入らせると、髪まで洗って来て、ああ、生き返った、と蒲団の上へぺったりと坐り込んだ。そこへ電話が鳴り、河合が取ると嫂が声をひそめ、うちの人が興奮しているものでとことわって、父親の姿が見えなくなったと言う。いいえ、帰って来ているの、もうやすんでます、とまた言う。嫂も動顚《どうてん》がおさまっていないようなので順を追ってたずねると、十時過ぎにドアフォーンが鳴って、何事かと思って出ると駅員の制服を着た人が立っていて、これはお宅の、と暗がりへ振り返るのを見れば、九時だいぶ前に寝床に入ったはずの父親が歯を見せて笑っている。駅の改札口の脇《わき》で長いこと腕組みをして考えこんでいるようなのを駅の者が不審に思って声をかけると、道に迷ったと答えるので、本人にたずねたずねてここまで連れて来たと駅員は遠慮がちに話した。

今夜のところは気がつかないうちに済んだからいいようなもの、と嫂はようやく溜息を吐《つ》いて、先の心配の話になるかと思ったら、あなたたちのところに行かなかった、とたずねた。お父さんが、と言う。いや、来ていない、と河合は答えてから、ひょっとして戸の叩《たた》かれたのを、湯に入る入らせないと佐岐と戯《たわむ》れ合うようにしていたのに紛れて、聞き逃がしたのではないか、と心もとなくなりかけた。そんな短い間に往復できる距離ではないわね、と嫂は引き取った。でも、そう言うのよ、そちらの駅からの道のことまで辻だの林だの話すんです、途中まで出迎えて案内してくれたって、佐岐さんが、と呆《あき》れ声になりながら、佐岐さん、妊娠しているの、とまたたずねた。妊娠していたと父親が報告したという。

その徴《しるし》は、いまのところ、ないけれど、と河合は答えた。あなたたちのことがやはり気にかかっているのね、と嫂は受けて、それにしても男の人って年老いた父親にたいして、ちょっとおかしなことをしたというだけで、どうしてああも怒るのかしら、どちらがおかしいんだか、と一人でつぶやいていた。近いうちに佐岐さんを連れて様子を見に来て、それよりも、せっかくあれだけ待たれているのだから、早くつくりなさいな、と言って電話を置いた。

蒲団の上に坐って聞き耳を立てていた佐岐に電話のあらましを話して、どういうことなんだろうかと河合も坐りこむと、来てくださいと、わたし、言いました、と佐岐は答えた。濡《ぬ》れた髪の先をつまんで唇にやり、わたしにも、子が産まれるの、と遠くへたずねた。やがて声を耳にしたように目をあげた。

この子にも、子が産まれる、と嗄《しゃが》れた声で繰り返した。

雪明かり

二月に入り雨が降るようになった。日曜の正午前に、今にも雪になりそうな雨の中で望月は頭上に何かの音を耳にして振り仰ぎ、枯枝に縋《すが》る滴《しずく》に目から惹《ひ》きこまれた。垂れさがる小枝の、さらに細い枝をどこまでも分けるその節ごとに、あるいはふくらみかけた芽に添って、滴の玉が雨天の薄明かりをそれぞれに硬く集めている。いつまで落ちずに留まっているのだろう、と考えて長い眠りから覚めた心地がした。

この三月に望月は六十歳の誕生月を迎えて切りの良いところで停年になる。変らず出勤はしているが、年が明けてからは、引き継ぎや何やでむしろ忙しくしているのに、その場にいてもいなくてもいいような、いながらにすでにいないような、半端《はんぱ》な存在になりつつある。四月から先の当てはない。悠々自適というような境地には至れそうにもないのでいずれどうにかしなくてはと頭では考えて、時には焦《あせ》りもしながら、とにかく無事に終えられることの安堵感《あんどかん》がまさる。過度の緊張には堪えない自身の性分を知ってのことだが、それにしても、まるで長い危うい道をようやく抜け出る間際《まぎわ》のように、どこかで息をひそめている。まだ何日も残っているので、仕舞いまで無事の続くことをいよいよ念ずるような、ここまで来てひそかに張りつめるものがある。それでも日曜になると、土曜はまだ勤めの休日にすぎないのに、閑暇の日暮らしの始まりと感じられる。

次の日曜も雨となった。散歩が日課となれば傘を差しても出かけるのが閑人《ひまじん》の初心の内か、と自分で笑って半時間も歩きまわった末に、もう十何年もただ遠くから眺めていた雑木林にかかり、雨はさっきからほとんどあがっていたが、滴《したた》りをおそれて、畳んだ傘をまたひろげて林の中に入り、傘に当たる音もしないので見あげると無数の水玉が、あたりは暗くなったようなのに、一斉に光った。枝から枝へ鳴り渡るかのようだった。どこか空の遠くでわずかに白んだ雲間を思った。

一日中同じように降っていても、雨の変わり目というものがあってな、惹きこまれると、魂が抜けそうになる、と昔、望月の老父は言った。

その暮れ方には西日が差していたが、夜半前に眠った望月が夜明け頃に寝覚めして、手洗いに立ったついでに居間のカーテンを分けてのぞくと、表はまた雨になっていた。冷い水を呑《の》んで寝床に戻り、枕《まくら》もとの窓はまだ白んで来ないのを確めて目をつむり、かすかな緊張を覚えかけて、このまま朝まで寝そびれても、もういいのだ、と息を吐いた。長年の勤めの間、不眠に苦しむことはしばしばあったが、日曜の夜から月曜の朝にかけて眠れなかったことは、さいわい、ついぞなかったように思われる、と安堵感は年月をさかのぼった。よくしたものだ、と頰をゆるめてまどろみかけるとしかし、いましがた居間のカーテンの合わせ目をすこしだけ押し分けた手つきが眠りに融《と》け残って、表をのぞく目が怪しいようになり、夜の明けていくのをうかがっている。他人の姿のようにくっきり見えるが、自身幾度となく繰り返した覚えがその背にまつわりつく。望月の上司の一人が月曜の早朝に自宅で首を吊《つ》ったのはもう二十年近く昔のことになる。辛夷《こぶし》の花がチラホラ咲きました、とまだ二月の内なのに、遺《のこ》した走り書きにはあったという。

この季節にはまだ何の樹《き》とも知れぬ枯木だが、また始まる一日を謝辞した目には、花も咲くだろう、とカーテンの端から白み出した窓へやった目をまたつむると、瞼《まぶた》の内に花ではなくて、滴の玉がつぎつぎに浮かんで、刻々と明けていく雨の朝の暗い光を集めて、枝から枝へ鳴り交わしているのに、人は見ていない。人は見ていない、と繰り返して、むっくりと起きあがる自分を思った。晩婚の長女に産み月が近づいて、具合いがすこし悪いと言うので、金曜の夜から妻はそちらに泊まっている。これでも五時間あまりも寝ていることだから、コーヒーでも飲んですぐに出かけて、娘のところに立ち寄ってみるか、とまだ目をつむったまま、下りの電車の、がらんとした車内の隅で居眠りをしている年寄りの姿を眺めるうちに、田舎道のむこうからせかせかとした小足で近づいて来る父親に出会った。

娘のところに、孫が産まれたので、祝いに行くと言う。娘とはその二十何年も昔に五歳で亡《な》くなった、望月の知らぬ姉のことだった。

魂が抜けそうになる、と言って父親が眺めていたのは路地ほどの狭い空地だった。すぐ目の先に来る隣の塀に遮られて晴れた日もろくに陽の差さぬ裏部屋の、窓に向かって父親は背をまるめて坐《すわ》りこみ、汚れたガラスに顔を寄せて、そうして一日中ほとんど動かずにいる。何を見ているのと息子がたずねると、まるで森だと答えた。その視線を追って眺めれば、湿った地面にひろがるスギゴケが一本ずつ、高いところから俯瞰《ふかん》した樹木に見えないでもない。しかし塀に沿った溝《どぶ》の下水の溢《あふ》れた跡も白っぽい疥癬《かいせん》のようにたどれた。妻に死なれてから気力が尽きたように、長年の東京の住まいを引き払い、大学にあがることになった息子に下宿暮らしをさせて、とうの昔に伯父の代になった実家に厄介になってから四年目になる。一年ほど前に軽い卒中の兆《きざ》しを見てからは、東京から息子が何ヵ月かに一度、伯父に挨拶《あいさつ》かたがた見舞いのような心で訪れても、はかばかしい表情も見せなくなった。伯父の家族と膳《ぜん》を囲む時には妙に行儀よく御飯を頂いていたが、息子が話しかけても、息子とは分からないような返事をする。まだ七十の手前だった。

東京で生まれ育った望月は十八の歳《とし》になって母親に死なれ父親には置き去りにされ、同じ東京にいながら他人の家に下宿する身になり、どんな心地になることかと初めは見当もつかずにいたところが、ひと月もすると新しい暮らしにあっさり馴染《なじ》んでいるのに気がついて、自分は何者だ、と怪しんだ。自分は父親の四十代なかばの、母親も四十にかかる年の、晩《おそ》い子なので、と説明にもならぬ答えしか思いつかなかった。地方出身の学生が夏休みに帰省するように、望月もそれまでは子供の頃から幾度と行っていなかった父親の実家を数日の予定で訪ねると、父親は居候《いそうろう》らしく控え目にしながら、所を得て自足した様子に見えた。まるですっかり済んでしまったみたいではないか、と帰りの汽車の中で望月は毎度、皮肉の心でもなく呆《あき》れ、しかし自分が中学生の頃にはもう、父親には済んだようなところがあって、それで自分には反抗期らしきものもなく、まして人の言う父子の相剋《そうこく》などあり得なかった、とこれも毎度得心した気になる。

めっきり惚《ぼ》けたと言われるようになってからの父親の様子は、その年の春に県内の大学を出て家に居るひとつ年上の従姉《いとこ》が月に一度ほど手紙で望月に伝えてくれた。一日中窓に向かって坐っているが、日の暮れにふらりと土間に降りて表へ出て行くことがあり、従姉がすこし離れてついて行く。思いのほかしっかりとした足で家の門を出て、家は裏山をすこしあがったところにあるので、ゆるい坂をくだり、町に入って昔の役場、今の市役所のあたりまで来ると、歩みがだんだんにのろくなり、辻《つじ》ごとで立ち停まって左右を見まわし、考えこむ。あまり変わらない町でも、新しい道路は通る、小さいけれどビルは建つで、昔の道の覚えがなくなるらしい。途方に暮れたようになったところで、もう家に帰りましょうと従姉が声をかけると、おとなしくついて来る。家に着くとまた窓の前に坐りこむ。電気をつけてやらないと、暗い中でいつまでも同じ恰好《かっこう》でいる。

町の外へ出て行くこともある。この時は行くあてのありそうな前のめりの歩みになり、畑の間をまっすぐに進んで、道にも迷わず、足もゆるまない。かならず雨のあがったかあがらぬかの頃で、西の山の空の、ほの明るくなったほうへ向かっている。気が済むまで行かせるつもりで従姉はいるが、家から遠くなると帰りの道が心配になり、呼び止める。その声がいつでもつい甲高くなり、そこら中に谺《こだま》するようで、自分ですくみそうになる。父親もはっと立ち停まっておずおずと振り返り、従姉の顔をこれは誰と言うように見つめる。帰りましょうとうながすと、さからわずについて来る。

どこへ行くつもりだったのとたずねても、答えられない。

そのほかにはおかしな振舞いもなくて、ただひとりひきこもって、まわりを困らせるでもなく、まわりから嫌われるでもなく、まわりが思っているほどには、物がわからなくなってもいないので、と手紙はいつでもそんなふうに望月を安心させる言葉で結んであった。物をたずねられると、答えのまとまるのが遅くて、相手は待てずに気をそらさせてしまう、そういうことなのかもしれません、と結んであったこともあり、そう言うからには従姉は父親の返事を気長に待っていろいろと聞き出しているのだろうか、と望月は気になった。兄の子供たちとはかえって話が通じてます、とつぎの手紙にはあった。

この日は何処《どこ》まで行きました、あの日は何処そこから引き返しました、変わりはなく食もすすんでよくやすんでいるようです、とたいていは簡潔な報告で終り、看病日誌のようなところがあり、文章も筆蹟《ひっせき》も端正で古風でさえあり、あの従姉が、と望月は手紙を開くたびに驚いた。読み終えると、望月を安心させながら戒める口調が聞こえて、まるで年配の叔母から来た便りのように感じられた。ところがある日、下宿の奥さんが二階にあがってきて、はい、また良い人から、と手紙を渡す。同じ苗字《みょうじ》ですよ、と望月が封筒の裏を見せると、わたしも昔、下宿住まいの学生さんに恋文をつける時に、同じ手を使いましたよ、と笑って取り合わず降りて行った。一人になり望月は表書きと裏書きをかわるがわる眺めて、何かが表われていはしないか、と文字を探った。従姉の真佐子とはこれまでに二度だけ、唇を合わせていた。

緩みや穢《な》れは文字の端にも見えなかった。文中、これまでも望月のことをたずねたり、自身のことに触れたりすることは一切なかった。返事を求めてもいない。望月のほうは月に一度ずつ葉書を、伯父と真佐子に交互に宛《あ》てて、父親が世話になっていることへの感謝を伝えていた。真佐子宛ての葉書には、父親に目を配ってくれて有難い、という筋のほかのことは書かなかった。しかし第三者にどうやら直感されてみると、望月の念頭に父親を眺める真佐子の眼が、望月を物蔭《ものかげ》へ黙って誘う時と同じ、むごいような関心の光を帯びるようになり、つぎに真佐子へ宛てた葉書の中では、人に見られても差障《さしさわ》りのない範囲の内で、父親のことを気づかってくれる真佐子の、その心身をまた気づかうほうへ、筆がおのずと傾いた。投函《とうかん》の前にさっと見ると、文字もいくらかこわばっているようだった。しばらくは月ごとの手紙は来なかった。そのうちに望月はおそい求人の残り物を拾い、東京でも冷い風の吹くようになった頃に、伯父へ就職の決まったことを報告した葉書を出すと、それと入れ違いに真佐子の手紙が届いて、こちらは昨夜から、霙《みぞれ》のような雨になりました、とめずらしく時候のことから始まり、このことは家の者もまだ気がついていないようで、気がつかれるとよいことはないように思われるので、返事の葉書にもそれらしいことに触れないでほしいとことわってから、父親がだんだんに、人の見分けがつかなくなってきているようだ、と知らせた。

まず或《あ》る晩、夕飯の席で、望月の父親は三つ年上になる真佐子の父親を、もう十何年も前に亡くなった自身の父親、真佐子や望月にとっては祖父になる人と取り違えたという。わずかな言葉の行き違いとなって表われただけで、聞き返されても例の、間伸びしたきり半端に終る返事だったので、誰も怪訝《けげん》に思うまでにもならなかったが、真佐子は相手が祖父でなくては話の辻褄《つじつま》の合わないことに気がついた。声も普段真佐子の父親に話しかける時と同じではなかった。真佐子の父親も、眉《まゆ》をひそめて聞き返した時には、顔に祖父の面影が浮いていた。祖父の顔を真佐子はとりわけ可愛《かわい》がられたのでよく覚えている。

真佐子の手紙の伝えたのはそれだけで、でもあなたが駆けつけるには早過ぎます、と結んであった。あなたという言葉を使った初めだった。ほかにいろいろ兆候があったのを、言わずにいるのだろうか、と望月はおそれながら、夕飯の席で家族の間から、行儀良く物を食べる望月の父親の顔をひそかにうかがう真佐子の、濃い光のこもる眼を浮かべて、唇がひとりでに重たるくなった。伯父の家の敷地の内で真佐子は通りかかった望月をちらっと振り返って目をまともに捉《とら》え、望月が笑みを返そうとするのを拒んで物蔭へ入って行く。人目からわずかに死角になるところで望月を待っていて黙って頤《あご》をかすかに仰向ける。あたりの気配をうかがって静まり返りながら、唇を下から押しあげて離させない。抱き合うかたちにもならず、唇だけを長い間、重ねている。そのうちに人の来るのと間一髪ほどの差で望月からついと離れて、あとはどこで顔を合わせても馴れた素振りも見せない。二度ともその前後で男女らしい話も交わされなかった。

淫夢《いんむ》になりそうなことをおそれながら夜の床に就くということを繰り返して、どう返事したものかと迷ううちに、一週間と置かずにまた真佐子から手紙が来て今度はすぐに報告になり、つい一昨日のこと、午後から雪になり暮れ方にはうっすらと積もってあがりかけた頃に、望月の父親が表へ立って町のほうへ降りて行くので真佐子が後からついて行くと、人通りのしばらく絶えた道でむかいから来る遠縁の年寄りに出会った。父親はすぐに相手の顔を見分けて自分から近寄って話しかけた。真佐子がその背後《うしろ》から目配せして頭をさげると、遠縁の人は噂《うわさ》に聞いて心得ていたようで父親に話を合わせてくれた。父親の言うことも、前後のとりとめのないところはあったが、節々では相手と話が合っていた。ひさしぶりに会った年寄りの縁者どうしの立話と、離れて眺めていれば、すこしも変わらない。近頃ではこの町でもあまり見かけなくなった光景だった。ところがその人と別れてほんのしばらく行ってから、真佐子にはふっとひっかかるものがあって、今のは誰とたずねると、父親は立ち停まって振り返り、ちょうど辻にかかったその人が角を折れるまで見送り、同じ遠縁の人でも、もう十年も前に亡くなった人の名前を口にした。妙に通る声だった。人影の絶えた辻へそのまま目をやり、雪がまた降り出した、と言った。雪はすっかりあがっていて、長い小路に沿ってただ寒々と澄んでいるのに、まるで何もかも搔《か》き消されて行くような、哀《かな》しい目つきだった。

その晩の食事の坐《ざ》で父親はいつもよりいっそうその場からこぼれた様子で一心に物を食べていた。真佐子は話が父親のほうへ向けられそうになるのをそらしそらし賑《にぎ》やかにしていたが、夜が更《ふ》けて寝床に入ると、食事をしていた父親の姿が浮かんで、あれは、いま、どこにいるか、わからなくなりかけた目だ、だから、物を食べることに一所懸命すがっているのだ、と思うと涙があふれて、蒲団《ふとん》をかぶって声の出そうなのをこらえていた。あなたに抱きしめてもらいたかった、でも、まだ来てはいけません、といきなり叫ぶようにして手紙は終っていた。

いままでの手紙はすべて恋文でもあったのか、と望月はまず怯《おび》えた。自分の葉書の返事のほうはどうだったか、と後暗くなり振り返ると、人の目に触れて障りのあることは無論、真佐子にたいしても唇を触れあったことをすこしでもほのめかすような言葉は一切避けてきたつもりだが、感謝の念を綴《つづ》るうちに息苦しいようになり、筆を止めて、左手の甲を唇に押し当てていた。息を静めて後を継ぐと、文字がよけいに固苦しく、固くて重たるく、目をそむけたくなるほどあらわに見えた。自分も応《こた》えていたか、と思うと髪がざわざわとした。

まだ来てはいけない、と真佐子の声が眠りの中からも立って、夢を抑えられなくなった。真佐子は背中で誘って物蔭に入り、物蔭も抜け、細い空地に出て向き直る。望月は初めて真佐子を抱きすくめる。足もとの苔《こけ》から水がじくじくと染《し》み出る。汚れた窓の内から父親が見ている。この世に亡い者たちの不思議な振舞いを怪しむような目だった。こんなことができるのは、自分たちは二人とも、もう死んでいるのではないかと疑うと、真佐子の唇が固くふくらんで冷いようになる。

真佐子は障子の腰板のわずかな蔭に身を横たえて、早く、して、と招く。家の内で人の声がしているのに、ここはどこからも見えないからとささやく。目をつむり、あなたはわたしのからだを、もう隅々まで知っている、わたしもあなたのからだを、もう二人とも死んだ後のように知っている、と耳を唇にふくんで腕に力をこめてくる。

型通りの文面の葉書を伯父に宛てたついでにしばらく迷ってから真佐子にも宛てて、やはり差障りのないことを書いた末に、いよいよ寒くなるので身体《からだ》にくれぐれも気をつけてくれるよう添えて送ると、十日もして真佐子の手紙が来て、父親が夜中に裏山から人の声の立つのを聞くようだと伝えた。一昨夜のこと、手洗いへ立った真佐子が父親の部屋のほうに人の歩く気配がするので、その部屋と廊下を隔てた、昔は座敷の裏の控えのように使われていたが今は通り抜けるだけになった八畳の間の襖《ふすま》を開けると、廊下側の障子も開いていて父親が立っている。裏山から立つ人の声のことを話した。大勢の女たちの、泣き叫ぶような声だったと言う。裏山からと言いながら部屋の天井から隅々まで暗がりを見まわしている。何を探しているのと聞くと、この部屋からも答える声があるようで、と考えこんだ。霙の走る夜だったので、真佐子はとりあえず寝床に連れ戻すことにした。床に落着いたところで、恐かったとたずねると、初めは恐ろしかったが、どうも自分のことを気づかってくれているようで、と父親は答えて目をつむった。

雨風の吹く夜には裏山から人の叫んだり泣いたりする声を聞くことはわたしにも子供の頃からありました、道を踏みはずした女たちの叫ぶ声だと亡《な》くなった祖母は話してました、世の人が自分の罪もわからずに生きていることを悲しむ声だとも言いました、恨んだ末に神へ改まってありがたい、慈悲深い声だと言うのです、と書き添えて、この冬は殊《こと》に、夜中に目を覚まします、と結んであった。

十一月も末になり、望月はようやく給料というものを取るまでに半年足らずのところまで来て、一人暮らしのやりくりに行き詰まっていた。もともと生活の必要から半端な稼ぎに追われて就職の用意もおろそかになるというような矛盾を繰り越して来たのが、就職のためのわずかな出費が喰い違いの元となり、父親のところへ駆けつけるにしても、まずその旅費を捻出《ねんしゅつ》するために、年末から年始にかけて閑《ひま》なしに働かなくてはならない。このまま多忙に押し流されてしまいたいような気怠《けだる》さはあったが、真佐子の信号は今でははっきりと自分に向けられている。いつまでも放っておけば、二人の間の緊張がかえって限界に来そうに感じられて、近いうちのどこで金と閑を割り出せるか、それこそ日刻みの思案をしては算用がつかずに焦《あせ》った。そのまた一方では、街をせかせかと行く自分に、どこの女にも相手にされぬ永遠の失業者の姿を見て、この男なら、惚けた父親の世話をしてくれる、血の繫《つな》がった女を犯しにかかりかねないと眺めると、もう一歩も前へ進めないように足が停まりかけ、怯えかと思えば、底なしの空腹感へ引きこまれた。食費も切り詰めていた。

年末に入って、朝の出がけに下宿の奥さんから、昨夜はつい忘れていたと言って渡された手紙を、望月は部屋に戻って開きかけたが、時間もなく、今度は腹を据えて読まなくてはならないように思われて、机の抽斗《ひきだし》にていねいに仕舞ったつもりが、夜遅く帰って来て見れば、あわてて物の間に押しこんだ自分の手の跡がのぞいた。わたしの油断から、家族たちに気づかれてしまいました、と手紙にはあった。

もう夜明けのほうに近い時刻に真佐子が寝床から階下で人の騒ぐようなのに目を覚まして降りて来ると、家の内を迷い歩く父親の後から家族たちが、起きてしまった子供たちも一緒に、もう声もかけずについて回っていた。父親は玄関から家中の戸口を当たって、表へ出る所を探しているように見えたが、戸口の前まで来ると、内からいくらでも開けられるのに、手を出しかねたふうに諦《あきら》めて次へ移る。家族たちのことも目に入らず、耳にも聞こえないようだが、荒い足取りではなく、顔つきも白くて穏やかだった。

現われた真佐子を家族たちは、真佐子の父親もふくめて、揃《そろ》ってほっとした顔で迎えた。母親は真佐子の傍に寄り添って来て、まるで指図を待つかのようだった。皆が真佐子のほうへ目を向けたのに感じたようで望月の父親も戸口の前からそろそろと振り返り、恥かしそうに笑った。真佐子は家族たちに部屋へさがるように目配せして、土間へ降りて手を引いた。

まだ早かった、と父親は枕《まくら》もとに控えた真佐子に自分から話した。しっかりした声だった。もうそこの裏山まで、女たちにまじって、来ている、と言った。死んだ妻、望月の母親の名前を口にした。

そこの控えの間から、答えて呼んだように聞こえたのだが、と言った。幼い年に死んだ娘、望月の知らぬ姉の名前を口にした。

今日は何も変わりありません、と真佐子は手紙を結んだ。

最寄りの街の駅に真佐子が出迎えていて、自分も郷里を立つ仕度を整えていて、すっかり屈《かが》まった父親の手を引いている、とそんな光景を望月は夜行の車中で寝覚めするたびに窓の外の雪明かりの中へ淫夢のように眺めては、そこで父親にけわしく拒まれるという想像の続きに苦しめられたが、着いてみれば真佐子の姿は見えなかった。

到着の時刻も知らせていなかったので来るわけもない。朝になり雪はちらつくほどになっていた。

伯父の前で手をついて父親の世話の礼を述べると、伯父は望月の就職の決まったことを慶《よろこ》んだ。これで後の心配はなくなったと言う。なにしろ、守も真佐子も父親からすれば、昔なら孫の年だから、と洩《も》れた声に不憫《ふびん》がる口調がこもった。真佐子も、以前はわけのわからないことばかり言っていたのが、このところすっかり大人になった、と母親が傍から口を添えた。その真佐子はやがて二階から降りて来ると望月に向かって畳にかるく指をついて、卒業の間際《まぎわ》には何かと忙しいのにとねぎらって、後は父親が望月に四月からのことをたずねるのを、以前はたしかに父親の時代遅れを脇《わき》からからかうところがあったのに、黙って正坐して聞いていたが、話の途切れたところで、立ち上がって望月を目でうながした。

父親の部屋をのぞいて望月は驚いた。さっきから家の内を駆け回る子供たちの声を耳にしていたが、その子供たちがいつのまにかそこの部屋に、真佐子の兄の子たちもふくめて五、六人集まって、炬燵《こたつ》のまわりにぺったりと坐《すわ》りこんで、てんでに遊んでいる。父親も今日は窓に背を向けて坐り、子供たちのほうへ睡《ねむ》たげな目をやっている。父親も子供たちも、お互いに没交渉にくつろいでいた。お地蔵さまみたいね、懐《なつ》いているわけでもないのにここに寄ってくるの、と真佐子がおしえた。

守さんが来ましたよ、と真佐子に声をかけられて父親は望月のほうへ顔を振り向けて、しばらく不思議そうに見ていたが、笑うようだった。遠くから雪の中を大変だった、といたわった。めっきり老《ふ》けこんだが、しかし淡い顔だ、と望月は眺めて、夜明けに迷い歩く老狂の姿を思ってはうなされていただけにひとまず安堵《あんど》した。皆、元気かね、としかし父親はたずねた。あちらはよほど雪が深いんだろうな、とひとりの声になり、子供たちのほうへ目をもどした。真佐子が望月に向ってかすかに頭《かぶり》を横に振り、せっかく守さんが来たので、表へ遊びに行きましょう、と父親にすすめると、子供たちのほうが先に立ちあがった。

雪の野良道を子供たちが声をあげて駆けて行く。そのはるか後から着ぶくれた父親がぽつんと一人、腰の後に手を回し、一歩ずつ雪を真剣に踏みしめて行く。しばらくすると遠くから子供たちが先を争って駆けもどって来て、父親を折返点の棒杭《ぼうくい》のように回りこみ、駆っこを繰り返す。子供たちは父親に声をかけるでもなく、父親も笑いかけるでもなく、ひきつづき没交渉のようで、ひとつにまとまっている。一挙両得なのよ、おもりとしては、と真佐子は父親の背から目を離さずに笑った。嫌われていないのだろうか、と望月はたずねた。それが、嫌われてはいないの、と真佐子は答えた。

不思議なんだわ、と後を引いた声がこの夏よりも思慮深く聞こえたが、身体の匂《にお》いが、野良の風に吹かれていても、甘くなっていた。これではもう、唇を合わせることも出来ない、と望月は思った。話せたら話す、と真佐子は望月の肘《ひじ》にかるく手を触れてから、澄んだ声を天へあげて遠くの子供たちを呼び寄せた。

わずか中《なか》三日の滞在だった。父親の部屋には石油ストーブが一日中焚《た》かれて、電気炬燵も入っていたが、父親はいつのまにか窓の前に坐っていて、のぞきに来た真佐子が縕袍《どてら》を着せてやるという。その父親の背中へ時折目をやりながら望月は炬燵に足を入れて寝そべって一日の大半をまどろんで過ごした。父親は望月のことを息子だとわかっていたが、その意識がかならずしも持続せず、とくに過去へわたることをたずねると、たずねる相手が誰だか、返事するうちにおぼろになるようだった。過去のことを話すと、記憶が混乱して、どこへ飛んでしまうかもわからないので、と真佐子も注意した。となると父親と話すこともすくなかった。それでもまどろみから覚めて窓の雪明かりに浮かぶ背を目にすると、望月こそ自分がどこの誰であって今ここにいるのか、はっきりしなくなったような所在なさから、その背へ向かって声をかける。その時に限って父親の返事が、それなりの明瞭《めいりよう》さで返ってくる。

何を見てるのとたずねると、風の吹き溜《だ》まりを見ていると答える。吹き溜まりに何が見えるのとたずねると、風の渡って来る道の、何もかもが見えると答える。人も見えるかいとたずねると、昔の人があちこちで同じ風に吹かれていると答える。その辺まで来ると先をたずねるのが危いように思われて息子は口をつぐむが、隣の塀に遮られて幅一間にも足らず、今は雪に覆《おお》われているがスギゴケやゼニゴケをむさくるしく生やした地面に広い世界を見ている父親の、老い果てたありさまを哀しむよりも、その父親と一体の寒い自足感を覚えた。

守さんの、お母さんはもう大勢の女の人たちと一緒にすぐそこの裏山まで来ているのに、守さんの、お姉さんがまだあの控えの間から答えないので、と真佐子は話した。父親からすこしずつ聞き出した事らしい。望月の知らぬ姉はこの町から一里ばかり離れた在のほうに暮らしていて、この家には夜更けに人に気づかれずに出入りしているが、父親のところへは、廊下を隔てた例の部屋までしか近づかない。父親の部屋に入って来る時が、父親の往《ゆ》く時と定まっている。年の頃は十七、八だという。裏山に登る時には女たちにたいして、姉が取りなしてくれる。姉の呼びに来るのを待たずに山へ走れば、望月の、母親が出迎えて泣きながら、父親の首に手をかける。女たちがまわりに集まって見まもり、父親の息が詰まって目が昏《くら》くなると、忍び泣くような声で歌い出す。もう幾度も夢うつつの間で繰り返された事で、女たちがそれで満足するものならこのままになってもかまわないと父親はそのたびに覚悟して、恐くもないのだが、毎夜やって来て仕度をしてくれているらしい娘のことを思うと、そんな最後を伝え聞かせるのが不憫でならない。

小屋根から差す雪明かりを受けて、年齢を超えたような真佐子の顔が浮き出た。話すうちに視線がまともに繋がっても逸《そ》らさず、揺らぎも見せずに澄んだ目で受け止めていた。二階にある真佐子の部屋だった。昼食の後で望月の父親を炬燵につなげた蒲《ふ》団《とん》に寝かすと、話すことは話しておきたいので、と望月を呼ぶ。家族の目を避けるでもなく、家族のほうも真佐子が望月を連れて二階へあがるのを怪しみもしない。部屋に落着いてから望月に向かって、町の医者に診せたところがこの冬を越すのはむずかしいかもしれないと言われた、だけど入院させるのは根を移すようなものでかえって弱らせることになるだろうと親たちは見ている、出来るだけの世話をするので、このまま家で暮らさせることにするけれど、それでいいか、と同意を求める口調も、望月の父親のことでは家族からすべてをまかせられているように聞こえた。家にいてこれ以上の迷惑をかけては、とまで口にしながら入院の費用を考えると後を継げずにいる望月に、親たちがそばに置いておきたいようなの、兄も嫂《あによめ》もその気持に染まっていて、皆、なんだか、よくないことのように思っているらしい、よそで亡くなられることを、とためらわずに言った。昔、親たちに何があったのか、わたしも、あなたも、親の年の行ってからの子なので、と階段の降り口のほうへ目をやり、聞き耳を立てるような横顔を望月に眺められるままになり、望月の目に求めの色がつい差したようで、守さんの、お父さんはとうにここの家の人間に戻っているのよ、と答えて向き直った。何十年も東京でどう暮らしたか、もう覚えがないらしいの、と言った。

あれはでも、裏山から呼ばれるということと、どういうつながりになるのかしら、と二日目の午後には望月にたずねるようにした。父親にとっては、死んだ妻も娘も、東京から離れてしまっている、と話していた途中から、いきなり話を転じた。望月の着く前々日のこと、まだ午前中に父親は自分から厚く着こんで土間に降り、いつもは気に召さぬ杖《つえ》をつかんでさっさと雪の中へ出て行くので、真佐子があわてて追いかけ、ようやく追いついて傘を差しかけると、娘に子が産まれたので祝いに行かなくてはならない、と息を走らせて言う。呆《あき》れた真佐子がつい、妊娠していたとは聞いていませんでしたけどと笑うと、あの立居は、知らずにいたが、身重の女だった、と父親はひとりでうなずいて、祝いの餅《もち》は用意して来ただろうな、ともう咎《とが》めんばかりに言う。そんな習慣を真佐子は知りもしないが逆らうのも無駄と思われて、持って来ました、と返事して黙った。すぐ先もけぶる雪の日だった。父親はせかせかと杖を衝《つ》いて野良道を急ぐ。その勢いに気おされて真佐子はただ年寄りの頭を雪からまもって後に従った。だいぶの道を行って雪も深くなり、先のことが心細くなった頃、野良道から辻《つじ》に出たところで父親は立ち止まり、縛りに遭ったように動かなくなった。やがて自分からすごすごと引き返した。どうしたのとたずねると、道を間違えた、あの辻から先は塞《ふさ》がっている、あそこで昔、人が殺された、と言った。

女の道をたどって帰って行けると思ったのに、としばらく行って悔んだ。もう雪けぶりの中へ見えなくなった辻のほうを真佐子は振り返った。

三日目の午後には望月は雪の屋根の上にいた。昨日は白く照らされた真佐子の頬に、話すにつれて赤みの差すのを、自分が責められているように見まもるうちに、階下で子供たちの騒ぐ声がして、とうにお目覚めのようね、と真佐子は腰をあげた。今日は父親が昼寝の床に就いても真佐子は現われず、土間で雪おろしの仕度をした伯父に会った。明日あたりから本格の降りが来るという予報なので、この何日かで多少積もった雪を、母屋《おもや》のほうは大丈夫だが、離れの納屋《なや》のはおろしておかなくては心配だと言う。納屋は屋根の傾きがゆるくて雪が積もりやすく、手を入れたのもだいぶ昔のことになるので、あまり重みがかかると梁《はり》のあちこちがかわるがわる、ぎしぎしと鳴ると聞いて、望月は冬の稼ぎを兼ねて入った山荘で雪おろしの経験があったので、仕度を借りて手伝うことにした。屋根にあがり、足の踏まえ方、腰の入れ方、スコップの雪を放る時の手首の返し方など、ひと通りおそわって、半時間もすると骨《こつ》を覚え、息のあがりがちの伯父に屋根からさがってもらった。すっかりおろすとなると日の暮れまでかかりそうなので、屋根の中ほどをざっとあけておいてくれればよいとのことだったが、仕事は捗《はかど》った。

火照《ほて》って汗ばむにつれて、雪明かりに酔ったように働いた。屋根の端に梯子《はしご》から取りついた初めは下から見あげたのとは格別の高さだったが、膝《ひざ》の上まで来る雪の中へ踏みこめばあたり一面の白さに紛れて高所感は失《う》せ、足もとが締まって傾斜の危うさも忘れた。裏山から風が渡って頬を撫《な》ぜ、何もかも見える、と目隠しの迫る細い地面に向かって父親が答えた。昔の人があちこちで風に吹かれている、とまた聞こえて、行儀良く御飯を一心に頂く姿が後に遺《のこ》り、屋根の上で雪を掻《か》く自分はそのまま昔になる。そのうちに雪の香りの中から甘い匂いが立って、息を継ぐたびに濃くなった。

女の道をたどって帰るとは、と父親に聞き返すように手を停めて腰を伸ばし、昨日の二階の部屋で真佐子は自分の視線をまっすぐに受けて、ぎりぎりまでこらえてから、かすかにうなずきはしなかったか、と思い返そうとすると、物蔭《ものかげ》から身を起こしてもう一度目を見交わしながら前を繕う男女の影が見えて、肌の暗さにすでに起こった跡を探るうちに、裏山がゆっくりと掻き消され、遠く近くの枯木が佶屈《きっくつ》した枝の先端まで顫《ふる》わせながら、順々に雪けぶりの中へ吸いこまれた。

雪の降り出した中で無念無想に近くなり、また小一時間も働いて目をあげると、雪は淡くなっていて、家の敷地の内の、裏山に寄って小高くなった畑の端に、真佐子が立って屋根の上の望月を見ていた。スコップを高く挙げた望月に、妙に長い間を置いてから、小手をちらっと振り、また一人きりの姿になり見つめている。目を瞠《みは》ったきり、何かをしきりに、短い言葉で繰り返し伝えるふうに見えた。しかし屋根から耳を澄ましても声の切れ端も届かない。暮れかけた雪景色の静まりはすこしも揺すられない。遠くて聞こえないのではなくて、ふくらみがちな唇の動きからすると、声には出していないようだった。やがてうなずいて、母屋のほうへ降りて行った。

翌日、望月の発《た》つ日は予報に反して生温い雨気の風が吹いた。春先を思わせる滴《しずく》の玉を小枝の節々につけて灰色の空に輝かせる枯木を見あげて真佐子は立ち停まり、昨夜は雷が鳴ったのにとつぶやき、いつか、また会えるわね、と笑って望月を行かせた。

不思議なことを言う、そう遠くはない父親の期《とき》のことを話し合っていたばかりなのに、と望月が怪しんだのはもう汽車の中だった。自分こそ不思議がらずに、はるか先の、昔のように遠い先のことと取って別れて来た、と驚いた時には日が暮れきって、窓の外をうねる雪の肌から蒼《あお》い光が射《さ》していた。

半日の花

石垣の下に差しかかったところで昔の道に入った。どこぞの道が思い出されたわけでない。ここは森中が三十歳過ぎでこの土地に移ってから三十何年来、最寄りの私鉄の駅へ通い馴《な》れた道である。暮色が俄《にわか》に濃くなって周囲が異って見える境はある。この辺では人の背丈を悠《ゆう》に越す高さになって続く石垣に、すぐ片側の視野を塞《ふさ》がれたせいもあるだろう。もう片側には環状線へ抜ける二車線道路が通る。そこの車の往来が、音はすぐ近くを掠《かす》めるのに、耳に障《さわ》らなくなった。桜並木が長年の間に成長して道路の上へかぶさるほどになり、ちょうど花の盛りを回りかけて曇天の薄暮に照り渡っていた。それも人の話に聞く花のように、遠く感じられた。

石垣ばかりの道を歩いていた。並木の桜は森中が妊娠中の妻とこの土地を下見に来た時には植えたばかりの貧相な若木だったのが、その時に腹の内にいた長女がつい一昨日、三つにならぬ児《こ》に実家の近くの花の道を見せたかったと言って訪ねて来たのを、帰りにその道を送ると、天井から咲きこぼれる花の下で子供は歩道にしゃがみこんだきり、鋪装《ほそう》の破れ目に巣を造った蟻《あり》たちの動き回るのをいつまでも熱心に見ていた。

道路は川のようにくねるのを、初めて来た時にはどこへ連れて行くのかと眺めたものだが、越して何年かして土地に居つきの老人から聞いたところでは、昔は玉川上水から荏原《えばら》品川の辺まで水を送る用水路だったそうで、戦後にも葦《あし》の類《たぐ》いを生やした沼となって遺《のこ》り、住宅が建て込んでくるにつれてゴミの棄《す》て場になり、やがて埋め立てられて道路になったという。それにしても地形に起伏もあり、水をどう導いたものか、と首をかしげていたところがまた何年もして、初めに土手が築かれ、その土手の中の河床に水を流したものらしいと人に教えられ、それから二十年あまりもしばしば風の渡る夜に寝覚めして、人家もまばらな野に太い土手が地から湧《わ》き上がり、風を分けてどこまでも走り、これをありありと思い浮かべている自分は一体、何処《どこ》に居るのだろう、と我身のほうを訝《いぶか》ることがあった。

そんな歳月からも離れて、石垣ばかりの道を歩いていた。道はゆるく下っているようで、行くにつれて石垣は高さを増し、十何段かの積み重ねとなって定まった。石はどれも丸味があり河原石らしい。わずかずつ大小の差のあるのが巧みに組まれている。土中から掘り出されたばかりのように黒い。しかしこの辺は在所であったことを考えれば、石垣は百年にも足らず、せいぜい関東大震災以後の、これも新郊外宅地造成の名残りになるか。それでも二、三百米《メートル》も続いて、数にすればおびただしい石は、あるいは造成時に多摩川の河原から運んだのではなく、近代に入っても用水組合が土地にあったと聞くので、そのうちに用済みになって崩されるにまかせた土手の、内を堅めていた石があたりに置き棄てたままになっていたのを、集めて利用したのかもしれない。

石と石の間に積もった土を指先で掻《か》くと、その内はコンクリートで詰めてある。もっと近年の補強らしく、隙間《すきま》を詰めてしまっては自然の排水を塞ぐことになってよくないのではないか、と気になった。補強にかかわりなく石垣は石と石との重みによって堅固に立っている。一見乱雑不揃《ふぞろ》いの積み方のほうが、安定した釣合いをつくりなすのか。職人たちは作業中に、全体の見通しに従ってのことだが、ひとつひとつの石は無造作に積んで行き、端を揃えるような丁寧な積み方は全体を危うくするものとして戒められていたのではないか。まるで崩落寸前の絶妙な均衡が百年固定される。しょせん有限にしても、無限に近い。

心ないものにしても、石たちにとって、むごいことだ、と妙なことを思って自身も息苦しさに見舞われた。水平の方向へ目を逃がすと、幾段にも重なって石の列がそれぞれわずかずつくねりながら均衡を先へ送っている、その従順さに惹《ひ》きこまれた。もう死んでいる、とうに済んでいる、と石のひとつひとつへ宥《なだ》めかけていた。石たちは遠近の法に逆らって、遠ざかるにつれ大きさを増して人の頭ほどに見える。人の頭が偶然の所に圧《お》しつけられたきり、列全体としてかすかに悶《もだ》えている。人ひとりの生涯も断続にして延べればこのような髑髏《どくろ》の列になるか、刻々と済んでいながら先へ先へと迫る。しかし列のところどころに、繰り越されてくる歪《ひず》みを溜《た》めて、今にも傾《かし》いではみ出しそうな、おのれを吐き出しそうな石たちがある。あれこそじつは、その場その場で、要《かなめ》の石になっているのではないか、と思って耳をやった。人の声のような思いだった。

人が恐れることは、じつはとうに起ってしまっている、とまた声がした。怯《おび》えてのがれようとしながら、現に起ってしまって取り返しもつかぬ事を、後から追い駆けている、知らずにか、それとも知っていればこそか、ほんとうのところはわからない、誰にもわからない、と聞こえた。呻《うめ》きそうな要の石の先からも、石がさらに先へ切迫して寄せるのが見えた。どこかで死者が長く詰めていた息を吐いた。細い雨が降り出した。

雨は三日も続いて、ようやく晴れあがった正午前にまた石垣の道に来ると、人にも見られず落花の残りが宙に舞い、石の間に浅く積もった土からとぼしい青草が萌《も》えて、石の丸味の上に、ひとひらほどずつ、花びらが載っていた。供養《くよう》のようだと眺めた。

目が見えなくなる、石のように見えない、と青垣は言った。何の報いで見えなくなったのか、知っている、とうに知っていた、よくよく知っているので、考える余地もない、考えもしないでいたので、何が始めにあって何が起こったのか、覚えがない、しかし現実なのだ、と言う。

三十五年あまりも昔、お互いに三十一歳になっていた。森中が現在も住まうこの土地に、初めて下見に訪ねて一年もしてその間に産まれた子を連れて越して来てから、また半年ほどした春のことになる。しかし現実なのだ、といきなりに結んだのを聞いて、この男はやはり、気が振れているのだろうか、と森中は思った。青垣ももどかしげに、覚めるから夢なので、覚めても現実とは、通らない話だろうな、と息を吐いた。その声が森中には何か際立《きわだ》って思慮深く聞こえて、この男が狂っているとはまた思えなくなった。

目が見えない、何の報いかは知っている、そのほかには内容も経緯もない、と言った。長年の夢だ、子供の頃にも見た、幾度も見た気がする、しかしその後は十五の時に一度、二十一の時に一度、その二度きりだ、と言う。近頃、また見るのか、と森中はたずねた。まだ見てない、と青垣は答えた。しばらく間を置いて、もう見た、と逆のことを言う。あらためて見ようと見まいと、一度見たものは過ぎ去らない、と言ったその眉間《みけん》に竪皺《たてじわ》が寄り、頰はこけて鼻梁《びりよう》は尖《とが》り、眼の光は斜視の濁りをふくんだ。限界に来ているような窶《やつ》れように森中は驚かされ、話は腑《ふ》に落ちぬままに、おそろしくはないか、とたずねると、恐怖は恐怖として、これもとうに済んでいる、と青垣はまた妙な答え方をした。

青垣が妻子と四人で暮らす一戸建ての家の、日曜日の午後のことだった。硝子戸《ガラスど》越しに、午後が深くなるとすぐに翳《かげ》る狭い庭へわずかに枝の先をのぞかせる隣家の桜から、風の加減によって落花が樹ではなく天から降るように、庭の宙へまばらに舞いかかり、ひとひらずつ西へ傾いた陽を受けて光った。

まず夜の電話から始まった。青垣です、移転通知を見たよ、わりと近いところに越して来たんだな、と切り出した。半年前の森中の通知になる。その後、結婚して、子供がすぐに産まれて、もう五つと三つになる、と自身の近況を報告した。最後に会ったのは六年前のことなので、あの時には相手がいてその腹に子供もいたのかもしれない、と森中はひそかに数えた。満でひとつになる娘を抱えて越してまいりましたとあったね、と青垣は森中の通知の文面を覚えていた。それからいきなり、花見に来ませんか、隣の庭から桜の枝がこちらへのぞいているんだ、顔を見たくなった、と誘った。懇願でもするようなその口調に森中はひっかかったが、いいですね、と答えていた。すると青垣は自分の住まいの在りかを詳しく教えて、この日曜日は閑《ひま》ですか、とたずねた。いいですよ、と森中は戸惑いもせずにひきうけた。三月も下旬にかかり大学の勤めの閑な時期でもあった。

ところが前日の土曜の午後になり青垣の細君から電話があり、わざわざお越し頂くよう青垣がお願いしたそうでと切り出すので、森中がとっさに、亭主は気安く客を呼んだが女房のほうは仕度に手がまわりかねて、あやまりの電話かと思ったら、お待ちしてます、どうかよろしくお願いします、青垣が頼りにしておりますので、と消え入りそうな声で言う。何事かと森中は驚いたが、もしも夫婦の間の事なら他人がまともにたずねるのは後でよくないことになると用心して、こちらこそお邪魔に上がることになりまして、ともう玄関口に立ったような間の抜けた受け答えをすると、楽しみにしておりますので、と細君は言いなおして、逃げるように引き取った。

女房から話は聞いたと思うけれど、と翌日、駅まで出迎えた青垣は並んで商店街を抜けて畑沿いの道にかかったところで、困惑の混らぬ声で昨日の電話のことに触れ、気がかりをひとまずほどかれた森中が細君の声を思い出して、あるいは細君のほうが青垣の何かを案ずるあまり、家の内が神経の張り詰めすぎになっていて、平生を取り戻すために青垣が、もういささか過去に属して現在とは差障りもない森中を、一時の客として呼んだのではないかと考えていると、女房の言うとおり、俺はここのところ、気が振れがちなのだ、と変らぬ声で言った。何だ、それは、と森中は無造作に受けた。畑を渡る春の光の中では、気が振れるとは何やら軽ろやかなことのようにしか聞こえなかった。来てくれてよかったよ、と青垣は答えた。六年前になるか、大雪の中を二人で呑《の》み歩いたのは、しんしんと、きりもなく降っていたな、酒よりも雪に酔ったようだった、あの土地以来、一度も会っていないのだ、と感慨にふけるように見えて、おかしそうに声を立てて笑い出した。そうなんだ、と森中も釣られて笑った。

しかし青垣の後について玄関口に立つと、家の内が目に暗く感じられた。陽向から来たせいではあるが、出迎えた細君も、その腰にくっついた子供も森中と同じ、瞳孔《どうこう》の締まったような眼でこちらを見ている。医者でも迎えるようだ、と森中は腰がひけた。ほんのしばらくの間のことで、やがて細君の顔に晴れやかな、歓待の表情がひろがり、子供たちははしゃぎ出した。

日の暮れまでという約束だったが、庭に面した部屋にはソファーなどを片寄せて座卓が置かれ、酒肴《しゅこう》の用意が調えられていた。細君と子供たちを間にはさんで、話題は自然に六年前の大雪の街に付いた。青垣は大学を出て会社に就職してすぐにそこの支店へ遣《や》られ、森中もそこの大学に勤めることになり、それぞれ三年間その街で暮らしたが、青垣のほうが二年早く来ていたので、二人のいた時期が重なるのは、青垣の最後の年と森中の最初の年と、まる一年だけだった。その年の初夏に、高校は同期だったが大学は別々でひさしく無沙汰《ぶさた》になっていた二人は日曜日の街中でばったりと出会い、秋からは月に一度ほどずつ暮れ方から一緒に酒を呑んで雨や霰《あられ》の続く土地の憂《う》さを晴らすうちに、年末から年明けにかけて、その地方の気象台始まって以来の豪雪になり、一月も下旬にかかる頃には街は雪に閉ざされた。森中のほうは雪で交通が停まったために大学は休業同然になり、もっぱら下宿の雪降ろしに朝から晩まで屋根の上で働くという日が続いたが、降ろしても降ろしても降りしきる雪の中で人が一斉に徒労感に負ける境があり、午後からだんだんに近隣の動きが停まり、日の暮れに森中が所在ない気持から雪の道を歩いて繁華街に出ると、やはり雪道を徒歩で家まで帰る勤め人たちのてんでに息を入れる酒場の、隅のほうに青垣の姿があった。

どちらも繁華街から歩いて半時間ほどで自分の寝床までたどりつけるので、切りあげる潮時もないようなもので、取りとめもなく梯子《はしご》酒をするうちに、土地柄酒場の店仕舞いも早くて行くところがなくなり、大通りまで出て、それでは、と左右に別れたはいいけれど、雪に覆《おお》われた街はどの道を取っても同じ、粉雪は叩《はた》けば落ちるので傘も無用、足もとの雪はきしきしと締まる、酔いにまかせて小路から小路へ歩きまわるうちに、向かいから大きな男がいかつい足取りで来る、近づいて、おう、とお互いにうなずきあってすれ違う、さっき左右に別れたのが、なんでこんなところをまだうろついているんだ、とおくれて首をかしげる、それが二度三度と出会う、とそんなことを森中が思い出して話した時には、いやだわ、と細君は眉《まゆ》をひそめながら、身をちょっとくねらせ、細い声を立てて笑った。子供たちも母親のうしろで嬉《うれ》しそうに跳ね回った。

今でも雪の小路に足音が聞こえるようだ、と青垣は懐《なつ》かしそうに受けて、雷も鳴ったな、静まると雪がいっそう降りしきる、なんだか一人ではないような足音の反響を不思議がっていると、雪の中から人が、森中が来る、と花の枝ののぞく庭のほうへ耳をやるようにしていたが、ところであれは、たった一晩のことだったか、それとも幾晩ものことだったのか、あの土地でどちらにも知り合いだった人の、亡《な》くなった晩だったことはなかったかしら、とたずねて、さて、あの土地に共通の知人はなかったはずだが、と森中が一度限りのことだったか再三のことだったか自分でも怪しくなって考えこむと、近頃、ふっと思ったことなのだ、それらしい記憶もない、夢だったかもしれない、と手洗へ立ちあがった。足音が聞こえなくなると細君が居ずまいを改めて、森中にむかって、黙って頭をさげた。歎願《たんがん》のような目を見せ、何かをたずねられる前に、子供を促して部屋から立った。

滅多なことは口走っていないつもりだが、一家の主人に年月の節が抜けるようでは、家の者も落着かないわけだ、と青垣は部屋に戻って来ると言った。家族たちのいくらかの動揺は心得ているようだった。しかし、目が見えなくなる、石のように見えなくなる、と切り出した。家族たちがむこうの部屋にいる様子なのに、声もひそめなかった。物事が見えなくなるという歎《なげ》きと森中は取った。ところが、進退きわまって闇《やみ》の中に坐《すわ》りこんでいる、叫んでも声まで吸い取られそうな闇だ、と言う。神経性かあるいは脳の障害を森中はとっさに心配した。時々、起こるのか、とたずねると、青垣はそれには答えず、何の報いか知っている、とうに知っていた、と庭の宙へ視線を游《およ》がせ、その瞳《ひとみ》があまりに澄んでいるように森中には感じられ、ほんとうに見えないのではないか、と駅に迎えられてから今までの青垣の振舞いを考えればあるはずもないことを疑ったが、青垣の目の動きは間遠に舞い落ちる花を追っていた。

夢の中のことだとわかって森中はひとまず安心した。しかし現実のことなのだ、と青垣は言う。覚めるから夢ではあるが、覚めても現実だ、と言う。長年の夢だと言う。近頃はまだ見ないと否定しながら、もう見ている、と振り戻す。一度見たものは過ぎない、と言う。青垣の話すことの矛盾に森中はついて行けずにいたが、その話す声があくまでも平静で、穏やかでさえあり、狂ったようなところはすこしもないので、青垣の言う覚めても続く夢の中へ、思い浮かべかねたまま、なかば惹きこまれた。青垣の声は家族の耳まで届いているはずだが、口調からして、まだ雪の街の思い出話にふけっているとしか聞こえていないと思われた。

報いと言っても、目のつぶれるほどの報いを受けるような事は、身に覚えがない、それほど烈《はげ》しくも生きて来てない、因果とか言われるような生い立ちでもない、まず人並みのところだ、と青垣は黙りこんだ森中を取りなした。まさに何も見えない、何があったという経緯どころか、驚きも訝《いぶか》りもない、大体、内容がないのだ、ただ見えない、と言う。しかし何の報いだか、知っている、とうに知っている、とまたそこへ戻った。その知っているというのも、夢の中のことではないのか、と森中はやっと押し返した。覚めれば知れなくなるのだから夢の中のことだ、と青垣はあっさり認めておいて、しかし今に見る夢ではないのだ、以前に見た夢をまた見ているのでもない、もう済んでいる、取り返しがつかないのだ、と言った。偏執の硬さはなくて、言葉にはならぬ境をそのまま差し出しているようで、森中は途方に暮れた。自分が半端に、わかるような気持で受けているのがいけないので、夢のことはあくまでも夢のこととしてたずねるべきなのだと戒めたが、言葉の継ぎようがなかった。そんな話をしながら二人して酒を注《つ》ぎあっているのが、庭の外から眺める光景のように感じられた。

夜明けに見る夢なのか、とそんな問いが森中の口から出た。なぜ、夜明けなのか、と自身で驚いた。夢のことをたずねながら、一人起き出して白い表をのぞく後姿が見えた。夢から覚めて目の見えることに安堵《あんど》しているようでもなかった。夜明け、と聞き返す青垣の顔にもかすかな翳の差すのが見えた。夜明けにも見る、いつでも見る、と答えた。

それから、話を逸《そ》らすように聞こえた。これでも平日には休まず勤めに通っているから我ながら感心なものだ、夢どころではない、と言った。会社に出てしまえば何ともない。神経は太いほうで、こまかい事に引っかかる人間を見れば腹を立てるほどに薄情だが、朝晩の往《ゆ》き復《かえ》りの道にはこの際、間違いの起こりようもないようなものの、精々、気をつけている。馴《な》れた道に飽きて迷うことはあるだろう。車内でかならず腹痛が起きるので途中停車駅のトイレの位置をすべてそらんじている男がいるけれど、それほどの緊張でもないな、と笑って紛らわしかけ、いや、馴れた道が見えなくなるのではない、見えすぎる、とにかく道の分かれ目という分かれ目がくっきり見える、妙な風に映るのではなくてあくまでも平常だ、しかし平常で一回限りだ、どこもひとしく一回限りだ、その時、目が見えなくなっている、と声をひそめた。

苦しくて目をつぶる、とまた矛盾したようなことを言う。すると、昔通った道が、これも一回限りに見えてくる。子供の頃の道もあるが、森中も知っているところを言えば、あの街だ。また天の塞《ふさ》がった日曜の午後には下宿で身を持て余した。たまりかねて外へ飛び出す。傘を提げて足もとはゴム長だ。広くもない街なので三年目にもなればたいていの界隈《かいわい》は歩き尽している。行くあてはない。小路から小路へ足にまかせて歩く。角を折れるたびに、何でそちらへ行く、とどこかから咎《とが》められる。用があって行く人がうらやましかった。行くあてはさらにないどころか、もうどこにも行きたくないのに、足取りが大股《おおまた》になっている。顔つきもひたむきに、悪相を剝《む》いている。その一方で、下宿で寝そべって鬱《うつ》の底へずるずると引きこまれる自分を思っている。いまここで物に摑《つか》みかからんばかりの勢いで歩いている自分のほうが、悪い夢になりかねない。そうやってたくさんの角やら辻《つじ》やらを、通り過ぎた。東京へ戻るとすっかり忘れた。自分の物覚えは万端において仔細《しさい》でない。記憶に拘《こだ》わることを嫌うところがある。それなのに近頃、その辻やら角やらが、見えている。曖昧《あいまい》な辻があった。行くにつれて三つ辻にも四つ辻にも、それ以上の路《みち》が合わさっているようにも見えてくる。後にしたはずの辻が、また前に現われる。空はいまにもまた降り出しそうにかぶさったかと思うとふいに抜ける。抜けたかと思うとまた塞がる。光の変わるたびにまた知らぬ辻へ差しかかる。これもすべてあくまでも平常だ、それでいて一回限りに際立《きわだ》って、そこにある。ところが見ているはずの自分がいない、その辻にも、それが見えている現在にも、どこにもいない。

見えなくなるとは、そういうことなのか、と森中は半分呑めた気がした。しかしもしも青垣がそのことに怯《おび》えているとしたら、自分はまるで真意がわかっていないにしても、その怯えを無用のことと、かりにも払って見せるのが呼ばれた甲斐《かい》というものだと気を締めなおし、物が一回限りに際立って見えて、見ているはずの自分がどこにもいない、と青垣の言うことをなぞって、それでも見えている、それで目が見えない、と限りもなくなりそうな矛盾の反復に陥りかけ、しかしそれは、何の報いと言うものでもないのではないか、と取りなしたつもりが、報いという言葉が自分の口から離れて、それこそ取り返しのつかぬ響きを帯びかかった。

俺がどこにもいなくなると、誰かがやって来るようなのだ、その男が俺の一切を知っているらしい、すべてがじつはとうに起こってしまっている、と青垣は答えて、暮れかけた庭の宙空に数はすくないが花びらが一斉に、夕映えの光を絡《から》め取りながら舞い落ちるのを、脇《わき》から見ていても吸いこまれそうに澄んだ眼で追っているので、森中は代ってその無防備さを紛らわそうと自分も落花へ目をやり、二人して日が永そうに眺めるかたちになった。

不思議な半日だった、と葉桜になった石垣沿いの道を夜更《よふ》けに駅のほうからたどり、森中は三十五年あまり昔の日曜の午後のことをまた振り返った。あの後、青垣との間に何事もなかった。この石の列が物を言わないように、何事もなかった、と酔った頭で思った。あの日、宙に舞う花から青垣は目を戻して、小路から小路へほっつき回っていた間な、電話のあるところへ来るたびに、下宿から呼び出そうかとまで思っては通り過ぎた、間合いが毎度、ひとつはずれるんだな、と言った。声がほぐれたのに森中は安堵して、日曜の午後にはこちらこそ身を持て余していた、まず立ち停まればよかったんだ、惜しいことをした、と受けて、二人は笑い出した。その声に細君が子を連れて現われ、ようやくちらほら、お花見らしくなりましたね、でも、ほんとうに、どこから降って来るのかしら、と庭の宙へ目を細めた。もう一献して、予定よりはすこし長居になったが、日の暮れきる前に立つことになった。青垣は機嫌良く駅まで送ってくれた。

あの帰りの、日曜の宵の口の電車の中での、眠りの深さも不思議だった。それほどの酔いでもなく、睡気《ねむけ》も覚えていなかった。乗換えが二度あり、その間どれも二十分とはかからない。それなのに空席に腰を降ろすや眠りに落ちて、またいきなり目を覚ますたびに、遠くまで乗り過ごしたと思いこんだ。間違いのなかったことに呆《あき》れて次の電車を乗り継いだ後も同じことになった。自宅の最寄りの駅の手前では、さらに遠くへ、見も知らぬ土地まで運ばれていた。こんなことになるのなら、青垣の家からまっすぐ歩いて帰ればよかったと悔んで、直線に結ぶ距離を測っていた。

石垣沿いの道はわずかながら遠回りになるので、帰りを急ぐ若い脚は駅から最短の道を取って道路のもっと先のほうの、石垣のもう尽きるあたりに出たはずだ。道を覆って今を盛りに咲きこぼれる花の白さが記憶に見えかかるが、ここの桜は当時まだ、花もろくに咲かせない若木だった。しかしふいによろけて石垣に手をついたような、不可解な覚えが掌にある。

電車の中の睡気も伴わぬ眠りはあの夜、家に着いて遅目の夕飯を妻としたためた後、子供を遊ばせながらソファーに寝そべるとまた取り憑《つ》いた。夜更けに妻に起こされて、寝惚《ねぼ》けるでもなく、目が冴《さ》えて家の内が妙にくっきりと見えるようで、寝そびれるかと思って蒲団《ふとん》に移ると、すぐに昏々《こんこん》と眠った。夢も見ない眠りだった。翌日は前夜のことを遠くへ探るような目覚めだった。

人は目覚めても、眠りそのものはどこかで続いて、十年二十年、三十何年も経《た》つ、ということはあるのかもしれない、と考えて石の列を眺めると、石のひとつひとつは積まれたところから死んでいるので石の列が生きて走るように見えた。花見の後、土曜の晩になり、青垣から電話があった。先日は楽しかった、と言った。お蔭《かげ》で緊張がほぐれて、朝晩の往き復りにも危なげなところがなくなった、家の者たちもすっかり安心している、と礼を述べた。目のほうは、なおったか、と森中はたずねた。見えなくてもいいんだとわかったよ、と青垣は答えた。見えない男とこの先も同行二人の旅だ、かえってまっすぐに歩ける、と闊達《かったつ》に笑った。物事が見えないという意味に森中の内でまた落着いた。駆け寄って来る子供たちのはしゃぎが伝わって、追いかけたしなめる母親の柔らかな声も聞こえた。

時折は少々、振れるのも必要なことだ、しかし振れようとしても、滅多に振れられないものだ、と青垣は締め括《くく》った。

電話を置いた時の膝《ひざ》の力の抜けるような安堵感から、森中は近いうちにまた青垣に呼ばれることになるのを覚悟していたことに気がついた。日曜の夜からの毎夜の眠りの異様な深さが思い合わされた。その夜はひさしぶりに寝床の中で眠りの来るのを待つことになり、自分がなまじ間に入って話に耳を傾けたばかりに、青垣の内の盲目の存在がいよいよ抜きがたくなりかねないところだった、と胸を撫《な》でおろした。暗闇の中に坐りこんで、叫ぶ声まで吸い取られるという姿が浮かんで、目は見えていながらと思うと、いまになりおそろしくなった。さいわい、青垣は揺らぎを一人で立て直した。しょせん人に話しても通じないとわかったところが足場になったに違いないが、それだけでも呼ばれて行った甲斐はある。この上は、半日の花見だけを遺《のこ》して、客は遠くならなくてはならない。人の記憶から引くことは出来ないが、こちらも思わないようにしていれば、記憶は案外、相互のことなのだ、とそんなことまで考えて眠りに入った。

見てはいけない、見てはいけない、と眠りの浅瀬で戒しめていた。十何段も積み重ねられた石垣の、目の高さの石の列の、石のひとつひとつを通り過ぎる。年を取って、酔って夜更けの道を一人で行けば、人生の歩みはこんなにも緩慢になるものか、と森中は思った。しかし、通り過ぎるたびにその石に時を吸い取られて、先へわずかにうねりながら続く石の列を見送る心地になるのは、じつは人が通り過ぎるのではなくて、石の列のほうが人を置いて行くのではないか、現在はそのつど済んで置き残され、眠りだけが先へ繰り返されて続くのではないか、とまた思って立ち停まりかけた。青垣からの電話はあれきりになった。晩春から梅雨時にかけてはまだ、つぎの土曜日あたりに青垣か、あるいは青垣の細君から、悪い報《し》らせがありはしないか、と森中は後暗い日から、日を重ねて遠ざかりつつある者の、それでも逃げきれないような不安に時折捉《とら》えられた。立秋も過ぎた頃になり、残暑見舞の形で外国から青垣の絵葉書が届き、本人も家族も、一家をあげて当分ここで暮らすことになったが、すこぶる元気だと伝えて、花見は楽しかったと結んであり、森中はようやくあの半日を振り返り、あの後やはり青垣の身にいろいろと曲折はあって、こうも一口には言えないことなのだろうがと忖度《そんたく》したが、人にそう伝えればその通りになることもあると考えた。それ以来、賀状を交わすだけの間になり、毎年、いかにも歯切れよく活動している人間らしい文面の末にかならず、また花見を、と書き添えてあり、それを読む森中のほうも、五年ばかり前に家に招かれて一風変わった花見をしただけの事のように思われ、さらに年を経るといかにも晴れやかな花の午後の、眼精の衰えたどうしが花の光へ額を差し向けている光景などが浮かんで、そのうちに三十何年も過ぎて、年内に息子らしい名前の、年賀欠礼の挨拶状《あいさつ》が届いた。

あの花見の半日の後、青垣には一度も会わぬことになった、と声には出さぬ叫びが石に吸い取られ、沈黙ばかりとなって先へ送られて行く。生涯の沈黙と感じられた。現在は刻々と過ぎても、会わなかったという不在は過ぎ去らない。青垣がすでに死んでいることと、自分がまだ生きていることとが、石垣に沿って歩むにつれて、その前後が失われかかる。外国から青垣の葉書が届いてからは、森中も一身の変動にかまけて青垣のことをろくに思わず、二十年も経てば毎度同じ賀状の末尾に触れては年々老いて行く花見の主客を、やがてはその時々の現在の年も通り越して、たわいもなく浮かれる翁《おきな》のような姿を浮かべて、正月らしくて目出度くてよいではないかと苦笑するだけで、青垣はいまどうしているのだろう、相変らず花見のことを書き添えて来るけれど、あの日のことをどう思っているのだろう、と怪しみもしなかった。自身ももっぱら息災の旨《むね》を賀状で伝えて花見のことにも触れていたはずだ。六十歳にかかると、花見の主客の姿も年々薄れて、庭へ花の間遠に降りかかる日曜の午後の部屋ばかりになった。誰もいない部屋をさらに奥のほうから、長閑《のどか》だと惜しむ心で眺めている。青垣にたいして、この何十年、ほとんど何も思わなかった自分は、死んでいたにひとしい。その青垣にも今は死なれた。

しかし近年に、青垣とは二度も会っているではないか、と森中は今まですっかり忘れていたことを思い出しかけて、俄《にわか》に睡気におそわれた。石垣の重みを押しのけるように石に手をついて、そのひたむきに沈黙する感触から記憶を探ったが、そんな事実はなかった。あるはずもない。ただ、近年と言っても十年ほど前のこと、都心のほうで夜半過ぎまで酒を呑《の》んで、森中と同じ道をずっと先のほうまで帰る知人と一緒にタクシーに乗った。走り出すと眠って、そろそろ自宅に近いところまで来たと思われる頃に目をあけると、どうも見馴れぬ道を走っているような気がしたが、近頃酔うと知った風景がどこか違って映ることがあり、知った角を通るようでもあるので、やり過ごすうちに、まったく知らぬところへ運ばれているのに気がついた。運転手に聞くと、自宅のあたりはとうに過ぎて、四キロほど先まで来ていた。もっと先、もうすこし先、と指示していたらしい。そこで車を停めさせ、眠りこんでいる知人を起こして現在地を教えて、一人で降りて車を拾って家まで引き返した。それだけのことだったが、家に着いてそそくさと寝仕度にかかると、運転手の答えた土地の名が、私鉄の駅の名としてはよくよく聞き馴れているのに、けわしい響きとなって耳に返り、とうとうここまで来たと告げられて自分も観念したような気がしきりにして、わずか一里ばかりのところではないか、車がなければ歩いてでも引き返せる、と払い払いするうちに、

——暗いところだなあ。

——何も見えない。石のように見えない。

——ひとつ間違えると、どこへ運ばれるか、わからないものだ。

——そうなのだ。その間違いはしかし常に、一歩一歩に、ひそむのだ。一歩ごとに、すでに間違えているのにひとしい。とうに間違えているのにひとしい。

車の中で話していた相手が、青垣だった。一緒に乗っていた知人とは、車の中でどちらも眠っていて、話らしい話もなかった。降りる時に現在地を教えると、相手は森中にとって乗り過ごしになったことも気がつかない様子で、もうそんなところまで来ていたか、と答えて眠りこんだ。まだ寝床に入ってもいなかったので、夢でもない。幻聴のようなところもなかった。花見の部屋でもなく、ほかのどこへ置いたものか、置きどころの見当もつかなかったが、記憶と感じられた。

そして、道路に面して建物の間にぽっかりと空いた、奥へ長い駐車場に目をやり、ここは以前、何だったか、と立ち停《と》まった。夜半を過ぎて車が一台だけ壁に寄せて駐められ、敷きつめたコンクリートのあちこちに罅《ひび》割れが走っていた。自宅にすぐのところだった。青垣はもう死んでいた。青垣の死んだことを森中はまだ知らずにいた頃だ。ただ寒々として殺風景なだけの眺めに、いきなり荒涼の気が差して、まるで廃墟《はいきよ》だ、と驚いた。あたり一帯の人の住居がここに露呈した廃墟に惹《ひ》かれて、一斉に傾《かし》いだように感じられた。昔の、屋の棟の三寸さがるとは、今ではこういうことなのか、これを合図に影がさまよい出すのか、とつぶやくと、ここだよ、ここなんだ、俺の目に見えていたのはこれだった、と青垣の声がした。

ここは、誰にも見えないが、辻《つじ》なのだ、と言った。四方から道が集まってここで消える、出て行くと見えるのは、見せかけに過ぎない、人もここに差しかかっては失《う》せる、それでも繰り返し差しかかる、先へ先へ惹かれて熱心にやって来る、もう済んでいるのも知らずに、と言った。

白い軒

老婆《ろうば》に膝枕《ひざまくら》をして寝ていた。膝のまるみに覚えがあった。姿は見えなかった。ここと交わって、ここから産まれたか、と軒のあたりから声が降りた。若い頃なら、忿怒《ふんぬ》だろうな、と覚めて思った。ほかに内容もない夢だった。それなのに長く続いた夢に感じられた。三十代の初めのことだ。妻子もあった。

それにひきかえ四十を越した頃に見た夢は経緯らしきものもあるのに、覚めて短く感じられた。まる三日失踪《しっそう》していた。朝の通勤の乗換えの駅で神《こころ》が遠くなった。膝のだるさに苦しんで歩きまわった。それから早朝に自宅の戸口に立って、三日三晩が経《た》っていた。前後の詰まった夢だった。夢の順次もあやしい。朝の家の戸口に立ったのが始まりだったかもしれない。覚めるとちょうど夜の明けはなたれる頃で、三日三晩とは、夢の中でもつましい、と自分で笑った。失踪願望はさしあたりなかった。心労過労の時期でもない。子供たちは小学校にあがり、半年ばかり前に新しい家へ越して来たところだった。

お前はどうかして気持がそらになる癖があるので、一人で遠くへ行ってはいけないよ、と幼い頃に母親に言われたような気もして、この年になってそれが夢に現われたかとも考えたが、幼いと言っても、一人で遠くをほっつきまわるような年なら、空襲も迫っていたので、そんな悠長な心配をされている時世ではなかった。

しかしそれよりも奇っ怪だったのは、よほど後日になり、その夢のことも忘れた頃に、夢の中にまた夢がひそんでいたように、覚めた後の記憶にはなかったはずのものがふいに、しかも白昼の人の中で湧《わ》いて出たことだ。三日も会社を無断欠勤した、と取り返しのつかぬ失態に追いつめられたところで、じつは正体をなくしていても毎朝会社へ感冒で欠勤の旨《むね》、電話で連絡していたことを思い出して、胸を撫《な》でおろした。そこまではまだ夢の続きであり、その間、家で妻はどんなに心配していたか、子供たちはどうしていたか、とやましさに及ぶその前に、人中から大男の年寄りがこちらの来るのを待っていた間合いで現われ、しばらく黙って並んで歩いてから、先のほうへ目をやったまま、さしあたり無事に済んでいるが、あの日どこそこで、人が殺された、下手人の見当は皆目ついていない、と告げて追い抜いて立ち去るその背へ、身に覚えのないことだ、疑うなら親たちに聞いてくれ、とすじの通らぬことを叫びかけて、その親たちはもう十年前までにどちらも亡《な》くなっていると現実の事を思い出した時、いましがた年寄りの口にした時と場所に、自分は知らぬはずなのに覚えがあり、夢はふっつり切れた。

その短く感じられた夢のほうがその後も長く、折谷の内に遺《のこ》ったようで、何年かに一度、道の角に差しかかった時などにふと思い出されて、そのつど記憶のにおいがした。そんなことが間遠ながら十年あまりも繰り返され、五十代のなかばにかかり大病を患《わずら》ったのを境に絶えた。それが六十も半分を越して、老婆の膝を枕に寝る三十男の夢を、見たのではなくて思い出した。いまさら自己嫌悪《けんお》もない。膝枕が交接の象徴だとしても、あるいは交接の名残りのあらわれたものだとしても、成熟の域にかかった三十男には、その夢が許せた。いや、現在の自分が許すのではなくて、性の目覚め頃に思いも寄らぬ高年の女と夢に交わって、覚めて死にたくなるような嫌悪に苛《さいな》まれた、その後遺を三十も過ぎて子もできた男がようやく宥《なだ》めたので、あのような、仮にも平穏らしい夢となったのではないか、と取った。その夢を見る三年前に母親は死んでいた。生前の姿は、病気の重った時ですら、三十男の眼から振り返っても老婆というほどには映らなかった。しかし、死んで年々老いていく女親に、世代も隔てた女の内から触れる。それが男の、年が深くなるにつれて、女人を抱くということではないか、その初めの予兆の夢ではなかったか、とそんなことまで思ってはやはり老年の眼かと振り払ううちに、長い夢の記憶のように、ひとつの話が内でまだ生きている、継続していることに気がついた。

自身の体験ではなく人の話、人から聞いた人の話だった。折谷に話したのも本人ではなく、幾人もの口を経て来たようで、どこの誰のことも、すでに不明になっていた。

ある男が四十五の歳《とし》に、朝に家を出たきり失踪した。何の前触れらしいものもなかった。三日経っても帰らないので家族と会社の同僚と、旧友もそれに加わって、それぞれ八方手を尽し、警察にも届けたが、いなくなって五日目に自宅からも都心からもだいぶはずれた土地の銀行からわずかばかりの金をカードで引き出した形跡のほかは手がかりもないままにちょうど十日して、ある晩、家の鍵《かぎ》をたどたどしく開けようとする音を内から細君が耳ざとく聞きつけて玄関口へ走り出ると、ゆっくりと開いた扉の外に、よれよれの形《なり》で立ちつくして、一人で困りはてたように笑っていた。

朝の地下鉄の中でたまたま席にありついて息をついたところから意識が遠くなったと言う。その先の記憶はない。人込みの中を歩きまわっていたような、さびしい駅から知らぬ町に降り立ったような、ぼんやりした覚えがあるがその前後がない。泊まった所の窓を開けたらすぐ外からコンクリートの壁になり、その壁の罅《ひび》が今でも目に見えるようなのに、何処《どこ》とも知れない。それから、夜の白みかける頃に大型車の続いて通る道路の端にしゃがみこんでいた。もう一度眠ったらあぶないと思って立ち上がり、また長い道を歩いて、家の前に立った。十日も経っているとは知らなかった。十日前に出かけた時のままの背広に同じネクタイを締めて、どちらもくたくたに崩れ、靴は埃《ほこり》にまみれ、ぼさぼさの髪は垢《あか》にこわばっていたが、肌着は十日着たきりにしては汚れていなかった。

もうひとつ、大きな神社の縁日らしく宵に大勢の客の集まった中を、誰かしら長い縁のあった人を、ここに来れば見つかると聞いて、探し回っていたと言うので、何時《いつ》何処にいたか、すくなくとも一点の所在は割り出せるかと旧友の一人が思ってその種の暦を繰ってみたが、その時期に都内から近県にかけてそのような祭りは見あたらなかった。

奇っ怪は奇っ怪だが、しかしいかにもありそうな、ほかでも耳にしたような話だ、とその話を伝えた折谷の友人はそこまでの不思議を語る口調にそぐわぬことを言った。日曜日の午後も深くなった病院の、入院中の折谷のベッドの傍だった。その男の失踪中の記憶は戻らなかったという。しかし、それで精神の変調を来たしたわけではない。狂わなかった。三日も昏々《こんこん》と眠ると日常を取り返し、念のためつぎの週明けまで休暇を貰《もら》って、医者にもかからずに出勤することになり、多少の役に就いていたのを謹慎して降りることになったが、その後も難はなくて、何年かしてその役に復帰した。もともと温厚な人で、自分の働きを誇ることも人にきびしくあたることもなく、周囲に揉《も》め事が起これば、口を出すのは遅くて控え目でも、結局はそのとおりにおさまるということがよくあったのが、言動は変わらず穏やかで、人の立場をよく受け止め、もとより自分の限界は自分で定めた節が見えたので、周囲から安心される存在になった。失踪のことについても、雑談の折りに話題がその時期へ向かいかけて、周囲が拘《こだ》わると自分からそれに触れて、一生の失態だった、と苦笑する。本人が言うのも変だがまるで神隠しだ、どこをどうほっつきまわっていたのか、皆目覚えがない、何か妙なことでもしていれば話として面白かろうが、自分のことだからどうせ、大したこともしてないのだろう、と言う。その明るいような物言いに、周囲は古傷に触るまいとするむずかしさからまぬがれた。

後日の話のほうが、俺にはむしろわかる気がする、と折谷の友人は言った。失踪の間の記憶は、まるでないわけではないのだろうけれど、箱に納めたのだろうな、強いてこじあけてロクなことはない、と言う。自己隠蔽《いんぺい》と決めつけることもない、塞《ふさ》いでいても力ははたらくわけで、節々でこわばりとなって出ることもあれば、それとは逆に、隠し持っているために、周囲にたいする振舞いがしっかりとすることもあるのだろう、玉手箱は福の箱のはずではなかったか、それまでは笑って、とにかく遠くから渡って来た噂話《うわさばなし》なので、風のようなものだ、途中で幾人の失踪の夢が混じっているか、知れやしない、と話を済ます様子だった。

その男、近頃、死んだのだろう、と折谷はとっさにたずねていた。困惑させたことに気がついて、いや、遠慮はいらないのだ、見てのとおり仰向けの寝たきりを強制されているけれど生命に別状はなし、悪運強く手術も成功したことだし、それに、ここは整形外科だよ、と取りなすと、図星だ、近頃死んだ男の話として、初めから聞いたことなのだ、それにしても、どうしてわかった、と相手は聞き返す。そう言われても立居のならぬ病人は、直感は速いかわりに頭の回りは遅くて、口に出たのに後れて考えてから、なんだかこう、通夜《つや》だか追善だか、すっかり済んだ人間の話を聞いているようで、とようやく答えた。

隠せないものだ、と友人はあらためて驚きを洩《も》らした。いや、俺の知合いではないよ、知合いのまた知合いでもない、まったく知らない人間の話だ、と急いで念を押した。話の続きのありげな断り方だったが、話そうか話すまいか、まだためらっている様子だった。じつは折谷には友人の顔がよくも見えていなかった。首のまわりに枷《かせ》のようなものを付けられて頭を左右に振れないので、ベッドの端に椅子《いす》を寄せて坐《すわ》る客の顔を、見ようとすれば見えるのだが、視野の中心にまともに据えることが持続しては出来なかった。そうして人と対していると、目と目が合わないせいか、話にとかく間があいて、かるい自失がはさまる。その中から折谷は廊下を近づく足音をまた聞いていた。一歩ずつ踏みしめて来る。やがて折谷の病室の前で停まったので、目をやると、友人が開け放した戸口の、ありもしない敷居をまたぎかねたように立っていた。しかし、折谷にどうしてそれが見えたのか。胸から弓なりに反り返って生首をさかさまに立てるようにでもしない限り、枕もとの戸口へ目は届かないはずだった。

先の話があるのだろう、と折谷はうながした。

四十五の歳の失踪の十日間、男は女と暮らしていた。男の容態が急変して亡くなる半月ばかり前に、病院に男を見舞った旧友に打明けた話になる。あの時にすこしの心あたりを感じて遠くまで足を運んでくれたので君にだけは話しておこうと思って、と男は切り出した。客の帰り際《ぎわ》、病棟の廊下のはずれの、たまたま人のいない談話室の中のことだった。男は骨相が浮くまでやつれていても眼の光は強くて、声もしっかりしていたが、わずか十日のことを、暮らしていたと言ったことに客は引っかかった。

暮れ方、最初の日のことだったと思う、と男は話した。どこかの繁華街を抜けたようで、古い木造のアパートなどの並ぶ裏路に入り、淡い夕映えの差す空に向かって、だんだんに正気のもどってくる心地になったところで、背後から女の声が立って、名前を呼ばれた。苗字《みょうじ》でなくて名前だった。自分の名前ではない。それなのに、その声があたりに冴《さ》えて響いて、男は振り返った。あの名前がいまだにどうしても思い出せない。

老婆が道に立ちすくんで、眼ばかりになって、振り向いた男の顔を見つめていた。老婆と見えたのだ。やがて前のめりに駆け寄って来て、間近から背伸びをして、肩で息をつきながら、男の顔をおそろしげにのぞきこんだ。艶《つや》の褪《あ》せた髪に白いものが混っていたが、若い面立ちを痛みのように遺していた。湯のにおいがかすかに昇った。

あなたはやっぱり、死んでいなかったのね、と女は声をひそめて言った。死んではいない、と男はつられて答えてまた気が遠いようになり、どうやって人違いと悟らせたものかと回らぬ頭で考えていると、そうよ、わたしは知っていた、何があってもあなたは死なないと決まっていた、あなたの勝手になることでもないの、言わないで、言うとむずかしい、と男の腕を摑《つか》んで、急に鋭くなった目つきであたりをうかがい、手を引いて路地から路地へ導いた。

小さな家のさらに建て込んだ界隈《かいわい》の、また路地の奥にあるアパートの二階の部屋だった。女は着くとすぐに米を磨《と》ぎ、薬罐《やかん》に湯を沸かし、古ぼけた金盥《かなだらい》に微温湯《ぬるまゆ》を取り、男を裸にさせて身体《からだ》を拭《ふ》いた。傷の跡でも確めるような手の動きだった。そのうちに炊《た》きあがった飯を、浴衣《ゆかた》に着換えて小さな卓袱《ちゃぶ》台《だい》の前に坐わらされた男に、ありあわせの辛い物で、しきりにすすめて食べさせた。男のほうもよそわれるままに、自分でもおそろしくなるほどに、底無しに喰った。

部屋に入ってからその間、そればかりか、部屋にいた最後まで、女と言葉を交わした覚えがないのだ、と男は見舞いの客に言った。一言も口をきかずに過ごせたわけはない、しかし、言葉の絶えた記憶なのだ、言葉が絶えているので、わずかに宙に架かっているらしい、と言う。そんな記憶を想像しかねた客は、それでいつ戻って来たのだ、その記憶は、とたずねた。再入院したその夜のことだ、足音が廊下を小走りに抜けたかと思うと、そこにあった、と男は答えた。聞いて客は自分の内から、自分には手の届かぬ男の記憶の内にまで、かすかな鬼気のようなものの慄《ふる》えるのを覚えて、この男はやはり、先がないのだ、と思ったという。

初めに呼ばれた名前が思い出せないので、記憶に声がないのだ、と男は言った。

卓袱台を畳んだ跡に女の敷いた、幾人もの女のにおいの染《し》みついたような蒲団《ふとん》に男は一人で寝かされた。台所のほうで女がひっそりと働くのを耳にして、もしかすると、殺されるのかもしれない、と飯の前に女に身体を拭かれた時の、古い傷の跡を探られている感触を思い出しながら、おそれもせずに眠りこんだ。とうに爛《ただ》れあった末に並べて投げ棄《す》てられたような体感がほぐれず、女を求める気も起こらなかった。女も求めて来なかった。夜の白みかけた頃、寝覚めして、目が会った。間近から見つめあった。どちらからともなく、旧知の色が差した。女の顔に怯《おび》えが走り、お互いに目を塞ぎあうように、交わった。

それからは日が繰り返すだけになった。ほとんどの時間、男は裸のまま敷き放しの寝床で眠って過ごした。男が裸で手洗いの前に立つと、戸が開いて女が裸で出て来る。男が手洗いから出て来ると女が入れ違いにはいる。顔も見交わさない。昼にも夜にも交わったことはなかった。日の傾きかける頃に、女は台所のほうをしばらく歩きまわり、部屋を出て外から扉に鍵をかける。戻ると米を磨いで、夕飯の仕度を仕込んで、鍋《なべ》に湯を沸かし、男を起こして身体を拭く。初めの時と変らずむごいような手で念入りに拭く。自身は銭湯にも寄って来るらしく湯あがりのにおいが襟から立つ。また米の飯をふんだんに食べさせた。米だけは汚れた手で磨ぎたくないのだ、とそんなことを男は思いながら女にうながされるままに喰った。夜明け頃に交わった。

さびしい汽車に乗っていた、縁日の人込みの中を、誰かを探して歩いていた、と後で記憶の切れ端のように見えかかったものこそ、昼も夜もない眠りの中から見た夢だった、と男は言った。まして銀行から金をおろしたとは、記憶どころか、夢の影ほどにも覚えがない、女の部屋から一歩も外へ出ていない、寝床からもほとんど離れなかった、十日というのも人が数えただけのことだ、ともどかしげになり、いや、正気だ、おかしな記憶が浮かんだきり払いのけられないということだ、と客の困惑を取りなした。

古くから知った女だった、名前を呼ばれて振り返った時から、顔を見分けたようだ、と言った。いまさらたずねる言葉もお互いになかった。わずかな事でも、たずねてはならなかった。女の為《す》ることにも一々、覚えがあった。とうに知っていた。男が知っているということを、女も知っていた。目がまともに会うと相互の覚えが迫る。動きが取れない。目をそらしあった後、むごかった、とつぶやいて古い記憶の影が掠《かす》める。そばに寝ている女を抱き寄せることもなかった。女もやはり縋《すが》って来ない。何もかも済んでいた。昔の情欲の名残りをただ寄せあっていた。女の寝息を男はいとおしく聞いていた。いとおしくても、取り返しがつかない。こうして並んで眠るよりほかにない。

夜明けにはお互いに覚めた目を瞑らせるように名残りを重ね合わせた。しかし女の息が走り出すと、男の内に見えかかるものがある。目をひらくと、女も男の視線に感じて細く目をあけ、恐いほどに切れ長に際立った茶色の瞼《まぶた》の下から淡く澄んだ瞳《ひとみ》で遠のきながら、何かの記憶の中へ男を吸いこんでいく。それにつれて手は男の背を戒しめた。男がまた目を瞑るまで、息も吐かずにいた。

ある時、女はまた男を戒しめかけて、例の名前を呼んだ。知らぬ名前が男の胸へ通った。背後に沈んでいたものが前に回って立ち上がった。自分が何者であったか、男は知ったと思った。

それから後の記憶が絶たれる。絶たれるのではなく、初めに名前を呼ばれた時に返る。その名前がまた思い出せない。

眠ったのか、とベッドに寄せた椅子から腰を浮かしているようで友人が顔をのぞきこんだ。

いや、聞いている、と折谷は答えてから、聞いていたはずだと自分で確めた。何日も続けて四六時中仰臥《ぎょうが》を強いられ、首も振れずにいると、放心は過度の覚醒《かくせい》に似てくる。人の声が鮮明に聞こえて、自分もすっきりと答えている。しかし前後が、持続が失われていることがある。何を話されたのか、にわかにわからなくなることもあれば、実際に聞いた以上に聞いていることもある。

病人には耳に毒の話だったな、要するに、それが事実だとしたら、世には幸わせ者がいるものだということさ、幻想にしても同じことだよ、と友人は笑って立ちあがり、水仙か、なんだかひさしぶりに見るな、と折谷の目にも届く高さに活《い》けた花を眺めているようだったが、また来るよ、いや、病人の見舞いに、また来るよはないか、と言って部屋を出て行った。その足音が廊下をゆっくり遠ざかるのに折谷は耳をやり、なぜ日曜の午後から、それも朝から暗い雨の日に、見舞いに寄ったのだろうと訝《いぶか》った。あれは本人の話ではなかったか、と考えるうちに日が暮れた。

その友人はその半年後に亡《な》くなった。自殺だった。折谷はそれまでに平常の生活に戻って歩行の不自由も覚えなくなっていたが、考えてみれば近年故人とは見舞いに来てくれたのが不思議なほど遠くしていたので早々に参って引き返す通夜の道で、五十のなかばで自分から命を絶った死者のなまなましさにくらべて、障害の後遺のやはり膝《ひざ》のあたりにひそむ足取りが亡者めいて感じられた。

あれは、現実にせよ幻想にせよ、本人の事だった、とまた考えた。心あたりをあれこれ引き合わせて考えたわけでない。自殺の理由は想像がつかず、またたずねられる距離にもなかった。ただ通夜の場を去る際に、夜明け頃の事だったらしい、と参列の客のささやくのを通りすがりに耳にはさんだだけで、定まった。夜明けに名前を呼ぶ女の声が迫って、腑《ふ》に落ちる閑《ひま》もないようなものだった。

月曜の早朝、ともう一人の客が傍からつけ足したのが日を追って声まで思い出されて、まさか病院の日曜の午後がすぐにその最後の夜明けへつながったようにうなされたわけではないが、その意味もない符合が意外に疼《うず》いて、故人から聞いた話を塞いだ。夜明けに寝覚めした時には、呼ばれた名前を思い出せないので記憶に声がないのだ、と男の声が聞こえそうで、耳を澄ますことがあった。

しかし人の話にはろくに考えもせずに得心したようなところで得心してしまうものだ、と折谷が呆《あき》れたのはそれから七年も経《た》って、また入院中のベッドの上だった。折谷は満で六十を越していた。眼球の手術を受けて何日か後の夜のことになる。七年前には仰向けを強いられていたのが、今度は俯《うつむ》けをまもらされていた。手術前にそのことを申し渡されて、およそ二週間と言われた時には、またどんなことになることかと思ったが、そうなってみれば、こちらのほうがよほど楽だった。それまでは前回の病気の再発をおそれて、あの苦行の繰り返しを思ってはもう堪えられないとあやまっていたのが、おかしな形で帳消しになったように感じたせいか、あるいは年を取った分だけ身体の抵抗が鈍くなっただけのことかもしれない。

ただし、ベッドの上に俯《うつぶ》せになったその上に顔まで伏せる。眼球こそまともに下へ向けなくてはならない。眠る時には両手を重ねて額に枕としてあてがって、回した腕と腕の間に、空気の溜《た》まりをこしらえる。箱の中に顔を突っ込んで寝ているようなもので、息苦しさにのべつ寝覚めする。それでも七年前の首枷《くびかせ》をつけられて仰臥する夜の寝覚めの、一瞬切羽詰まる、窒息感はなかった。切羽詰まるには、自分の取らされた姿勢のおかしさの意識がどうしても間に入るらしい。眠れようと眠れまいと、眠っていようが眠れずにいようが、寛容なようになっていた。その寝覚め際のことになる。あの男、女に手をかけて来たか、名前を塞《ふさ》ごうとして、とふいに悟った気がして、ベッドから跳ね起きて廊下へ走り出る自分の影を見た。そんなことを考えていたのか、しかしいまさら何処《どこ》へ駆けつける、と憮然《ぶぜん》として見送り、額にあてた手を組みなおして眠った。眠りの中で台所の流しの上へ俯いて癇症《かんしょう》な手つきで米を磨ぐ女の、揺れる白毛混じりの髪と、若さを痛みのように留めた横顔を眺めて、同じ手つきで肌の傷を探られる男の眼になり、しきりに考えていた。覚めるとその考えていた跡も失《う》せて、からんと冴えた頭から、あれは友人自身の体験ではない、と思った。それから幾度も寝覚めを繰り返して、窓の白む頃には、それが確信となっていた。

男の話だけが記憶の底に、伝えた友人の夜明けの死に触れたのを境に封印されて保存され、話の男は影ほどにしか見えないが、死の迫っていた男から話を聞いたというその旧友とやらの存在は、これも見も知らぬ人物なのに、折谷の内から消えずにあった。故人は折谷の病室で、何人かの口を経た話のようだがと初めに断っていたが、そのやはり知らぬはずの人物に拠《よ》って話していた。折谷も仰向けに寝ていながらその人物の背に付いて聞いていた。廊下を遠ざかる足音を耳で追って、平日の勤めの帰りのついでならともかく、なぜわざわざ日曜の、こんな暗い雨の午後からと訝るうちに、あれは本人自身の話ではなかったか、本人こそ誰かに秘密を打明けておきたくなったのではないかと疑ったものだが、自身のことを話す声ではなかったとあの時も思いなおした。むしろ自身の記憶よりも遠くへ、繰り返しさまよい出かけては立ち停まる、茫然《ぼうぜん》とした口調だった。その夜の寝覚めにも折谷は友人の身を案ずるでもなく、あの男が訪ねて来たところを見ると、折谷はもう先がないという噂《うわさ》が、旧友の間にひろまっているのかもしれない、とそんなことを考えた。

実際にそれに近い噂が何人かの間に流れていたらしい。噂はやや遠くまでひろがれば返す折を失って、人の間の潮溜まりのようなところで、噂の主は死んでいる。潮が干上がれば、死んだということも人は忘れる。その死んだはずの男が夜明けの五階の病棟の、手術室への渡り廊下の、採光の小窓に顔を寄せて、市街の上へ明け放たれて行く空を片眼で、六十男のくせにいま蘇《よみがえ》ったばかりのようにつくづくと眺めている。俯けはやはり四六時中命じられていたが、眼球を下へ向けてさえいれば、起きることも歩くことも許された。手術後の三日ほどが大事であるらしく、それを過ぎると、ベッドの上では夜昼俯けを厳重にまもっていても、病室の外へ出れば、おおよそになっている。まるで子供だった。まして切れ切れの眠りを継いで病室の窓のようやく白みかかるのを感じると、一夜の地獄の釜《かま》の蓋《ふた》が開いたように、自分で勝手に解禁を設け、手洗いに立つふりをしてまだ寝静まる病室の並ぶ廊下を抜け、渡り廊下へ折れて窓に寄り、やがて明けて行く空をまともに仰ぐ。

明けて行く、放たれて行く、押し上げて行く、と刻々の心で、見るよりは聞くようにしていた。刻々の境がある。そこで一日の始まりを拒む者がある。反復がわずかにあらたまって反復でなくなる者もある。しかし、拒んだ者もその間際《まぎわ》には広い反復を見てその中へ身をゆだね、あらたまった者もこれきりに反復の絶えた静まりを内に抱えて朝の仕度にかかるのではないか、とそこまで考えると赤味が雲へ射《さ》して、窓は嵌《は》め殺しで廊下は表の空気から遮断されているのに、寝起きの女人の髪の、肌のにおいが漂ってくる。

軒の下に女が男に抱かれたばかりの肌に浴衣をまとって立っている。東に背いた路地の奥になり、路地の表をまれに横切る早出の人の目も届かぬ暗がりに、立ち上がる明けの光をどこかの壁が受けてわずかに送ってくるらしく、鉢の花ほどにほんのりと浮かんだ顔の、髪に混じる白毛が薄赤く染まった。女は立ち静まって人の来るのを待っている。いましがた自分を抱いた男が遠い所から、記憶を取り戻して、路地に入って来るのを、待っている。長年の徒労に堪えた。徒労が肌のにおいを熟させる。その熟しきったところで、男が現われて女の顔をすぐに見分ける、と信じている。

部屋の内で男はまどろみながら、明けて行く部屋の白さの中へ、見も知らぬ面相となって、自分の顔の浮き上がっていくのを感じている。女はどこへ行ったのか、いましがた名前を呼ばれた途端に、全身が締まり、髪はざわつき、膝頭から力が抜けたかと思うと腓《こむら》が返りかけて、女の腹の中へ長い精を漏らした。腰を逃がしながら引き込む女の動きを抱きすくめるうちに、深い眠りに捉《とら》えられて、女は受胎して子が産まれ、夜が白んで子はすでに壮年になり、いくつもの辻《つじ》へ差しかかり、何かの記憶をうながされてあたりを訝り眺めては振り返りもせず、両腕を重く垂らして通り過ぎた末に、寝覚めて女とまともに顔を見つめあったままになり、お互いの眼を塞ぐために身体《からだ》を重ね合わせ、視線が肌に融《と》けた頃、路地の表を足音がゆっくりと近づいて、女に名前を呼ばれる。

老婆《ろうば》に膝枕《ひざまくら》をして寝ている。膝のまるみに長い覚えがある。ここと交わって、ここから産まれたか、と軒から蟬時雨《せみしぐれ》に混じって降る声を聞きながら、若い女の膝を思っている。窓の外を午《ひる》さがりの人の足音が通る。

人中から白髪の大男が、通りかかるのを待っていた間合いでついと脇《わき》に付いて、身寄りらしく、しばらくあたりを憚《はばか》る様子で黙ってすこし後から歩いてから、並びかけて鋭い目を先のほうへやったまま、今のところまだ無事に済んでいるが、人が殺された、下手人の見当はついていない、と告げる。殺害の日時と場所まで言って、足をいきなり速めて置いて行く。人が殺されて、何が、無事に済んでいるだ、と呆れながらその背に向って、俺には身に覚えがないぞと叫びかけて、身に覚えがないと思うのは、その覚えからではないか、とこだわった。言われて、その日時と場所が、いつどこととも知れぬままに目の前に、平常の雰囲気で見えた。しかしそこに自分はいない。通った形跡も感じられない。

告げたとっさに取ったところでは、すでに起こったことを話す形でこれから起こることを予告されたか、とも思った。

ここまで来ると、自分が誰だか、どこの何者だか、はっきりしなくなることが時折、覚めている間にもあるな、と何年か前に当時八十に掛かった人が、同じ坂でも六十に取りついたばかりの折谷に笑って話した。初めの兆候は、これはもう十年ほども前からぼちぼち始まったことだが、自分の覚えていることが、ほんとうに自分の話だか、人から聞いた人の話だか、怪しくなる、いや、その前に、自分のであれ人のであれ体験が話になってしまう、話は自他相通ずる、相通じたその分だけ、自分は自分でなくなる、と言う。かりに老年の女が現われて、もう白髪の混じりかけた大男を、これはあなたの子です、と引き合わされたとしたら、相手の女の顔にはいくら歳月を巻き戻しても面影らしきものすら思いあたらないのに、その交わった場所がありありと、壁の染《し》みやら畳のにおいやら、表を通る人の足音まで聞こえて、しかも人の影が男も女も見えない、というようなことになりかねない、身に覚えがないとは、その身がはっきりしなくなれば、言っても甲斐《かい》のないことだ、とこれは本気とも冗談ともつかなかった。

聞いて折谷は自分も近頃、老年にかかった心身の不如意《ふにょい》を託《かこ》つ気分の最中に、謂《いわ》れもない陶酔感の、その前触れのようなものの訪れることのあるのを、これも老人の言う自己剝離《はくり》の初期の兆候か、それとも脳卒中のようなものを心配すべきか、と考えるばかりで、この前の入院中に故人から聞いた事を、話としても、思い出さずにいた。その陶酔感はわずかにその由来を考えれば首の手術の直前の、歩行のそろそろ限界に来た時期に病棟の廊下を、背中をまっすぐに伸ばし、重心を腰の、それこそ要《かなめ》に据えて、遠くに感じられる足を流れるように送るうちに、かすかな喘《あえ》ぎとともに全身に差して来る、快癒に紛らわしい明るみに似ているが、しかし今では歩行に不自由もない。走ることも出来た。

しかも、これもあるはずのない、明視感のようなものがそこに混じる。明視と感じられながら、じつは実際のとおりには見えていないのではないか、と疑いが伴う。真《しん》如《にょ》とやらが近づくと、人は明視とひとつになった、明るい盲目に取り憑《つ》かれるのではないか、とそんなことを冗談に思って自分の錯覚を突き放すうちに、晴れた正午前のこと、自宅の近くの細長い路《みち》を通りかかると、いきなり目の前へ陽の光の中から湧《わ》き出たように近所の女性が現われ、あわてて挨拶《あいさつ》を返してすれ違ってから、その路に入って近づいて来る女性の姿はとうに見えていたことに気がついて、その間に意識が飛んだようでもなく、視界の端にうっすらと靄《もや》がかかりかすかに頭痛もするので、片眼ずつ確めにかかると、左眼は妙にすっきり見えるのに、右眼だけで見ると物の線という線が狂ったように歪《ゆが》んで、とくに視線をまともに向けると醜怪に、ギザギザに折れ曲がった。殺傷の叫びを聞くようだった。翌日町の眼科に行き、界隈《かいわい》の中規模の病院へ回され、網膜に孔《あな》が開いたとそこで診断され、手術は可能かどうかわからないと留保されて都心の病院へ回された。また命には別条のない病気だったが、多くの死者たちと同じ道を中途まではたどったことになる。

右眼の網膜とそれに後れてかならず伴う白内障の手術をそれぞれ無事に了《お》えて、やれやれと息を吐いて半年と経たぬうちに、ある日また晴天の下で、やや遠くを走る馬の一頭が忽然《こつぜん》と消えることがあり、左の眼の視野にも欠落の出たことを知った。同じ手術を左のほうでも繰り返すことになり、あらわな反復にもそれほど苦しまなくなった自分を怪しみながらそれも無事に通り抜け、一年ほどは広い所に出るたびに眼を試す習性がつきまとったが視界はまず清明のようで、右と左をやられればもう患《わずら》う眼もないものだとおかしな理屈に感心していると、例の老人が八十過ぎで亡《な》くなって、その告別式にもう高年の子息が挨拶に立ち、故人はもともと、何事も笑って済ますほうの人でしたが、晩年にはますます上機嫌になり、最後まで陽気にしておりました、と話すのを聞いて、身に覚えがないとは、その身がはっきりしなくなれば、言って甲斐のないことだ、と話を締め括《くく》った時の、いまにも噴き出しそうな陽気な顔は浮かんだが、破顔一笑をふくんだその底から陰惨な面相がのぞいていたように、今になり思われた。いや、陰惨な面相ののぞくのは老いの自然で本人の心の持ち方にはよらぬことだ。老年とは死へ向かっての緩慢な物狂いではないか。陰惨な面相を剝《む》いても面白う狂う。有難いお迎えとやらがあるとすれば、そこで入る。しかし自分にはそれが出来るだろうか、と行く末が心細くなった。

季節の移りが気楽に感じられるかわりに年のことには疎《うと》いようになり、六十のなかばも越えかけて折谷は半年に一度ほど、例の十日失踪《しっそう》の四十男の話を思い出しては、まるで亡くなった老人からその後日談を聞かされて得心したようにしていた自分にまた呆《あき》れた。ついでに考えてみれば、初めに病院で友人に話を聞かされた時から、あちこちずいぶん辻褄《つじつま》の合わぬ話なのに、疑念らしきものもはさまず、仰向けに拘束されて視界も限られていたせいだったか、ただ聞く耳だけになっていた。友人が亡くなってからはいよいよ、猜疑心《さいぎしん》を自分で封じたようで、確める相手もいなくなったこともあるが、世間一般の眼で辻褄を測ることもせず、知らぬことは知らぬままに留めた。知らぬままでいたほうが、なまじ知れたつもりになるよりも、話は損われないようにも思われた。そのうちに話ですらなくなり、女の部屋の、女の蒲団《ふとん》の中で、女が傍にいなくなり、裸のまま夜ともなく昼ともなく寝ている男の体感を、過去と未来の分き目もつかなくなった禁忌そのもののように思うだけになった。しかしそれも早晩、自分の死を待つまでもなく、記憶の内から消える。噂として少々はひろがって末端のひとつに停められ、そこで細りに細って尽きる。育ち損ねだが奇譚《きたん》であったかもしれない。瑞譚《ずいたん》にもなり得たのかもしれない。いずれ人は話の埋葬地だ、と思った。

ところが年末のある日、暮れ方の駅前の人通りの中で、折谷は背後から名を呼ばれた。ときサマ、と女の声が細く叫んだ。生きていたの、と言わんばかりの叫びだった。名前とも苗字《みょうじ》ともつかず、ただ母親の郷里の訛《なま》りに覚えを衝《つ》かれて振り向くと、まるで既視の再現か、白い筋の混じる髪に、若い面立ちを痛みのように剝いた女が人の流れの中に立って、物も言えぬ目をこちらへ瞠《みは》っている。その瞬間、足を停めてまともに見つめあった二人をおのずとわずかずつ避けて目も呉《く》れず滞らず過ぎる通行人たちが折谷にはひとしく、二人の間の経緯と、これから起こることを、とうに知っているように感じられた。しかし女の眼にはすでに、人違いに気づいた周章と、絶望に近い色が見えた。それでも、ときサ、ともう一度未練に縋《すが》る声の押し出されたのが雑踏を分けて折谷の耳に届いて、折谷は女に、お気の毒ですが人違いです、と伝える心でうなずいて背を向けた。

うなずいたのを、どう取られたか、と気になった時には、駅の構内に入っていた。まさか承知の意味には取らなかっただろうが、もしも尋ね人が近いうちにほんとうに戻って来るような、成就《じょうじゅ》の予感を遺《のこ》したとしたら、不用意に罪なことをしたことになると、振り返って改札口を抜けた。

起きて出て行く時よ、と女は枕もとから涙を流した。もう一度戻って来るの、それまではあなたは何があっても死なない、わたしもこれ以上は、死にようがない、と言った。

始まり

葉ばかりになった桜並木から傘に硬い滴《しずく》の落ちる雨の日曜の午《ひる》さがりに、共同墓地のある丘陵へ続く長い坂の途中の、山門らしい構えもない寺に男が母親の遺骨を風呂敷《ふろしき》に包んで提げて早目に着くと、先客がまだ済んでいないようで本堂のほうから読経《どきよう》の声が流れて、玄関に出迎えた高年の女性が男の手渡した故人についての短い書付けに目を通し、六十二でしたか、まだお若いのに、と華やいだような声で惜んで控室へ案内した。納骨の前に宗派を問わずに経をあげてくれる寺だった。外見も寺らしくなくて控室も人の家の応接間に変わらず、男はかえって居心地が苦しく、遺骨を膝《ひざ》に抱えて椅子《いす》に浅く腰を掛け、しかし年末に母親に入院されてからはのべつこうして控えて、呼ばれるのを待っていたような気がする、と母親を亡《な》くして初めて感慨らしきものに耽《ふけ》るうちに、本堂の読経の声が止《や》んで、やがて廊下から女が現われ、黒いセーターに長目の茶のスカートをはいたその姿に、その細い腰つきに男は見覚えのある気がして思わず頭をさげると、女はうつむいた顔をあげずに髪の下からかすかに礼を返し、遺骨を抱え直して玄関から外へ出て行った。

本堂へ呼ばれ読経が始まってしばらくすると、男の正坐《せいざ》する膝もとから、女のにおいがほのかに差して、濃くなっていく。あの先客の遺《のこ》したものらしいが、これにも覚えのある気がするのはどうしたことかと男は怪しんで、もう半年も女の体に触れていないので抹香《まっこう》のにおいにも惹《ひ》かれるのか、と声調の上がった読経に耳をあずけていると、祭壇にあげた遺骨がひときわ白くなったように感じられて、病院の廊下で幾度もすれ違った女だと思い出した。

この丘陵から、県境の川を隔てて対岸の高台に建つ病院だった。正面になる近年の病棟から背後へさがって崖際《がけぎわ》に寄り、昔の結核療養所の名残りの木造二階建ての棟があり、男の母親は初めに結核と診断されてそこの一階の寒い部屋に入れられ、まもなく肺癌《はいがん》とわかった後に二階の個室へ移された。本館と旧《ふる》い病棟とは渡り廊下でつながっていた。屋根もあり両側は壁で塞《ふさ》がれて雨風の吹きこむことはないが、小さな高窓から薄い光の滴《したた》るような、いつでも暗い廊下だった。結核病棟の習いのようで本館の境から暖房が落とされ、廊下は隅々まで冷えこんでいた。男が休日なら午後から、平日には勤め帰りの晩に、その廊下に差しかかると、しばしば旧棟の角のあたりの薄暗がりから女が足音も立てずに現われ、人目もないように深くうなだれたまま近づいて、いつ頃からか、お互いに目も合わせずにかすかな礼を交わすようになっていた。

廊下を渡ってすぐの階段をあがりきるまで、すれ違った女の疲れに染まって男も足もとばかりを見ていた。一歩ずつ、体力気力の限界を踏むような女の足取りだった。男よりもはるかに長い病院通いと見えた。年のほどは男とあまり変わらぬ、三十前後と見えたが、女性は心労が続くと年齢不詳の顔になることを、男は知っていた。いつも同じような暗い色合いのセーターに長目のスカートをはいて、着のまま病室に寝泊り暮らしているような雰囲気をまつわりつかせながら、スカートにつつまれた細い腰が、本人《ひと》に構まわれず、柔和なあまりの、不思議な撓《しな》やかさをあらわす。しかしあの冷えきった廊下の、隙間《すきま》風も渡る中で、すぐ近くからすれ違うのではあるまいし、女のからだのにおいが男のもとまで届くはずはなかった。

一度だけ、男は先を行く女に気がつかなかったようで、旧棟に入って階段に足をかけたところで、廊下の奥のほうの、男の母親の病室の真下あたりにあたる戸口に女が立って、中の様子をしばらくうかがってから入っていくのを見た。病人は眠っていたらしい。しかし女の境遇を忖度《そんたく》することもなかった。

あの渡り廊下を男の母親は二度と歩いて渡ることはなかった。夜の更《ふ》けかかる頃に息を引き取ると、息子を部屋の外に出して看護婦たちの手で化粧され、担架に載せられて階段を降ろされ、裏口のほうから戸外へ出て、坂道をすこし下った所の藪《やぶ》の手前にある霊安室の小屋に置かれた。病室のほうへ呼ばれた葬儀屋が死者と男の境遇を聞き、住まいの間取りと、そして外階段のことをくわしくたずねてから、今夜のところはそうするよう男にすすめたことだった。その葬儀屋は小屋まで顔を出して、すぐにまた来ますからと言って帰った。二人きりにされて男はいまさら、身寄りのない死者と、いよいよ身寄りのなくなった息子という境遇を思い知らされた。これから通夜《つや》葬式をどうしたものか見当もつかず、世の中にそのようなものの営まれているということが不可解のように思われた。

郷里のほうへは間違っても一切連絡しないでほしい、と母親は元気な頃からそこだけは頑固に釘《くぎ》を刺していた。そう言わなくても郷里の実家はとうになくなって、兄弟たちもどこかへ散って所在もつかめないらしい。男は母親の郷里とやらへ行ったこともなければ親類の顔を見たこともない。血縁という観念が男には薄かった。父親には物心のつく前に死なれているので、そちらのほうはさらに無縁だった。

母親は女手ひとつで男を育てたことになり、外で働く女の甲斐性《かいしょう》は男にも覚えがあるが、男が大学を出て給料を取る身になり三年ほどもして、五十のなかばで、疲れたからと言って勤めを引いてから、今から思えば年々、外を知らぬような女になった。以前の仕事のことも人間関係のことも一切口にしなくなった。あの人たちには死んだことにして暮らしたいので、と洩《も》らしたことがあり、よほど厭《いや》なことがあったと見えたが、それ以上のことは話さなかったので、男は知らずじまいになった。

知らない、何も知らない、と白い布に顔を覆《おお》われた死者の、こうして見ると豊かな髪へ目をやるたびに、知らないということが男の内で冴《さ》え返った。そこへ葬儀屋が約束を守って現われ、これがなくてはこんな所に朝までいられやしませんや、と四合瓶と摘まみの袋物を差し出し、小屋の隅に用意された茶櫃《ちゃびつ》から湯呑《ゆの》みを二つ摑《つか》んで来て、今夜は何事もないようなのでカミさんと早寝を決めこんだところへ、電話で呼び出されたので、いまちょっと家に寄って始末をつけて来ましたので、と頭を掻《か》きながら酒をすすめた。

何を同情されたものか、親切な葬儀屋だった。男にとってはこの際、途方に暮れかけて出会った仏のようなものだった。茶碗《ちゃわん》酒を呑みながらこの葬儀屋の指示してくれた段取りに男はすべて従ったことになる。朝になり寝台車が回された。川を渡り葬儀屋の特に懇意にしているという質素な寺の本堂に遺体を安置して、午後から男は庫裏《くり》との境の三畳ばかりの部屋に蒲団《ふとん》を敷いてもらって休んだ。昏々《こんこん》と眠った。覚めて近くの蕎麦屋《そばや》へ行って腹をこしらえた。客ひとりない通夜となった。男は勤め先から駆けつけた時のままの背広はともかくネクタイに困っていると、顔を出した葬儀屋がどこからか使い古しらしいのを調達してきてくれた。読経が終ると寺から夕飯を恵まれた。その夜はさすがに祭壇の線香の尽きるのが気にかかり、寝床と本堂の間を往復し、ついでに脇《わき》の戸から庭へ出て、蕎麦屋の帰りに仕込んだウイスキーの小瓶から口呑みしては煙草《たばこ》をふかすうちに、夜が白んだ。朝飯をまた恵まれ、日の高くなる頃に経をあげてもらって、午前の内に出棺となった。そこから先も葬儀屋の説明してくれた手順を踏んだ。三日前に朝飯もそこそこに勤めへ走り出た部屋に、日の暮れかける前に遺骨を抱えて戻った。香奠《こうでん》もない葬儀の掛かりも、葬儀屋が寺へ話を通じてくれたのか、それともそういう寺なのか、男の収入で済ませる範囲だった。市営墓地の納骨堂へひとまず預けるのが世話はないと言って、その手続きとこの坂の寺のことを教えてくれたのも葬儀屋だった。

読経の済んだ時、表を風の渡る音がして、そう言えばこの寺も市営墓地も、客のない葬式をあげてくれた寺も焼場も、同じゆるやかな谷の内にあることに、男は気がついた。この寺の人たちもあの寺の人たちも、世話になった葬儀屋とどことなく顔が似通っているように思われた。それまではこの谷のあたりにたまさか夜更けに電車で通りかかると、殊《こと》に雨の夜には山が近く迫って、闇《やみ》の境へ連れて行かれるような気がしたものだが、男自身もことと谷続きではないがさほど隔ってもいない丘陵の間のやはり谷地に、十二の歳《とし》に越して来てから二十年あまりも、母親と暮らしていた。母親の息を引き取った病院も川を隔てた高台の端にあってここからはだいぶの距離になるが、ひろく取れば同じ谷の内になる。

あの病院の女がしかし、どうしてこんな所にいたのだろう、と男は本堂を辞して玄関で遺骨を抱え直してから訝《いぶか》った。たまたまこの辺の住人なら、あの病院へ病人を入院させるのも、この墓地に遺骨を納めるのも、不思議はないことだが、一人で遺骨を抱えてこの寺を訪れるとは、やはり身寄りのない人間なのか、あれは身寄りのない人間のにおいで、自分も同じにおいを発しているのだろうか、と考えながら寺を出て遺骨を片手に提げ、傘を差してまた坂ののぼりにかかった。しかし渡り廊下の暗がりから近づいた足取りは、惰性にまかせて病院通いをしていた男とは違って看病に打ちこんでいる姿に見えて、いっそこうして一緒に死ぬことになっても構わない、と聞こえるようで、あるいは何かの事情で身内を拒んで病人をひとりで意地にも抱えこんでいたのではないか、とそんな想像が男の内で動いた。

いずれにせよ、自分のように納骨堂へ仮にも永代供養《くよう》の手続きをして放りこむようなことはしないだろう、と男は墓地の門に着いて余計な心配に始末をつけ、女のことは忘れた。お墓は行く行く建てたらいいでしょう、と葬儀屋は取りなしたが、男はいつか墓を建てる自分を想像できなかった。

ロッカーと変らぬ安置所の扉の締まる間際に、中段の棚に納められた遺骨がまた白く、光るように感じられた。われわれはもとから、無縁の者だ、と男は思った。父親の墓所も男は知らない。遺骨は父親の郷里のほうへ引き取られたと母親は話しただけでそれ以上のことには触れたがらなかった。墓参りにも、男の知る限り、行っていない。まして自分は母親の墓所を、まともにたずねる者もないので、隠す必要もない、とあまりにもあっさりとした片づき方に呆《あき》れて、両側に沢山に並ぶロッカーの間を引き返しにかかると、一歩ごとに足もとから、遺骨を抱えて部屋に戻った時の、不自由な手先で扉を開けるにつれて内から寄せた、母親のにおいがまた昇って来る。生前にはことさら気にした覚えもないが、死なれては当分、このにおいの中で暮らすことになるか、と息を吐いて通り抜けた。

墓地の門を出ると雨はあがっていて、それも知らずに差していた傘を畳むと、もう片手からいきなり重しをはずされたように足取りが乱れてよろけかかり、惰性にまかせて坂を降って行きそうで傘を杖《つえ》に衝《つ》いて立ち停まった。とたん静まり返った中で見知らぬ面相の剝《む》かれたのに驚くと同時に、向かいで足音が立って、先の寺のあたりから、女が髪を風に取られて坂を駆けあがって来る。足を内輪に踏みこむので細い腰が柔らかに左右に捩《よじ》れる。まっすぐにあげた顔の、血相が変わっていた。

どうしました、と男は待ち取ってたずねていた。

父のお骨をいまから取り返して来ます、あんなさびしいところに置いておけません、と女は男に向かって訴えかけながら、膝《ひざ》の力も尽きたように男の前に屈《かが》みこんだ。

おやめなさい、よいことにはならないから、と男は留めた。女の前に立ちはだかる形になっていた。

女は十三の歳に母親に死なれて父親に引き取られた。父親は女の五歳の時に母親をその郷里の実家のほうへ預けたきり東京へ出て、消息の知れぬ時期もあり、母親の通夜も更けかかる時刻に現われたその姿を女は見知らぬ人のように眺めた。父親にたいする周囲の雑言は年来、女の耳にも馴《な》れていた。父親を迎えた母親の親族の眼はまして白かった。それにしては、父親はたじろがない。身の置きどころもない立場なのに、人の悪意にすこしも触れられないその様子に、女はとかく感情の粘りつきあう親族たちの間から、これも他人事《ひとごと》に、ひそかに感嘆していた。この人にその足で東京へ連れられて行くことになるとは、思ってもいなかった。それでもそう申し渡されるとすぐに得心して仕度にかかったのは、幼い頃から身についた居候《いそうろう》の習いだった。

父親に連れられて着いたのは東京の県境を渡ってすぐ外になるゆるい谷間の町の、小さなマンションの三階だった。たった二間きりなのに台所も洗面所も風呂場も小ぢんまりと納まっているのを女は物珍らしく見まわした。住まいの内は片づいていたが、女手ではないことは少女の眼にもわかった。翌朝から女は炊事にかかった。それまでも朝から母親を手伝ってこしらえていたような物を膳《ぜん》に並べると、起き出して来た父親は、まるで朝飯屋の朝飯だなと笑ったが、坐《すわ》りこんで残らず食べた。朝に米の飯を喰うと一日、からだの持ちが違うな、とやがて言うようになった。八時前には都心の建築事務所へ出かける。背広の日もあれば、昨夜戻って来た時のままの作業衣のこともある。朝には橋を渡るにも時間がかかるので車を持たないことにしているが、会社に出れば会社の車を一日乗り回していることもあると言う。夕飯のほうは、週の半分は遅くなるのでいらないと出がけに断わり、もう半分は先に喰っていてくれと言って出かけて、夜更けに戻ると、酒はもう入っているようで、すぐに食膳の前に坐りこんだ。話らしい話もせずにひたすら食べる最中に、ふっと娘の顔を見る眼が、これは誰だ、と訝るようでおかしかった。

女は地元の中学へ転校した。母親の郷里でも根がよそ者と人に見られ、自分でもそう思っていたので、境遇の変化というほどのものにも苦しまなかった。学校がひけるとまっすぐ家に帰って、掃除洗濯、そして夕飯の仕度にかかる。遊ぶ時間のすくないことにもとうに馴れていて、人と引きくらべることもしない。大体、満足とか不満とかいうことを知らなかった。でも楽になっている、と気がつきはじめたのは半年ほど経《た》った頃になる。母親の郷里では幼い頃から大人たちに、女を見るような眼で見られた。女であることを意識させるような言葉を投げつけられた。この子は、子供のくせに、どこか女臭くていけない、と面と向って眉《まゆ》をひそめられたこともある。そのうちに、まだ生理も始まる前なのに、学校の男の子たちも女の子たちも折節、同じ眼で見るようになった。うとんでそむけるようだった。そんな眼つきで見られることがこの土地では絶えてなくなった。あながち都会の人間の無関心のせいばかりでなく、境遇が知られていないからだ、と女は思った。よくない境遇はとかく、少女の身にも人の性的な関心を惹《ひ》く。ここではまずその境遇からも、人目の限り、逃がれている。物心がついてから初めてのように、女は手足の伸びるのを覚えた。

それにつけても女は、母親の郷里の人たちにあれほど悪《あ》しざまに言われた父親と自分がいま一緒に暮らして何事もないことに、妙な気のすることがあった。妻子を捨ててかえりみず、何処《どこ》で誰と暮らして何をしているものやら、と言われた。どうせろくなことはしていまい、と言われた。仕舞いは罰が当たって野垂死だ、と言われた。まさに悪人だった。あげくには極悪人のように、声をひそめられた。少女には仔細《しさい》がわからない。実の父親を庇《かば》おうにもその面影も薄いので周囲の雑言に押し入られるままになっている。母親はせっかく同情される立場なので口をつぐんでいる。そんな人でもないのよ、と娘と二人きりになると言う。そうなぐさめられると娘にはかえって、恐ろしげな人物の影が見えかかる。中学生になるまでには、父親の話を耳にしても聞かなくなっていた。想像を一切、動かさない。魂胆ありげに近づいて来た男の子が、お前の父親は刑務所にいるんだって、と言いかけてきた時にも、黙ってうつむいて通り過ぎた。同じことを耳もとでささやきながら見も知らぬ男が抱きにかかって来る夢を見たこともある。やはり黙ってやり過ごして目を覚ました。

通夜も晩《おそ》くなった時刻に現われた父親にたいして、それまでは口々に、病気を知らせても何とも言って来ないぐらいだから死んでも来はすまいと罵《ののし》っていた母親の親族たちは、白い眼で見はしたが、烈《はげ》しく責めもせず、なにか厄病神のように、恐れている様子だった。祭壇の前に坐ると、わたしは妻の棺《ひつぎ》の中に入ります、と叫んで経帷子《きょうかたびら》のようなものを鞄《かばん》の中から取り出したそうな、と葬式も済んだその翌日に台所のほうへまだ手伝いに来ていた遠縁の女たちのささやくのを、女は通りすがりに耳にしたが、女が通夜の席をはずしたわずかの間にも、騒ぎらしいものの起こった形跡はなかった。正体もないほどに酔っていた、と女たちはさらに聞こえよがしにささやいたが、父親には酔いの気も見えなかった。どこでどう話がついたのか父親に連れられて東京へ出ることに決まり、女はそのことを嬉《うれ》しくも思わなかったが、周囲の言うとおりにしないと身の置きどころもなくなることを子供の頃から知っているので、愚図と言われるのも厭《いや》で、てきぱきと準備にかかると、いい度胸だ、この子は、とつぶやかれた。父親と家を出る間際《まぎわ》には叔母の一人が隅のほうへ呼んで、早く真面目《まじめ》な男をつくって親のところを出なさいよ、そうでないと一生を台無しにされるから、と中学一年生の少女に忠告した。

父親はあの頃、まだ五十の手前だったのだ、と数えたのはもう十何年も経って、父親に衰えの見えはじめた頃だった。なぜ母親と自分を置き去りにしたのか、その間、一体、何をしていたのか、女は父親に問わずじまいになった。連れられて来た当初は、朝に目を覚ますたびに、夜に寝床に就くたびに、ここはなんて楽なのだろうと思うばかりだった。死んだ母親にもこんな暮らしをしばらくでもさせたかったと哀《かな》しむこともあったが、親子三人でいる場面はどうしても浮かばなかった。実の父親と暮らすことをしあわせに思っていたようでもない。父親は母親の郷里の男たちとくらべれば大柄の、体格も顔もいかつい人で、こんなむさいような大男と、毎日よく一緒にいられるものだ、以前は男の眼に粘りつかれるだけで吐気を覚えたものなのに、と昼間に一人で自分を怪しむこともあったが、父親は朝早く出かけて夜遅く帰り、外で食事を済まして来なかった夜には用意したものを残らず食べてすぐに寝てしまう。無口な人であまり話しかけても来ない。そんな大男の身の回りの世話をするだけで、ほかに何の気わずらいもないとは、これこそ罰の当たりそうなしあわせだ、と女には思われた。

そのまま一年が過ぎて、ある朝、女はどうしていまになりそんなことにこだわったのか部屋の電話へ目をやり、あれは、あちらへ、おしえているの、と父親にたずねた。母親の郷里のほうのことだと父親はすぐにわかって、おしえたはずだ、と答えた。お母さんの報《し》らせはここで受けたのね、と女は電話をまた見た。お母さんという言葉をここに来て初めて口にした気がした。直接にではないのだ、千葉のほうのあちらの親類から、それも朝になってから受けた、来るなということだった、と父親は答えた。来る時には、お前を引き取りに来いと言われて、折り返しあちらへ電話をかけると、いつものように、名乗るや切られた、病気のことも知らなかった、と話す声に嘘《うそ》はないと感じられた。自分ばかりか母親も父親の居所を知らなかったことを女は思い合わせて、でも、何があったので、わたしたちをあんなに長い間、とそこまでたずねた時、初めは電話がけたたましく鳴り出したように聞こえたが、耳の奥から母親の声が響いて、手足から冷くなり、慄《ふる》えが走った。父親の前から黙って立ち上がって洗面所へ隠れ、吐くような恰好《かっこう》で洗面台にすがりつくと、額から噴き出した汗が鼻を伝って滴《したた》った。聞かないで、お父さんのためにもあなたのためにも、わたしのためにも、後生だから、知らずにいて、と声は細くなりながらまだ訴えていた。鏡の中に濡《ぬ》れた髪を垂らして白い母親の顔があった。

あの朝、洗面所から戻った女に父親は何も言わなかったが、出かける間際の玄関口から、一足遅れて学校へ行く仕度を済ませて見送る女の顔をしげしげと眺めて、お前は、しあわせになる、とひとりでうなずいて扉を閉めた。女はそれからしばらくは朝の目覚めのたびに、このままでいいのね、これでいいのね、と母親に問いかけていた。母親はうなずくようだった。

それきり親子の間に事らしい事もなく、五年十年と過ぎた。その間も女は家事を続け、学力相応の公立の高校へあがり、卒業したら就職するつもりでいたところが、三年生の夏になり父親が、これでもお前の為《ため》には大学と結婚の資金は用意しているので、後悔は遺《のこ》さないようにしてくれ、と進学をすすめるので、そのほうが父親の世話をしやすいとも思って、費用と学力を考えて公立の大学を受けることになり、自身のこととしては想像もしていなかった大学生というものになった。授業が終ればまっすぐ家に帰ることは以前と変わりがなかった。友達らしいものもなく、遊びも知らず、まして男の子とのつきあいもなく、若い娘がこんな暮らしをして、何が面白いのか、と人が見ればそう思うだろうことは頭ではわかっていたが、不満らしいものがすこしも起こらないのは、自分にはそれ以前に欲求というものが欠けているのではないか、と疑われた。その上、自分の行く末について、何の不安も覚えないばかりか、考えてもいない。過去へ親たちの秘密までさかのぼれないので、将来のことも考えられない、どちらも母親の戒めの声をまもっているのだ、と二十歳になる前にそんなことを考えた。

二十歳を過ぎた頃には、自分の歩く姿が自分で見えるようになっていた。うつむいて、うなだれるまでにしているのは母親の郷里にいた少女の頃と同じでも、うつむきこみながら背はひとりでにまっすぐ伸びて、それで張りが通るわけでなく、何もかも済んだ後で風に吹かれているように、よけいに長く垂れる首の、項《うなじ》が外へさらされているのにも構わずにいる。足はどこかへ向かうというよりも、いくら歩いても過ぎない道を踏んでいる。ときたまふっと人目を感じて顔をすこしあげると、通りかかった、かならず高年の男が首すじをのぞきこんでいた目をそらす。

就職先もなるべく近いほうが家事に好都合なので同じ市内の、同じ沿線の中規模の会社の面接を受けて決定の通知が来た頃、ある朝、洗面台に向かうと、白髪混じりの顔が鏡の中から迫った。光線の加減とわかったが、その顔が目に焼きついて、翌春から勤めに出るようになってからも、人と対しているうちに、とうに白髪の混じった自分を感じていたことに驚くことがあった。

家に戻ると扉のすぐ内から父親の、ついいままで家に居たようなにおいがふくらんで、息が詰まるわけもないが、戸窓を開け放って風を通してから家事にかかる。大学に入った頃にはそれがもう習慣になっていた。夜が更《ふ》けて父親の帰る頃になるとそれとは逆に、家事を済ませてからはほとんど机の前から動かずにいるのに、家の隅々まで自分のにおいが居すわっているようで気がひけて、また風を通す。手洗いの水をわざわざ落とすこともあった。二十歳になった時には、父親には女性がいる、と思っていた。何かの折りに勘づいたのではなく、それまでにもう何年も、父親の時間に合わせて家事の段取りをつけるうちに、いつのまにか女性の存在がそこに折りこまれていた。

勤めに出てから二年ほどして、初夏の頃でまだ暮れきっていない時刻に、女は家に戻ったその足で手洗いに入って出てきたところで、窓も閉め切ったままの薄暗い部屋に坐りこんでいる父親と顔を合わせるということがあり、そう言えば近頃、戻ってすぐに風を通すということをしなくなっていることに気がついた。父親は六十を越えていた。嘱託とかの形でそれまでの事務所に残っていたが、夜の帰りはだんだんに早くなり、夕飯の後では調べ物にかかり、書類を前にして考えこんでいることがあった。

それからその夏も終りの暮れ方に、女が最寄りの駅の改札口を抜けて商店街にかかると、若い者は足が速くて、と父親が息を切らして並びかけてきた。女がストアーに寄って夕飯の買い物をする間、店の前で待っていた。また並んで家へ帰る道々、女は父親の老いたのを感じた。すっかり白髪になったのにはとうに見馴れていたが、だいぶ猫背になり、肉も落ちて、もともと大柄の、肩がよけいにいかつく、手足が長く見えた。それが西日をまともに浴びて、額から赤く焼けて、砂浜でも行くようにのっそりと歩く。手長足長という鬼のことを女は思った。それからふいに、妻の棺の中に入るとか叫んだという、ありもしなかったはずの場面が浮かんだ。俺もそろそろ引退しようかと思ってな、と父親は言った。あれも開発、これも開発、世の役には立ったのだろうが、罪つくりもした、とわけのわからないことをつぶやいていた。

実際に職を退いたのはそれから三年もした秋の頃になる。父親は六十三になっていた。預金通帳と保険の証書などを取り出して見せ、お前には、さいわい、金の迷惑はかけないことになった、と言った。好きな男が出来たら迷わずに、俺をここに置いて行ってくれ、と言った。女は二十七になっていたが、行く末を思案させるようなことが自分の身辺に起こるとも思えなかった。

身のまわりの片づけはよくするのに炊事の心得はない人だった。米ぐらいは磨《と》いで娘の帰りを待っている。俺もいまさっき戻ったところだ、といつも言う。どこへ行ってたの、とたずねると、それは根が建築屋だから、どうひらけて来て、これからどうひらけて行くか、どこでも同じようなものの造成の曲折はさまざまで、責任のなくなった眼には面白いものだ、つい遠くまで見て回ってしまう、と答えた。外で昼食を済ませてから歩き出して、電車に乗ることもあり、あちこちの土地を歩くうちに、秋のことなので、もう日が傾いていると言う。職業の習性とはそんなものかと女は感心して、父親が退屈に苦しんでいない様子に安心もした。

墓を見て回っている、と春になって、毎日厭《あ》きないのねとたずねられて父親は答えた。娘の顔のちょっと硬くなったのを見て、いや、俺の墓を探しているわけでない、そんな物をこしらえられたらお前が迷惑だろう、俺も迷惑だ、と変な安心のさせ方をしておいて、いきなり笑い出した。じつは嘱託として事務所に残されたのは、これも大きなところからの委託になるが、でかい共同墓地の造成の、立案のまた下調べを手伝うためだった、建築屋の最後の勤めがこれだ、と止めどもなく笑った末に、とうとう莫迦莫迦《ばかばか》しくなってやめたわけだが、すこしの間でも習いはおそろしいもので、近頃では、宅地の造成よりも、墓と言えばこの辺では寺になるが、そちらのほうへ目が行くようになった、と言った。

いや、足が自然にそちらへ向かうのだ、と言いなおし、そうでもないな、道が寺へ連れていくようだ、どこでも歩けば寺に当たるというだけのことか、と首をかしげていた。ある晩は以前の墓地造成の資料らしい細密な地図にまた熱心に見入っていたのが、台所に立った女の背へ声をかけて、墓地から里がひらけるわけもないが、百年二百年と経てば、里のほうが墓地にひかれて、収斂《しゅうれん》して、それで里としてのまとまりが定まる、ということはあるだろうか、とたずねるようなので女が怪訝《けげん》に振り向くと、父親は見られて驚いたような目を伏せて、近頃町を歩くうちに地形が見える、昔の里が見える、寺の見当がつく、と言って地図の道らしいところを幾通りも指先でたどっているようだった。あまり熱心にならないでね、と女が茶を運ぶと、なあに、俺にいまから造成をまかせれば、墓地から里が展開していくような、そんな心のを造ってやろうと思っているのさ、度し難い根性だ、と笑った。

春から夏にかけ、夏から秋にかけ、季節の草花が小振りの徳利に挿して部屋に飾られるようになった。寺から父親が貰《もら》ってくる。この辺の土地でも見かけなくなった野の花めいたものを植えている寺があり、父親がしゃがみこんで眺めていると、そこの大黒さまだかおふくろさまだか、老年の女性が話しかけてきて、父親が花の名を聞いては思い出すのに喜んで、帰りに少々摘んで持たせてくれる。寺の境内にいると昔の年寄りの姿があれこれ思い出されて、それにくらべれば俺はまだ半端なものだ、しかしだんだんに年寄りになっていく、と父親はそれが楽しみのように話していたが、晩秋にかかる頃、日の暮れきった時刻に女が戻ると、家出でもするような荷物をこしらえて、待っていた。これから入院すると言う。午後からまた例の寺へ花を貰いに行く道で眩暈《めまい》を覚えて、ふらつく足を踏みしめて近くの病院へ飛びこんだところが、脳梗《のうこう》塞《そく》の予兆の疑いがあると言われて、小さいながら入院の設備もあり、病室のベッドに寝かされて点滴を受けることになり、ひと寝入りして目を覚ますと窓に日が傾いて、点滴もひと区切りついたところで、手洗いに立った脚もしっかりしていたので、宵の内には仕度を整えて娘と一緒に病院に戻って来ると約束していったん家へ帰らせてもらった。娘にはすこしの間もよけいな心配をさせたくなくて電話の連絡を取らずにいった。

話を終えると父親は鞄を両手に提げて戸口へ向かい、娘をあわてさせた。階段の手前で追いついて荷物を引き取ったが、はりきったような足取りでずんずん先に行く。それが駅に近い蕎麦屋《そばや》の前まで来るとぱったりと立ち停まり、なに、少々遅れても構うものか、と言って店に入った。親子で向かいあって物を食べる、これが最後となった。

年末の三十日から年始の三カ日まで父親の病室に泊まりこむようになった頃には、夜中に病人にベッドから呼ばれて低い寝床から頭を起こす時に、ここがどこだか、昏《こん》乱《らん》がはさまり、谷地にいて裏山を渡る風の音を聞いているような耳の続くことがあった。初めの地元の病院には一週間といなかった。点滴の効果が順調で、昼間一人の暮らしでなければいつでも退院してよいところだと言われたその翌日、女は病院の玄関から看護婦に呼ばれて診察室のほうへ回らされ、念のために撮ったという父親の胸部のレントゲン写真を医者に見せられた。右の肺の全体に細かな影が散って、左のほうにも及んでいた。結核とは思いますが、と老年の医者は言って、そうでなければ、もう手のほどこしようもない、と声をひそめた。以前そちらの専門だった病院へ明日には入れるように手続きを取ったという。父親は個室に移されていて、この年になって肺病に捕まるとはな、ほかの入院患者にとってとんだ厄病神だった、と呆《あき》れていた。

車を呼んで、渋滞する長い橋を渡り、また長い坂をのぼった先にある病院に着いた。新しい本館から旧棟へ渡る廊下を父親は手も借りずに歩いた。古色蒼然《そうぜん》とした病室に入ると、入院は初めてだが、来たことのあるようなところだ、と見まわした。

結核の恐怖はほとんど世間に忘れられていたが、癌《がん》の検査の技術はまだ後ほど進んでいなかった頃のことになる。癌と診断されたのは半月近く後のことで、癌なら長くてあと三カ月の命だが、腑《ふ》に落ちないところもあるのでさらに詳しく調べる、と医者は言った。その後も診断に揺らぎがあり、結局、癌と結論されたのはまた半月も後のことになる。これほどの癌にしては患者が元気過ぎるというところから来る迷いであったらしい。

年末に入り女はもうひと月も、平日も休日も、日の暮れた後に坂をのぼり、夜更けに坂をくだり、病院通いを続けた。車で転院して来た時の大通りとはひとすじ裏になり、商店街を抜けて細長い一本路の尽きたところから一気に高台へのぼる急坂だった。初めに自分で見つけた道なのに、通い馴《な》れるにつれて、どことも知れぬ所を構わずたどっている気持になり、昨日と今日の区別もあやしいようになり、ある日、会社をやめよう、と夜更けの坂をくだる途中で思った。自分には父親の世話をするよりほかに、あたえられた仕事はないのではないか、とふっと疑ったその反射ほどのもので、あらためて考えるその前に、年の瀬も押しつまりかけた頃、病棟の廊下で出会った看護婦に、昨夜は一時間置きぐらいに病人が娘の名を大きな声で呼ぶので夜勤の者が往生させられたと言われて、ちょうど土曜のことだったのでその夜初めて病室に泊りこむことになり、夜中に何度か小声で呼ばれて起こされるほかは何事もなくて、日曜も夜更けまでいても病人に変わった様子もなかったが、翌日会社に出て上司に事情を話し、年末で会社を退かせてもらいたいと申し出た。年度末まで休職扱いにするので、落着いてから考えればよい、と好意を示されたが、あと何ヵ月かの命だと人に初めて明かしてしまったからには、取り返しのつかないことに思われた。

呼ばれても急に振り向いてはいけない、と用心するようになったのは一月も下旬にかかる頃からだった。そうすると病人は怯《おび》えた顔をする。父親の顔というよりも、追いつめられた男の面相だった。その面相が自分の眼に焼きつくと、その返しで父親の顔にも刻みこまれて消えなくなるように、女はおそれた。眠っているところを呼ばれた時にはまず返事をしておいて、低い寝床の上に起き直り、ベッドの上で身体《からだ》の動きの不自由になった父親の視野の外に留まり、窓の外へ耳をやり、ここはどこだか確めるようにしてから、病人から遠いほうの側へ立ちあがり、声をかけながら顔をゆっくり近づける。一月の中頃に風邪を引いて熱を出してから父親はめっきり弱っていた。年内にはまだどうかして、誰も見ていないうちに渡り廊下を抜けて本館のほうをうろつくこともあったのに、ベッドからほとんど降りなくなり、息が掠《かす》れて、話す声も聞き取りにくいほどに細くなった。眠っている顔に、また女の見知らぬ顔がうなされて絞り出されてくる。よくよく知った顔のようにも見えた。まだ物心もついていなかった頃に見ていた顔かと眺めることもあったが、それに応《こた》える記憶は動かなかった。そうなってもまだ、娘のいる限りのことだと看護婦に聞いていたが、下《しも》を取らせなかった。用を言われると一仕事になる。ベッドから降ろして立たせるまでに手間がかかった。ところが肩を貸して廊下に出ると、その肩にかかる重みが引いて、父親は自分から歩き出す。右手に病院から借りた杖《つえ》を衝《つ》き、背はまっすぐに伸びて、頤《あご》を引いて首が据わり、眼は行手を睨《にら》んで、ひと足ふた足運んでは、そうだ、こちらだ、とうながすような声を押し出し、手洗いまではいくらの距離でもなくて、迷うような角もないのに、廊下のところどころで杖の先をあげて、揺らぎもせず、行く道を指図する。痩《や》せこけた顔がまたいかめしく、肉が落ちきって骨格が太く感じられた。どこまでも行きそうで、これでは手洗いの前を過ぎて、渡り廊下も抜けて、本館の玄関から表の道の先のほうへ向かって杖をあげるのではないか、と女はそのつど心細くなる。しかし手洗いの前で足は停まった。帰り道では父親はよけいに小さくなり、娘の肩にかかりきりになった。

二月に入ると父親は不承不承に下の世話を娘にまかせるようになった。女は苦にも覚えなかった。もう馴れる馴れないの外にあった。男の病人の下の世話は妻か母親にしかできないと聞いていたが、なまじ男を知らない自分のような娘のほうが平気なのかもしれないとも思われた。完全看護を立前にしていても重い患者の世話は付添いに頼っていた病院なので、女は三日病室に泊まっては半日家に帰るという暮らしになり、顔馴染《かおなじ》みになった看護婦からシャワー室を使わせてもらうようにもなり、ある午後、父親の眠っている閑《ひま》を見て湯を浴びるうちに、もともと痩せぽちと言われて、父親の入院からますます細ったと感じていた自分の身体の、胸と腰が人のもののように太くて、黒いはずだった肌もいつのまにか白くなり、掛かる滴《しずく》を滑らかに弾《はじ》くのを見て、骨と皮ばかりになった父親の身体を毎日目にしているせいかしら、と首をかしげてシャワーを停めた時、いままでその音に紛れていたように、母親の声がした。お父さんはもうすぐ、一緒に行きますから、と聞こえた。

その頃から父親は一日置きぐらいに、眠りから覚めて娘を呼び寄せ、口もとへ耳を近づけさせて、妙なことを頼んだ。喘《あえ》ぎの混じる細く掠れた声で、どこかへ行く道順らしく、往還とか辻《つじ》とか分《わ》かされとか、畑とか林とか藪《やぶ》とか切通しとか、たどって聞かせるのだが、声は切実で、詳細らしい口調なのに、話すことがどうも通らなくて、そのうちに自分でも道に迷ったような、あせりの色を浮かべて、どうか、その先はどうなっているか、見て来てくれ、と懇願する。さからわずに女はうなずいて部屋を出る。父親の話すような場所は丘陵に挟まれた自宅の界隈《かいわい》にも思いあたるところがなく、ましてこの高台の病院の近辺にはありそうにもない。どうせ徒労なら病棟の廊下のはずれに置かれたベンチで時を過せば済むことなのに、病人に足音を遠くまで聞かれているようで渡り廊下をわたり、初めの時には本館の玄関から表にまで出て、ずいぶん建てこんだ住宅地の、それでも間にまだ畑を残して、要領の得ない道を迷いながら歩くうちに、以前覚えのあった所を探すような足になっていた。戻ると父親は眠っていた。次の時からは本館のほうの売店で足らない物を揃《そろ》えて過ごすようになった。父親の伝えることはいつでも同じように聞こえたが、言葉が不明瞭《ふめいりよう》になるにつれて口調は日に日に仔細《しさい》らしく、火見櫓《ひのみやぐら》とか酒蔵とか、新しい言葉が耳にとまることがあった。それでも話せば忘れるものと女は取っていたところが、ある日、時間を測って部屋に戻ると、眠っていた様子の父親に、足を運ばせたな、やはり違っていたか、とねぎらわれた。

それがやがて夜半から未明のことになった。電車のない時刻にどこへ帰るのか、病棟の脇《わき》の坂道を降りて行く足音がする。女性たちらしい。するとベッドから低い呻《うめ》きが洩《も》れる。うなされているのかと顔をのぞきこめば、目をつぶり眉根《まゆね》を寄せて、笑うようにしている。うなずいている。呻いてはうなずき、うなずいては呻く。娘に見られているのに気がつくと、眼を大きく剝《む》いて、腰からすさるようにしながら、その眼がだんだんに深く澄んで、正気の戻った顔になり、喉《のど》から細く掠れた声を絞って、また道順らしいものをおしえる。今では言葉もほとんど聞き取れなくなったが、ゆるくもたげた右手で宙へ道を示して見せる。やがてその手の動きだけになり、無言の案内者の手のようにいかめしげになり、長く続いて、最後にはかならず切通しという言葉が洩れ、その先に何か見えるか、行ってくれ、ともう懇願ではなくて指図の口調で結ぶ。女もけおされてすなおにうなずき、表へ出られるような恰好《かっこう》に着換えると、父親の言いつけた所をほんとうに探しに走り出るようで身がひきしまった。

凍《い》てついた廊下を渡り、本館の玄関まで来て、しかし夜中にそこから先へは行けない。靴も病室の隅に脱いだきりになっている。サンダルのまま救急口から抜け出したとしても、表へ出た一歩から、どちらの方角へ行ってよいかわからない。父親の言ったことは口調だけが伝わって何も聞こえていなかった。しかたなしに灯が消えて誰もいない外来の待合室の隅のほうのベンチに腰をおろす。この頃は夜にまとめて眠ることもなくなったので、どこにでも腰をかければすぐにうつらと、心が遠くになる。夜中に上のほうの階から足音を忍ばせて降りて来てここで煙草《たばこ》を吸う患者があるという。夜明けに看護婦が見まわりに来たらベンチの列の真中あたりに、病状のかなり進んだ女の患者がひとり端然と坐《すわ》っていた。もっと昔には石炭置場の小屋の中で結核の男女が交わるということもあったらしい。前のほうのベンチにたしか人のいたような気配をおくれて感じて、はっとしても、夢とも現《うつつ》ともつかぬうちに、また眠りの中へひきこまれる。

俺の堕《お》ちる地獄があるとすれば、造成の現場だ、ブルドーザーが丘を崩して窪《くぼ》を埋めていく叫びの中へ突き返される、と父親がいつだかベッドからつぶやいた。昼間のことで、女は昨夜も満足に眠っていなかったので、ベッドの傍へ椅子《いす》を病人にうっとうしくならないほどに寄せて居眠りするうちに、いつのまにかベッドの縁へ、父親の脇腹に頭が触れそうに額を伏せて、椅子に浅くかけた腰から背がどうしてこんなにも長く柔らかに伸びるのだろうと自分で不思議がり、父親の言葉は耳にして、聞いていなかった。離れたところから白い女が、白い眼で見ている、付かず離れず、どこまでも追って来る、と父親は言った。しかしここまで来て、あれは俺を、追っているのではなくて、導いているようにも見える、じつはいつでも俺の先に立って、明るい所だろうと暗い所だろうと、行くべき所へ、案内しているのではないか、と言った。まだ声のよほど出る時期のことだった。

どれほどの間、暗い待合室で眠っていたのか、半時間足らずか、一時間ほどにもなるのか、女にははっきりしなかった。いつでも決まって、靴のことを思いながらだんだん目を覚ます。病室の隅に脱ぎ揃えられた自分の靴だった。あんなものをそのままにしておいては、病院の外にも出ていないことを父親に悟られてしまう、と取り返しのつかないことと眺めている。部屋を出て行った後で父親はすぐに勘づいて、頭を起こしてあの隅を見たかもしれない、とさらに悔むうちに、まだ半分眠りの中から思う靴がひとりでに動き出し、自分のものでありながら、自分から置かれてかえって生き物になったように見えて、ひょっとしたら、父親に道を探させるのは、あの靴の力なのではないかしら、と奇妙なことを考えて、また同じことを考えていると驚いて眠りが落ちる。渡り廊下を引き返す時にも、遠くから駆け戻って来る靴の音を耳にする。

父親はやはり眠っている。

何を探しているか、何を見せにやるか、知っているか、と二月も末になり父親はたずねた。すでに酸素吸入器が用意されていたが、これは息苦しいと病人は言ってたいていマスクをつけずにいた。親族に報《し》らせたほうがよいと医者に言われていたが、報らせるべき親族を女は知らなかった。ただ時を待つばかりになっていた。たずねられて女は病気も知らなかった頃の父親の寺巡り、墓巡りのことを思ったが黙っていた。父親が墓所を探していたとすれば、自分は何の役にも立たなかったことになる。すると父親は、誰の来るのを待っているか、誰を迎えにやるか、知っているか、とたずねなおした。母親の姿が女の前に立った。しかし何の思いへもひろがって行かなかった。その場その場の用しか女には考えられなくなっていた。病人と一緒にいよいよその時その時の内に閉じこめられた。

切通しから男がやって来る、と父親はもう話が立ち消えになったと思われた頃になり言った。男と聞いて怪訝《けげん》な眼をやった女に、喘ぎにつれて顫《ふる》える瞼《まぶた》の下から、淡く澄んだ瞳《ひとみ》を向けて、女よりもさらに遠くを望むようにして、その男の言うことにしたがえ、とはっきりした声を押し出した。その人を、ここに連れて来ればいいの、と女は思わずたずねた。父親はかすかな笑みを見せて頭を横に振り、お前はこんな父親の世話を最後まで嫌がらずに見たので、かならずよいことがある、と答えて目をつぶった。

それから何日後になるのか、それともすぐ翌日のことだったか、暮れかけた渡り廊下を女は本館のほうへ向かう道で、四六時中病人の細い喘ぎを耳にして目覚めと眠りの境目を行く足が、歩きながらまた夢の瀬へ踏みこんで、切通しの薄明かりの中から男の姿が近づき、驚いて迎えに駆け寄る影が自分の内から抜けて、見も知らぬ男と、どちらからともなく目礼を交わしてすれ違った。時間の速い遅いに踏み迷っている足取りは、あの人もやはり、病人の先がもうないのだ、誰とも歩みを合わせられず、一人きりなんだ、と思った。いましがたのことでも、背後へすこしでも遠のけば、いつのことだったか、ぼんやりしてしまう。

二月の末日は晴れて午後から南東の風が吹きまくり、天が灰色になるまで埃《ほこり》を捲《ま》きあげるので、病人の頭の上へビニールの天幕のようなものが吊《つ》られた。日が暮れると風はおさまり、雨が落ち出して、地を叩《たた》くほどの降りになった。一時間ほどもしてそれも止《や》んだ頃、ビニールの中でしきりにうっとうしそうな顔をするので、看護婦に聞いてもらって天幕をはずすと、父親はうまそうに深く息を吸ってから、下の部屋ではさっき往《い》ったようだなと言った。下と聞いて女は父親の顔を見た。ここは一階で、地下のようなものはない。雨の降りはじめた頃に女も廊下をあわただしく往き来する足音を耳にしていたが、あれは階段をのぼって二階の廊下だった。やがて病棟に覆《おお》いかぶさる雨のざわめきに紛れて、ビニールの中の父親の息ばかりになり、夜も明けそうな気持になった頃にようやく雨があがり、父親が顔をしかめはじめたので、看護婦のところへ相談に行ったものかと迷っていると、階段を降りて来る何人もの足音がして、部屋の前の廊下を、死者が運ばれて行く。物も言わず音もひそめていたが、かなりの早足だった。非常口から戸外へ出る時に、足もとを注意しあう女たちの声が走ってはしゃいだ。

女だった、泣いておった、と父親は言った。女は死ぬ時にはあそこから息を吐く、と言った。まだ階下へ耳をやる眼をしていた。父親はいま、どこにいるのだろう、もしかすると、こうしているわたしのことも、天井の高さから眺めているのではないか、と女が怯えると、喘ぎも混らない声が、もう一度だけ、聞いてくれ、と求めた。この脇の坂をくだって、門を出ると辻《つじ》があるから、そこまで来たら、と話して目をつむり息を入れた。それから何をしたらいいの、と女はたずねていた。辻に立って、腹の底のほうから、からだが熱くなったら、そのまま、そろそろと戻って来い、それですべてが叶《かな》う、と父親は言った。行って来ます、と女は答えて立ちあがり、部屋の隅から靴を取った。

救急口の守衛は通り抜ける女の姿も目に入らぬ様子でやり過ごした。本館を回りこんでゆるい坂にかかったところで、父親は病院に表から車で着いたのでこの坂も裏門も知らないはずだ、と女はいまさら驚いた。門を出てすこし行った先の、道が急な坂となってくだるその手前に、これまで往き復《かえ》りにそれと目に留めた覚えもなかったが、まわりが寝静まって、辻らしくなった三差路があった。風も止んでいた。女は辻の真ん中に立った。道で立ち停まるなどということはじつにひさしぶりで、もしも病院に通う途中でこんなことをしたら、疲れに融《と》けて消えてしまったのではないかと思われた。しかし何も起こらない。起こりそうにもない。しばらくは待ったが、からだが熱くなるというようなことは、自分はもともと知らないのだ、と見切りをつけ、これで気が済むのね、と勘弁してもらうことにして踵《きびす》を返し、辻を離れる時、自分のひろげていたらしい熱の溜《た》まりから、すっと抜けるように感じられた。

裏門を入って病院の坂にかかると、左右から木立の影が迫って、切通しを思わせた。砂利道を横切って、節榑《ふしく》れ立った太い木の根がくねくねと、足を取りそうに這《は》いまわり、雨あがりの泥が靴に粘りついた。坂の途中の右手の藪の手前に平らたい小屋があった。小さな窓から赤い灯が洩れて、人の頭の影が映って揺れているように見えた。線香のにおいが道に流れた。あれは何の小屋で、誰が中にいるのだろう、と思って通り過ぎた。

お前、坂を引き返して来る途中で、立ち停まって振り返ったな、と父親は戻った女の顔を見るなり言った。笑ってひとりでうなずいていた。

詩を読む、時を眺める

大江健三郎
×
古井由吉

なぜ外国詩がわからないのか

大江 お互い、文学の仕事をはじめてから五十年近く生きてきましたが、古井さんと私で違うのは、やはり古井さんは大学を卒業してから作家としてデビューされるまでの十年間が充実していることです。

古井 充実というよりも楽をしました。

大江 小説を書き始める前に、ドイツ文学者として金沢大学や立教大学で教えたり、ヘルマン・ブロッホの『誘惑者』やロベルト・ムージルの『愛の完成、静かなヴェロニカの誘惑』の翻訳をされたりした。日本の優秀な外国文学研究の伝統の中で勉強されたので、本の読み方が玄人《くろうと》になっている。とくに詩の読み方がはっきり違っている。それに比べると、私は結局、本の読み方の玄人になることができなかった。外国語の本は毎日のように読みますけど、私には散文しかわからない。一番よくわかるのがサイードやチョムスキーが書いた論文で、次が小説で、それに比較することで、自分には外国語の詩が根本的にわからないところがあるのを実感します。そこで、具体的に私は詩を翻訳できません。

ところが、『詩への小路』(書肆山田刊、二〇〇五)を読むと、古井さんはまず詩の翻訳をめざしながら、この言葉でこのように訳していいかと常に自他に問いかけられる。とくに古井さんご自身、小説家という実作者だから、自分はこのように発想できないが、なぜだろうと自身に懐疑を向けていられる。その点については、ことさら古井さんの気持ちが私にはよく理解できると思います。それで今日はこの本を手がかりに、外国詩を読むことについてお話を伺いたいと思ってきました。

古井　外国文学研究者になって十年目にもなると、「これだけやっても自分には外国語が読めない」と絶望する時期があります。とくに絶望を誘うのが詩なんですね。振り返ると僕もちょうど十年ぐらいで大学をやめている。

なぜ外国詩がわからないのか。まず第一には、単純に文化体系や言語体系が違う国の人間が読んでも、そのよさが伝わりにくい。第二に、音韻《おんいん》がつかみにくい。詩ですから意味を音韻に乗せて展開させるわけですが、外国の詩だとそれがつかめない。その証拠に、いいと思って、さて暗唱しようとするとできないことが多いのです。第三に、外国語の詩を読むというのは「行為」なんです。ある瞬間だけに成立する運動行為なので、それなりに感動したとしても、本をパタッと閉じると言葉が頭の中で散ってしまう。『詩への小路』の中でも、訳した後に自分の訳文を読むと原文の呼吸がわからなくなったりしました。それにまた、小説家が詩を読むとなると、小説家としての呼吸というものがあって、とかく詩の波長とすこしずつずれる。小説家が詩を読むこと自体の難しさもあるのだと思います。いずれにしても僕も同じで外国語の詩は難しい。

マラルメ、リルケの大きい路

大江　『詩への小路』は扱われる詩人の選び方が、つまりはあなたが生涯に詩を読んでこられた道筋を辿《たど》りなおすように、絶妙に出来ています。小路というより大きい路がそこにあるように書かれています。とくに強くきわだっているのが、ステファヌ・

マラルメとライナー・マリア・リルケ。

さらに、私ら仏文学をアマチュアとして読んできた者に、わが愛するボードレールとマラルメとのあいだに新しい橋が架けられているのがわかります。私はボードレールを阿部良雄氏の研究を頼りにして三年ほど読みました。そして今、もう少しで『水死』という自分の、終わりの仕事に近いものが完成するのですが、終わって晩年の時間が残っていたらマラルメを読もうと思っていました。というのは、清水徹氏の長年の研究が実った『マラルメ全集』の「1」詩の巻の訳稿がそろってきていて、御存知のように来年(二〇一〇年)刊行されるようです。これを期に、今までおもに英語の詩にそくしてやってきた仕方でフランス語の詩を集中的に読み始めておけば、清水さんのお力で、自分にもマラルメが読めるんじゃないかと考えていたところでした。

そこであらためてこの本を再読していたら、「無限船と破船」の章に、ヴァスコ・ダ・ガマに対峙《たいじ》させるべきマラルメという構図で、マラルメの巨大さが明瞭《めいりよう》にわかるように書かれているのに改めて気付きました。その仕組みが効果的で、海に乗り出すことの暗喩《あんゆ》をもとに比較されたのだと思いますが、この文章を読むとマラルメがヴァスコ・ダ・ガマに劣らぬ骨格の変革者だったと納得がいく。しかも時代年表で二人の人生を対照してみると、両者を結ぶ端的な道が浮かぶ。かつて、マラルメをそんな波風の荒いところに引き出した研究者はいなかったんじゃないでしょうか。なるほど、この本は古井さんの書かれた西欧の詩の通史なんだと思い、肩を押された気持ちになりました。

古井　ありがたい感想です。

大江　またこの本で、十七世紀のドイツに、あなたは当然としても、私などが関心を持つ詩人が現れた時代があったことにも驚きました。私はグリンメルスハウゼンというバロック文学の小説家が好きなのですが、文学史的にはどこから出てきたのかわからない人と思ってました。ところが、この本で古井さんの訳されたグリンメルスハウゼンの詩を読んでみると、あの独自な小説家が詩の言葉のうえで同世代の人たちや伝統とつながっていたことがわかった。「三十年戦争の間に少年期を送った人である」という古井さんの地の文にも後押しされました。

もう一人がバロック文学の代表的詩人と若い頃のあなたが教えられたというアンドレアス・グリュウフィウス。私も昔、対訳のアンソロジーをアメリカの大学の図書館でドイツ語と英語で読んで、この人は偉い人に違いないけど、よくわからない、と感じた記憶がありました。

グリュウフィウスを扱われている「鳴き出でよ」の章のあなたの地の文を読むと、

「この詩の、この言葉である。読む者はこの年だ。」「無常を伝える詩とは人の心をまた、浮き立たせるものではないのか。」「しかし骨身に寒くて、妙に心地良いことは、近頃入院を度重ねている者として、ひとしおである。」という文章があり、その後に、《時の奪い去った年々は　わたしのものではない。》と始まる四行詩が訳出されている。それを読んで私は、古井さんはどうも若い時にグリュウフィウスの詩に出会い、それをきっかけに詩の専門家になることを断念されたのではないかという気がしました。それはもう少し時代は下がるけれど、「ドイツ最大の女流詩人とも仰がれた」と書いてあるアンネッテ・フォン・ドロステ゠ヒュルスホフの詩の訳をひとつ読んでも同じ気がしたんですが。

古井　読んでいてお気づきになったかと思いますが、若い頃私はドイツ文学者だったので、アンネッテ・フォン・ドロステ゠ヒュルスホフやアンドレアス・グリュウフィウスといった詩人を知ってはいました。で、少しは読んだけれど、当時は彼らの詩とは付き合いたくないと思って避けていた。『詩への小路』は、そういう詩人と、病気をしてからまた巡り合ったことで始まった仕事なんです。

今回も最初は遠慮しいしい、まあ、そのへんの道に何だか祠《ほこら》があるからちょっとお参りしておくかというぐらいの気持ちで十七世紀ドイツの詩人を訪ねたわけだけど、扱うからにはやっぱり翻訳しないと読者に通じないでしょう。だから、もう歯をくいしばって翻訳しているうちに、大江さんもお書きになってるけど、いろいろな人の訳詩を読みたくなってきた。並べ読んで、その間に日本語の表現の可能性を探るという心ですか。わずかでしたが手もとにあった訳詩を読みながら、自分でも幾様にも訳して、そのうちに私の使える日本語の限界が見えてくる。その断念の中でようやく形となったのがあの訳詩なんです。

それから、ボードレールやマラルメに関してですが、これに初めて取り組んだのは還暦の手前なんですよ。これも病気をしたせいもあるだろうけど、私が表現者として自分なりの明快さを求めたのがきっかけだったかなと思います。明快さといえば思い出すのは、八七年に「中山坂」で川端康成文学賞をいただいた時のスピーチで、選考委員に大江さんもいらっしゃったので、「私の小説を皆さん難解だというけど、自分では明快だと思っています、大江さんに劣らず」と言ったら満場爆笑となりました（笑）。明快さにもいろいろあるわけで、私もそれなりの明快さを目指しているわけです。マラルメを読んでも、最初はどう読めばいいのかわからなかった。それが、明快と混沌《こんとん》が表裏だということをつかみだしたら、なんとか読めるようになったので、面白くなって、一、二年の間読んでいました。

大江 この本の後半は、ライナー・マリア・リルケの『ドゥイノの悲歌』の訳文が中心になります。リルケの作品は、フランス語でもよく理解できるように翻訳されているので、今までフランス語と日本語で『ドゥイノの悲歌』の第一歌から第十歌を読んできたのですが、今回の古井さんの翻訳を読んで、こんなに構造的に展開のある詩なのだということをはじめて感じとりました。

古井 とても構造的な詩です。

大江 構造的であるがゆえに、最初のほうの天使に呼びかけようとする美しい姿勢が、哄笑《こうしょう》や嘆き、拒絶に反転していく。『ドゥイノの悲歌』の構造自体が、『詩への小路』のボードレールからマラルメという流れの捉《とら》え方と重なってる気までしました。

老年の明晰さ

大江 先ほど私がその名にだけふれたグリュウフィウスは、古井さんによるコメントと長い詩の訳がふくまれているわけですが、同じ章にかれの「時を眺める」という四行詩が訳されています。こちらも長い詩におとらず、素晴らしい詩でした。

時の奪い去った年々は　わたしのものではない。
これから来るだろう年々も　わたしのものではない。
瞬間はわたしのものだ。瞬間を深く想《おも》うならば、
年と永遠とを創《つく》られた御方は　わたしのものだ。

今現在この詩を読んでいるという行為がある。過去の言葉の歴史があり、将来の展望もあるのだけど、この詩を読んでいる時が現在なのであり、この現在だけが私らの取り扱える唯一《ゆいいつ》のものである。ところが、その詩を読んでいる現在はすぐに消えてしまってわからなくなる。そのあとにまた歴史と永遠があると考えておかなければいけない。

そう解釈してこの詩を読み、自分にとってあと五年間ぐらいしか本をちゃんと読める時間がないとしたら、残り時間で読むべきものは詩なのではないかと考えました。でも、今さら詩の歴史を勉強しても追いつかない。きっと詩を読んでいる今現在の時間だけを楽しんで、その日暮らし的に終るのではないかとは思う。それでも今、そういう方向で自分の晩年の、読書の方針を固めたいという気持ちを持っています。

古井　リルケの『ドゥイノの悲歌』の第一歌に、《美しきものは恐ろしきものの発端

にほかならず、ここまではまだわれわれにも堪えられる（領域である）。われわれが美しきものを称讃《しょうさん》するのは、美がわれわれを、滅ぼしもせずに打ち棄《す》ててかえりみぬ、その限りのことなのだ。》とあります。これが僕にとってのこの『詩への小路』を書く時のモットーでした。

「美」と「恐ろしきもの」を、「明晰《めいせき》」と「混沌」と言い換えてもいいんです。「美」なり「明晰」なりをつきつめたあげくに、正反対のものへ転じかかる境目を指しているようです。書く者は岩淵をのぞかせるところまでしか、しかもそのつど瞬間においてしか、至れないものらしい。読むほうとしても、まして訳すつもりなら、そのまただいぶ手前で、立ち停まってしまう。その先はおそらく言語が堪えられないところではないかと思う。だけど、半分は期待があるわけです。言語が解体した時に出てくるものが何かわかるのではないかと。この年になると、その期待がなければこういう難解な外国詩を読むこともなくなるだろうし、物を書くこと自体も虚《むな》しくなりかねない。

大江　ええ、そのとおりだと思います。

古井　人は老年と老耄《ろうもう》と一緒にするようだけど、老年の明晰さってあるんですよ。病、老、死という必然の縛りの中から見るので、その分だけ明晰になる。それが人には成熟と言われますけど、その明晰さは混沌と紙一重の境なんです。言語の解体の方向にいきなり振れてしまうかもしれない。でも、それだからこそ老年になっても物を書き続ける気になるのではないでしょうか。

大江　今言われたことを、リルケの『ドゥイノの悲歌』の第一歌の翻訳にそくして、私の言葉で言い返します。リルケが考えている危険なものの恐ろしさと魅惑の重なり合い方を、仮に高さとすれば、それはどんどん高くなっていってると思います。私ら読者も、その触れ合っている臨界面を感じている。ところが翻訳者は、私らと同じ低いところにもいるし、限りなくリルケのいた高いところに近づきもする存在なのでしょう。

古井　仮にも翻訳者は背伸びしなくてはいけませんからね。背伸びしなくては文章が立たない。それは、無理な姿勢には違いないけど、その姿勢だからこそもたらされる、背中からつま先まで張る力があるはずです。傍《はた》から見たら滑稽《こっけい》な光景かもしれませんが。

言葉は死んで蘇る

大江　この本で一番私の心に沁《し》みたのは、リルケの『ドゥイノの悲歌』の訳文1にある、《たしかに、この世にもはや住まわぬとは、不可思議なことだ。ようやく身についたかつかぬかの習慣を、もはや行なわぬとは。薔薇《ばら》や何やら、もっぱら約束を語る物たちに、人間の未来にかかわる意味をもはや付与しないとは。かぎりなくおそれる両手で束ねてようやく何者かであった、その何者ではもはやなくて、名前をすら壊れた玩具のように棄て去るとは。》という文章です。

私らを最も限りなく魅惑するもの――人によって美とも神とも言うでしょうが――そういうものを捉えるというのは、こうやって不安定なものを束《たば》ねるということなのではないか。

さらに、リルケは『時禱詩集』の第二書「巡礼の書」で《……もどかしい身振りとともにひとたび宙へ裂けて散った後、粉砕された世界として、いまや遠い星々から、ふたたび地上へ穏やかに、春の雨のごとく降る、かのように、と。》と記していますが、どうも人間が死ぬということは、こうやって自分の存在で保っているものが壊れるということなのではないかと思います。それは私など、壊れたままで、もう降って来るとも思えないけれど（笑）。それでもというか、それゆえにというか、ともかく死ぬ前に、なんとか自分の手で、人間の未来にかかわるような美しいものを束ねてから、死んでいく。老年とは、そういう読書ができるようになる時期だという気がします。

もっと散文的に自分の体験を言いますと、死がどういうことかについて、六十歳を過ぎてからはもう、考えなくなっています。五十代くらいまでは、死への恐怖に根ざして私はそれを考えていた。これから死ななくてはいけない、死は恐ろしい、この恐ろしい死はどういうものなんだろう、と常々考えていた。ところが七十代になった今は、どう自分の中を探ってみても、死の恐ろしさについて考えていないんです。もちろん死ぬ間際《まぎわ》になったら恐ろしくて泣き叫ぶかもしれませんよ。しかし今は、死の恐ろしさは私の主題じゃない。それよりも、死について考えることができる、ということが面白いという気持ちになっている。

古井　僕もそうです。そして、そういう気持ちになっている自分をなんとも不思議に感じます。

大江　ええ。死について考える材料も十分にあるし、そこは文学をやってきたことのおかげで、死について考える手法もわかっている。このままいけば、自分は死について自分にできるだけのことはちゃんと考えて死ぬことができるだろうと思います。そのための期間として、自分の老年を考えれば、それはそう悪くはない。

古井　壮年期に『ドゥイノの悲歌』の《薔薇や何やら、もっぱら約束を語る物たちに、人間の未来にかかわる意味をもはや付与しないとは。》の部分を読んだ時は、目に入る物、聞く物が約束を含まないのならどんなにひどいことだろう、これを受け止めるのはきついなと思ってました。ところが、そう思い続けると、変なものでもう死を先取りしたようなつもりでその事実を柔らかに受け止められるようになった。ひょっとすると傍から見ればグロテスクなんじゃないかと思うほどの妙な充足感がある。

時間というものが大きなスケールで、こんなちっぽけな人間の中にも渦巻き始めてるんじゃないかと思うんですよ。だから、死の思いに耐えられる。若い頃には自分は詩を翻訳しようなんてちっとも思わなかった。それが六十過ぎになってからその気になったというのは、たぶん強張《こわば》りがほぐれたんですね。自分の中に広い時間の渦巻きがあって、死をも生の中へ巻きこんでいるらしい。これは死への覚悟とは別の話です。現在でも、既にしてそうなのです。

ただし、自分はただの老年じゃなくて、言葉に従事する老年なわけで、老年と言葉という問題があるわけです。言葉が変化して、われわれが書いているものが人にはもうわからなくなるという想像が一方にある。けれども、長い目でみたらそうではないという気も一方ではする。

大江 今、「言葉が変化して、われわれが書いているものが人にはもうわからなくなるという想像が一方にある」とは言われたけれど、『詩への小路』を読んでいて、古井さんが言葉というものは人間が存在するあいだ、意味を持ち続けるんじゃないかと確信を抱いておられるのを感じました。

この本の「無限船と破船」から「夕映の微笑」の六つの章にひとつの流れとして、マラルメ、夏目漱石、ダンテ、アイスキュロスの悲劇オレステイア三部作、十九世紀の詩人シュテファン・ゲオルゲの詩集『人生の絨緞《じゅうたん》』の「苦の兄弟たち」と取りあげてゆく。そしてマラルメの「ル　ギィニョン」に再び戻ってくるかたちになっている。

特にマラルメとゲオルゲの関係については、「マラルメはゲオルゲにとって師の一人ではあるのだ。二十の歳にゲオルゲはパリにあって、マラルメの火曜会に招かれている。」「一八九八年にマラルメは五十六歳で亡《な》くなり、翌九九年にゲオルゲは三十一の歳で、この詩の収められた詩集『人生の絨緞』を世に出している。」と記されます。こうしてマラルメからはじまり、ゲオルゲからマラルメに戻ってくるというしっかりした流れは、言葉が滅びていかないという強さのスケッチなんじゃないですか。

古井　多分、死んで蘇《よみがえ》るというのは言葉においてこそ言えるんじゃないかと。「はじめに言葉ありき」と言いますが、これを僕は「一度言葉が滅びたあとの復活のはじめ」ととるんです。逆に言えば、一度死に瀕したことがなくては、言葉は成り立たないのではないかと。その中でも、言葉が死ぬ際まで擦り寄っているのがマラルメだと思うのです。

マラルメの言葉を、こんなもの無意味じゃないかと排除する人がいますね。僕も一時期そうしたくなった。だけど、意味はわからなくても、その言葉自体にいわゆるclarté（明晰さ）がある。つまり、clartéとは何かと問えば、意味を究めて無意味の際に至るのがclartéなのではないかと思うのです。危うい境地なのを承知で押し進めている。後世がどう受け継ぐかまではマラルメは指示してませんが、そのへんの目配せがわれわれにまで遠く伝わってくる。そして、それに我々は縛られる。

日本語が崩れる危険の中で

大江　古井さんのような小説家にとって、外国語を理解することと、自分の小説を書くことの関係は、危険と魅惑をこもごも伴ってるものでしょう?

古井　ええ、そうなんです。

大江　そのことを理解しながら、それでも一つやってみようじゃないかと小説を書き、外国の小説を翻訳されてきた。今は、とくに外国の詩を集中的に翻訳された。そこに至るまで古井さんに翻訳の意味は年々違ってきたはずだし、そのあいだに病気にもなられた。その永い日々を重ねて古井さんが感じられている疲労感は、たとえばヨーロッパの修道院で、聖遺物が埋まってる地下室に降りて行って感じられた大きい疲労感で表わされている気がします。森有正氏はカテドラルに行ってやはり大きい疲労感を感じられたけれど、あなたが感じているのはそれとは逆の疲労感なのかと思います。つまり上に向かって行くのと、下に降るのと……。そして両者は深いところで通い合うのじゃないか。

僕に学者としての積み重ねはなく、森先生と古井さんお二人のようにそれぞれの外国詩への切実な経験もないけれども、『詩への小路』を読むと、それでもこれから自分の残りの年に本を読んでいくうえでの心得が見えて来る気がします。古井さんにとって、外国詩をこのように集中して翻訳されたことは、これからの小説にどう影響を与えると思われますか。

古井　経験して感じたのは、小説を書く人間が外国の詩を読んだり、まして翻訳したりするのは危険だということです。そんなことをすれば自分の日本語を失うかもしれない。ようやく束《つか》ね束《つか》ね小説を書いてきた自分の日本語が崩れて、指のあいだからこぼれ落ちる恐れがある。還暦も過ぎて何をやっているのか、何度もこんなことはもうやめようかと思いながら読んできました。

しかし、読んでいるうちに、束《つか》ねるも崩れるも同時のことなんじゃないかと思ったんです。つまり言葉というのは、すっかり束《つか》ねて畳んでこれでおしまいというものではない。のべつ束《つか》ね、のべつこぼれるものである。そう悟ったときに、「外国の詩を読んでたほうが小説家として少なくとも驕《おご》りはなくなるだろう」と覚悟を決めたのです。

壮年のうちは、築いたり固めたり構成したりということに頭が向かいます。老年になると違う。六十歳の頃から、崩れる危険の中で物事をすすめるというところに、仕事の場を見つけてきました。おかげで書くことに対する疑いがなくなったというのではなく、書く上では疑いそのものが生産的だとよくわかりました。自分の言葉が無になっていくという実感があったからこそ物が書けるようになった。こう束《つか》ね築くのは徒労かもしれないが、その徒労感と共にこそ意欲も出てくる。

ただし、今後も自分はそれでやっていくんだろうけど、気になるのは自分が読んだ詩人たちのギリギリの境地まで達しても、僕には救済の予感が少ないことです。例えばリルケが、見えるものすべてを目に見えないものに還元していき、最後にはひとふしの調べとする、と考える。そのときにリルケが予感したのは調和ある調べのはずなのだけど、僕らにとっては不協和音かもしれません。でも、それはもう今に至っては覚悟しなくてはいけないことなのです。もし自分がここで書けなくなるとしたら、そういう不協和音が出てくることへの恐れで尻込《しりご》みするのだと思います。

大江　そういえば「莫迦《ばか》な」の章で、不条理という意味を持つフランス語 absurdité の語源は、不協和音だと書いてらっしゃいましたね。

古井　語源となったラテン語の absurdus が、不協和音を指す言葉なのだそうです。

大江　その章の終わりに、現代のアメリカでは、《Absurd!》が、「それは違う」というぐらいの意味に使われると聞く、とあって、その両者の響き合いは意味深いなと思いました。

瞬間を深く想う

大江　話を戻しますが、いまさっき古井さんは「束《つか》ねる」という言葉を声に出して使われました。私はその前に古井さんの本から「束ねる」を読みとりつつ話して、「たばねる」と発声していました。古井さんが意識的に「つかねる」という言葉を使っているのがわかりました。私の読み方は訂正されねばなりません（笑）。

そこで反省を込めて、「つかねる」と「たばねる」の違いを考えてみますが、私は年に一度くらい古本屋に渡すために書庫で本を紐《ひも》で縛って置いておくのですが、その行為は「つかねる」と呼ばず「たばねる」と呼んでいる。あなたが「つかねる」という言葉を使われるのは、古井さんにとって言葉が、今現在は手の中にあり充実感も感じているが、手を放したらたちまち空中に飛散してしまうという危険が感じられるからじゃないでしょうか。

古井　そうです。今現在においても、言葉はつねにこぼれかける。次の瞬間はわからない。

大江　古井さんの、ここ二十年ほどの小説を読んでいると、今現在あるものを束《つか》ねることの危うさと、それを文章で表現することに面白さを感じておられる機微がこもごもわかります。例えば『辻』で、分かれ道に男が立っていて、女が追い越していく時の緊迫感、濃密さ、明晰さというようなことが表現されています。ある場所でのある一瞬を表現することができれば、自分のこの作品に目指しているものは達成される、という気持ちで書いていられるように感じました。

古井　達成というのはやはり瞬間的なものですね。しばらく経《た》てば何事でもないことに思えるのだけれど、瞬間的に達成を感じることはある。そういう達成が全編を照らすかどうかが小説の分かれ道です。僕の分担は「劇」が始まる前までだと思ってるんですよ。小説家はシナリオを書くわけでもないし、ましてや役者として舞台に立つわけではない。芝居の始まる前の雰囲気なり緊張感なりを小説の仕舞いに遺《のこ》せるかどうか。

大江　古井さんの小説の仕事について考えるときの気分を、『詩への小路』を読んでいて思い出したのが、繰り返しになりますが、先に引用したアンドレアス・グリュウフィウスの詩の言葉に誘われてでした。《時の奪い去った年々は　わたしのものではない。／これから来るだろう年々も　わたしのものではない。／瞬間はわたしのものだ。瞬間を深く想うならば、》瞬間を深く想うということは即《すなわ》ち、作家にとっては表現するということです。で、うまく表現できた際には、《年と永遠とを創られた御方は　わたしのものだ。》と思えるときもある（笑）。

古井　とにもかくにも雰囲気や緊張や期待を含めて芝居の始まる前までの現在をあらわせられるのなら、以《もっ》て瞑《めい》すべしと思っています。

大江　小説というものは、もともと過去のことを書いていた。ところが、古井さんは小説で現在のことを書こうとされている。芝居というジャンルは舞台の上でやるから、現在を提示するのはたやすい。劇作家が準備した戯曲を演出家に渡せば、役者を通じて現在のものにしてくれる。それに比べて、小説家は自分で小説を現在に置かなくてはいけない。そして現実には、今現在それがここにあるというふうに書けている小説は少ない。

古井　確かに小説は本来は過去のことを書くもので、その証拠に過去形を使うととても書きやすいですよね。自分の文体はどうしてこう不安定なのかと問えば、半過去や現在形が多いからだと気づきます。腰が定まらないのだと思う。

辻　けれども、自分が過去のことを書いても、世の中から認知されるかどうか。その認知を私は期待できないと思うし、私の読者がいるとしたら、読者はそういう認知を求めてないと思う。だから、なんとか始まりに至る現在を全体として描けないものか、作り出せないものかと願うのです。

大江　古井さんがとくに短編連作の仕事をずっと続けておられるのを見て、私もそのような大変なことを、いわばやむにやまれずなさっていると考えることがしばしばありました。

十九世紀ドイツ詩人の断念

大江　そこから詩に戻れば、「夕映の微笑」の章で、シュテファン・ゲオルゲの「苦の兄弟たち」の冒頭を、《さてこそ君らは薄暮を往き、同行《とも》は夕映の微笑。君ら、沈み行く時代よ。すべてが黙契の内に同意された上は、君らは心乱さず、避けられぬ苦を負う。》と訳されてますが、冒頭のsoを「さてこそ」と訳していいのかどうか、延々とこだわって……。

古井　原文ではsoとなっています。あっさり訳すなら、「そして」とか「そのようにして」でも十分なんですよね。頭のほうにあまり重い訳語をつけると、あとが苦しくなるから本当は「さてこそ」などと訳すのはやめるべきなんだけど、考えれば考えるほどそうとしか訳せない。soの一語にこの詩に至るまでのさまざまな経緯と、是非もない帰結についての既知がこめられているのだろうし、マラルメの「ル　ギィニヨン」を踏まえた事情もあるだろうと考えたのです。

大江　この本で扱われているドイツの詩人たちを時代順に並べると、とくに早いのは十七世紀のグリュウフィウスに始まって、おもに十九世紀のエドゥアルト・メーリケ、フリードリヒ・ヘッベル。さらにテオドール・シュトルムが一八一七年に生まれ、シュテファン・ゲオルゲが一八六八年に生まれた。その六十年間のドイツにいかに特別な詩人たちが生きたかをつくづく感じました。

もちろん古井さんの選択に導かれてのことですが、彼らそれぞれの晩年の詩を集めて眺めると、大きい傾向が見える。私は今までイギリス、アメリカ、そしてフランスの詩でこういう展望に接したことはありませんでした。テオドール・シュトルムを扱った「晩年の詩」の章で、「このきっぱりと限定された生涯および運命の情感が、シュトルムの周辺の詩人たちの特徴であり、前代とも後代とも異なって貴重なものである、と私などは考えている。」と書かれていますが、この本の読み手として私はまったく同感です。こうした前代とも後代とも違う「きっぱりと限定された生涯および運命の情感」が、それぞれに美しい詩となって屹立《きつりつ》しています。あまりに動かされて、私はもう始まってる晩年、遅すぎるドイツ語の勉強をしながら原語のテキストを読んでやろうという野心を抱いたくらいです。古井さんはこういう詩人たちがドイツの十九世紀に凝集したことを特別なことだと感じますか。

古井 今名前があがった十九世紀後半の詩人たちは、従来、どちらかといえば小柄な詩人として読まれていたわけです。

大江 それはシラーやゲーテと比べて、ということですね。

古井 そうです。繊細な抒情性《じょじょうせい》はあるけれど、小市民的な詩人だと思われていた。でも、年取ってから読むと、いろいろなことが目につくんです。

　ドイツは近代化が遅れました。十九世紀後半まで近世的な閉塞《へいそく》の時代が続き、十九世紀の末にようやく近代化に大きく傾いていく。彼らはそのあいだに活躍した詩人です。彼らも近代化が迫っているのは感じていますが、まだ近代と前近代の境目に閉じ込められている。分けあたえられた可能性の範囲が生涯にわたって限られる。しかも迫る近代にたいする怪しみもある。そういう断念が文学者としての表現を強く規定した最後の時代じゃないかと思うんです。それが彼らの晩年の詩には特に出ている。年を数えるとまだ壮年の頃に書いた詩も、読むとすでに晩年の詩になっている。

大江　三十六歳で発狂し七十三歳まで生きた詩人ヘルダーリンを含めれば、もっとその傾向があらわになるでしょうね。

古井　フランスの詩とドイツの詩を比べて思うのは、中世から近世にかけてそれぞれのヨーロッパの言語が自立し、近代化していく。フランス語はそれにあたって、法廷での言葉の使い方の厳格化が論理性を整えていきます。ドイツ語の近代化の基となった主要なもののひとつは、宣教者の説教なんです。フランス語は近代化にあたって分析的になり、ドイツ語は総合的になっていく。その違いがあって、ドイツ語のほうが重層的なものを表現しやすくはなっているかと思います。

大江　私は日本の現代詩に敬意を持ってますし、イギリスとアメリカの詩が好きです。

日本の詩はこの五十年アメリカとイギリスの詩のほうに近づいて、T・S・エリオットやW・H・オーデンはそんなに遠い詩人ではない。だから、日本の詩人がかれらにつらなる大きい仕事をすることがあるだろうと思ってます。

ところが、この本で接したドイツの十九世紀後半の詩人たちは、韻を踏みながらの一行、二行の詩の言葉に、これだけ複雑で明確で哲学的な言葉を並べている。これはまるで日本語の詩とは違うんじゃないだろうかと深いショックを受けました。

古井　アンビヴァレンツな状況の中で生きた詩人たちだからこそ、そういう表現が出てくるんだと思います。しかも、当時の詩の世界で受け入れられるのは抒情的な美しさですから、その美しさを損なわずに、柔らかいニュアンスを伝えようとする工夫が詩を形作っている。

漢語の新しい読み方

古井　日本人の場合、欧米人と比べて一つ救いというのか抜け道になりうるのは漢字の存在です。漢字は表意文字だから、分析によって追い詰められない。意味を総合的に受け止めてしまうでしょう。ただ、そのために逆に日本語はだらしなくなっているのかもしれません。日本語では、分析的な明快さの果てになかなかたどり着かないんですね。私にも漢字を頼みにして高をくくってるところがある。しかし今後、そううまくいくかなとも思う。

大江 哲学者は、ドイツ語の単語をそのまま日本語の文章の中に入れて、その横に日本語の読みをルビとして付ける、という表記をすることがあります。ルビもどんどん長くなってゆく。もしかしたら、それがまた日本語の文章の新しい可能性を切り開くかもしれないと考えます。

古井 確か、「日本人は漢字に仮名を振ってるつもりだけど、実は仮名に漢字を振って読んでるんだ」と言ったフランスの哲学者がいましたね。あれは、半分ぐらい当たっている気がします。われわれ日本人は、頭の中で常に変換をしながら文章を形成している。そこで心配なのは、変換というのも危ういものでしょう？　とくに追い詰められた時に変換ができなくなり、言語が解体する。だけれども、変換についてはパソコンになじんだ若い世代がよく知ってることだから、彼らにもう一度変換という行為を考えてもらえば、日本語という言語はもうひと展開するんじゃないかと思うのです。

大江 今の若い人たちにとって変換は、コンピュータのキーの名称の一つになってるようですが、言語の表記の変換は本来、文化の根本をなしてるといえるほど大きい問題です。この前中国に行き、北京の大学に講演に行って、控室で話した学者の方に出版が近いと聞いた『文鏡秘府論彙校彙考』、つまり空海の、中国の詩法について書いた論文の現存する異本を集めて校訂し注釈した四巻本を、約束通り送ってもらったんです。少しずつ読んで、こういう中国語の本を書けた空海が、中国語をそのまま持ってきて、かつそれに日本語の読みをつける、という仕方での翻訳をしたことがなんという大事業で、かつ繊細なものだったろう、と夢見るような思いをしています。

　当時のやはり偉い日本の学僧たちが「いや、これはこういうふうな意味ではないのか」というように問いかければ、「ここに原典が置いてあるのだから、原典をそのまま理解してくれ。もっと広く原典を理解してくれる層を広げるために自分らの日本語としての読みをつけよう」と空海は応《こた》えたのでしょう。そのうち、中国語の本体がなくなって読みだけが日本人の文化になっていった。そういう大きな流れの結果として、今私らは、漢字とかなで生きてるのでしょう。

古井　僕もそこが日本語にとって重要なところだと思います。

大江　日本人の外国語の受容の歴史を振り返ると、空海の時代から多様な展開があった。仏教の、また儒教のテキストをつうじて、新井白石や荻生徂《おぎゅうそ》徠《らい》の独自の努力を介して。そして明治時代になって、それまでの漢語に対して日本語の読みを付けて変換するという方法を、英語やフランス語に対しても拡大するような仕方で、ジョン・スチュアート・ミルやジャン゠ジャック・ルソーの翻訳の文体が作られた。福沢諭吉や中江兆民ら漢語の素養のある人間が、英語やフランス語を漢字とかなに置き換えました。ありがたいことに、彼らは自由な言葉の感覚を持った翻訳者でした。しかも彼らが作った新しい日本語の意味を、当時の読者がちゃんと読みとっていたのがすごい。読者にも漢語の素養があって、言語的基盤が共通していたわけですね。

明治以降の文章は、そういう根本的な変換が行われたあと組み立て直された日本語によって出来ています。その新しい日本語がうまく通用したからこそ、例えば夏目漱石が今でも読まれるという奇跡的なことが起こっている。その一方、私の中には明治に行われた漢語の読み下しを英語やフランス語についてもやるような変換が正しかったのだろうかどうかをもう一度問いたい気持ちがあるのも事実です。漢語に読み下す文体の変換をする、その既成のやり方を破って、もっと大和言葉を使ってよく考えた読み方を工夫すべきだったんじゃなかろうかという疑問もあります。

古井　僕は日本語の漢語も本来、中国の言葉であるので、表現の要請に答えて変換の仕方は常に微妙に改めていかなくてはならないものだと思っています。

大江　その十八世紀から十九世紀にかけての、漢語の新しい読み方を、とくに農民の読み手に向けて作った人たちのことを考えます。古くからの友人の日系アメリカ人の近世・近代日本史学者ナジタ・テツオの新しく出した本で、そうしたひとり安藤昌益の、漢語の独特な変換の面白さをはじめて学びました。H・ノーマンの『忘れられた思想家―安藤昌益のこと―』や丸山眞男をつうじて、安藤昌益については少しずつ知ってるつもりだったのですが。今度「岩波日本思想大系」に入っている『自然真営道』をゆっくり読んだのですが、安藤昌益は漢語の読み直しから思想を始めている。「自然」を「ヒトリスル」と読んだりする仕方で。自然とはまっすぐ上を向いていることだ、一人そのままあることだというんです。一人そのまま立っているという状態が樹木では普通であるように、農民もそうでなくてはいけない、そうやって生きるのが人間にとって一番いい形なんだというような説き方で、その哲学の根本を作る。

つまり農業の改革者安藤昌益や二宮尊徳や大坂の懐徳堂の商人の山片蟠桃《やまがたばんとう》といった十八世紀半ばから十九世紀にかけての民間の学者たちは、江戸時代の権力が指し示す漢語の読み方に反逆することから学問を成り立たせた。『自然真営道』に丁寧に振ってあるルビを読んで、私たちが知っているのではない読み方で、かれらが漢語を読んでいたことを知り、それをヨーロッパの言葉の日本語への転換に生かすこともできたかも知れない、と空想しました。

古井　漢語は江戸時代から常に更新を経てきたのでしょう。儒学者でも古典に校注を施すときにそれぞれの訓《よ》みをつけていた。その「新しい」読み方こそが儒学者の一世一代の仕事であったわけです。ところが江戸時代から現代にかけて、そういう蓄積は失われていく方向にあり、明治維新後の漢語の創出もその流れの内のことなんだと思います。

ただし、漢語の読み方を固定するのがいいのかどうかというのは問題です。例えば、漢文というものが日本にあると外国人の文学者が耳にして、どういうものかと尋ねたとする。これを説明するのは難しいですね。「グラマティック（文法）もシンタックス（構文）もまったく系統の違う外国語を、そのままにしておいて母国語で読んでしまうとはどういうことか」と問われるでしょうね。

大江　カート・ヴォネガットが日本に来て、ペンクラブで講演する前の夜、まさにその質問をされたことがあります。「日本語にはカタカナと平仮名と漢字があるという。それは面白い。どういうふうに使い分けるんだ？」。一通り説明すると、「ところで、漢文の日本的読み下し方によって、中国語の原典の文体をいくらかなりと表現することができるのか」と問われた。

古井　これが外国の文学者の一番聞きたいところでしょうね。文体如何《いかん》というのは死活問題でしょう？　態度の取り方なわけだから。文体が変わってしまうのなら本来は翻訳ですらないはずです。

大江　文体が原典と無関係なほど変わってしまっているのなら、文学の翻訳とはいえない。ところが実際には、僕たちは読み下す時、李白の詩も杜甫の詩も同じように読む。夏目漱石の漢詩だってそのように読むのじゃないですか。私はこうカート・ヴォネガットに説明しました。加藤周一さんの言い方でなら、空海から菅原道真に至る、自由にシナ語を書ける人たちの漢文の書き方、読み下し方は特別だったろう。それは、確かに自分の表現だったろう。そこでかれらの漢語による詩や散文にはそれぞれの文体があっただろう。ところが、今の私らはそれを中国語として読むことができないから違いがわからない。

古井　日本にもインテリの公用語が中国語であった時代はあったはずです。そのままほうっておけば公用語が唐の時代の中国語になったかもしれません。それが仮名ができて、漢文の読み下し文ができたために二重言語になった。僕はこの国の言葉はバイリンガルの最たるものだと思います。

大江　ええ、その通りですね。しかし、漢文を読む時に、自分の文体で読む人はいないでしょう。吉川幸次郎氏が時に示される氏独自の読み下し方というような例はあるけれど。読み下しの文体にのっかって読むしかない。あれはどうにかならなかったでしょうか。安藤昌益のように自由に読むことはできなかっただろうかと思います。

古井 漢語読み下し文というのは、おそらく当初はきっと、決まったスタイルで読んで学んで、自分の中でそれぞれ響かせろという過程のことだったのでしょうね。やがては、その人が中国の古典をどう読むかによって、読み方がだいぶ違ってくるのじゃないでしょうか。

老年を襲う歓喜

大江 ところで私は、いまや私の小説を読んだことのない人たちにも、「あいつの文章は悪文だ、声に出して読みにくい」と認知されています。そういう人と話してみるうち、大体当たってると考えることになります（笑）。だけれども、私は私で自分の文章の、声を出しての読み方を持ってるんです。小説の最終ゲラの校正をやる際の、私の書き直しの原理は、その読み方で声に出して読むことです。

ドイツで、昨年新しく翻訳の出た『さようなら、私の本よ！』を十箇所近い都市で朗読しました。まず私が日本語で五ページほど読み、続いてそのドイツ語訳と、その続きを二十ページほどドイツ人の俳優に読んでもらう、というやり方ですが、そのとき日本文学を研究しているドイツ人に、「大江さん、あなたが日本語で読むとなかなかいい文章じゃないですか」と言われました（笑）。

古井 同じような朗読会を僕もヨーロッパでやりました。で、やはり図々しくも日本語で読む。その傍からドイツ語に訳して読んでもらったりもしたのだけど、日本語の時の方がお客さんが耳を傾けるんですよ。何かを聴き取ろうとしてるんです。

大江 おそらく文体を聴き取ってくれようとしてる……。

古井 ええ、多分。声だけ聴いて文体のありかがちょっと感じ取れるんじゃないでしょうか。文体とは構造であると同時に、音韻でもあるようです。

大江 外国人を歌舞伎《かぶき》や人形浄瑠璃《じょうるり》に連れていっても、みんなまず文体を感じ取りますものね。

古井 しかし、われわれはこうやって普通に話してても、のべつ仮名と漢字の間で変換しているわけです。日本語の場合、文体という言葉は気安く使われるけど、文体のあり方は難しい。

大江 「生者の心をたよりの」の章で、フリードリヒ・ヘッベルの美しい鎮魂歌が引用されてます。《魂よ、あの者たちを忘れるな／魂よ、死者たちを忘れるな》というリフレインがある詩で、その一節に、《そして嵐は死者たちを怪異の類ともども／はてもない荒野へ追い立てて行き／その境にはもはや生命もなく／解《ほど》かれたもろもろの力の／新たに成る存在をめぐる／闘いがあるのみなのだ。》とあります。とても好きな詩です。その流れのなかでも、あなたが「ほどかれた」に「解」という字を当てられたところに、新しさを感じました。命はもうないのだけど、解体されたもろもろの力によって、新たな存在が出来るかもしれないという、再生の希望がひしめきあっている。死と再生が隣り合っているこの部分に、そういう変換の文字を使われたのはとても創造的だと思います。

古井　ありがとうございます。

大江　「歓喜の歌」の章で読んだ、ついには発狂する詩人ヘルダーリンの詩の訳も、ルビの振り方が創造的だと感じました。一八〇一年、三十一歳で、「心身に危機の兆候の現れたと見受けられるその前年の作」とあるので、この詩を最後に彼が暗い方向に入り込んでしまったんだという恐ろしさも感じるわけですが、その場合にもヘルダーリンは、《……天は約束に満ち、いまにも襲いかかるかとわたしを脅かしもするが、わたしはそのもとに留まっていよう。わたしの魂はこれに背を向けてそなたたちのもとへ、過ぎ去った神々よ、あまりに愛《いとお》しいからと言って、奔ってはならない。そなたたちの美しき面《おも》を、時が変わらぬかのように、見つめることは、わたしはおそれる、死に至ることではないのか。滅びた神々を呼び起すことは、ほとんど許されぬことではないのか。》と歌う。

そしてこの翻訳でも、「愛しい」に「いとしい」ではなく「いとおしい」とルビを振っていられるのがじつに効果をあげていると思います。古井さんは、音韻学上の変換に自分としてのスタイルを持っていられる。さらに、「美しき面を」の「面」を「おもて」ではなく「おも」と読ませていられる部分にも、この原テキストには、ヘルダーリンの堂々たる詩がここで、ある種口語的な優しさを響かせているからだろうと思いました。

古井　その詩を訳してる時、自分の先々の老年を思っていました。老年を襲う恍惚感《こうこつかん》、老年を襲う歓喜というのもあるのではないかと思い、それが訪れた時どうしようかと考えながら訳出していた思い出があります。

大江　ヘルダーリンの言う「過ぎ去った神々」や「滅びた神々」は、私ら日本人には観念の中にも感情の中にもない。だから、ヘルダーリンが恐怖するようには自分は怖くないんだけれど、しかし、神々ではないもので、「美しき面《おも》」を持った、「あまりに愛しい《いとおしい》」ものが老年に現れるかもしれないぞ、と怯えますものね。

古井　厚い雲が空から降りてきて、地上に緊張がみなぎって、喜びの予感に震えるなんていう体感にわれわれも襲われかねません。
大江　実際にこの詩を書いたヘルダーリンは狂気を発したまま死んだわけですから。そういうことを考え合わせると、異様な緊張感をもった外国詩を翻訳する外国文学研究者たちは、時には自分がよく生きてるなという思いに襲われることもあるのじゃないかと思いました。
古井　ただ僕は、元外国文学者で現役の作家なわけで、物を書いてると現実を失いかけるという危機の体験は積んでいる。そこは学者の訳者とは違うはずです。翻訳をしていても、あまりに打ち込んだ場合、自分の小説の言葉が崩れるんじゃないかという危機をつねに踏みながらやっているわけです。小説家としての一身に跳ね返ってくることでした。
大江　ああ……今の話で、なぜ自分は外国の詩にこれだけ熱中しながら、翻訳に踏み出せなかった理由がわかった気がします。
古井　この本の中でも書きましたが、外国詩を訳していると、妙な物を我身に招来しないうちに、早々と退散したい、と腰の引けたことが何度もありました。

じっとしている持続力

大江　私は若い時小説を書き始めて、それを何とか本格的なものにしたい、と考え始めた時、深瀬基寛氏の訳されたT・S・エリオットやW・H・オーデンの詩に強く惹《ひ》き込まれて、小説の文体に応用できないかと考えました。エリオットの「プルーフロックの恋歌」の文体は口語的でコミカルで自己批評的で若々しい。こういう文体を作れたら私にも自分の小説を書くことができるし、それは日本にかつてない作品になるし、新しい読者を集められるのじゃないかと夢想したことがあります。また深瀬氏の訳されたオーデンの詩は、かれが政治にコミットした数年のものにほとんど限られているんですが、その思想的に強い美しさを追いかけようとしました。

オーデンのような人間の見方を小説に書きたいものだ、しかし自分にはできない。エリオットの書いたプルーフロックのような人物像を軽快に語りたいものだ、いや、自分にはそういうこともできない。そういう当然な苦しみ方をして、私は小説を書き始めて一、二年経つか経たないかに、完全にダメな小説家になっていました。

古井　でも、一旦《いったん》ダメにならない作家っていますかね。やっぱりダメにならないようじゃ、ダメなんじゃありませんか？

大江　私もそう思います。けれどそれでも、当時ドイツ文学の研究者として生きてこられた、ほぼ同年の古井さんの目に、こちらが小説家としてダメになっていく姿がどのように映っていただろうと想像しますとね（笑）。

それでもなんとか、私は自分の主題と文体を発見していきました。とくに知的障害を持った子供が生まれて、かれと一緒に生きていくほかない、それはそのこと自体を小説に書くことだと覚悟したのが転機で、私小説でいいじゃないか、それを方法的に工夫しよう、と開き直った。それが現在に至ってるのですから、やはり当然な結果として私の小説は狭い。こんな狭いところのことを書く、それも七十歳を越えた小説家が語ってゆく小説を、今誰が読むだろうかという気持ちに落ち込みます（笑）。

古井　広いか狭いかは本人には所詮《しょせん》見通せないんじゃないでしょうか。いつも狭いところに突っ込んで書いていても、それが全体としたらどれぐらいの面積になるのかはわからない。

大江　原理的にはそう。しかし、具体例としていえば、見通しは暗いですね（笑）。

古井　いや、見通しが暗いほうがいいんです（笑）。

大江　古井さんはじつに徹底して自分の文体を自分で作ってこられた。たとえば、

『詩への小路』でも、詩を翻訳することで危ないところに直面するまで行かれる。そしてそれが、古井さんを小説の文体の作り手としてさらに危ないところに突き出しかねないのらしい。第三者から見れば、そのようにして深め高めて独特な文学の作業を続けていられます。

私は詩を翻訳しないけれども、外国詩を頭の中で思い描くことで、文学というものはあのあたりにあるんだという方向感覚は保ってきたように思います。ブレイク、ダンテ、イェイツ、R・S・トーマス、エリオット、オーデン。私の好きな彼らの詩の声をずっと自分の中に響かせながら、書き手としては別のものを、すなわち散文で書いている。そのように散文だけを書いてきたからあの天才たちに引きずり回されないで、なんとか自分として生きてこられたのでしょう。

それでいて、このところ最後に自分が散文を書く体力も気力もなくなったら、しまいに小さい詩集を作れないかと夢想しました。度しがたい、というか、見果てぬ夢というか……。

古井　しかし振り返ると、お互い、平成になった頃から休みなく仕事を続けてきてますね。ときどき、「古井さん、なんでそんなにたて続けに仕事をなさるんですか」なんて聞かれるのだけど、仕事を続けるにもエネルギーが要るけれど、仕事をしないでいるのにもエネルギーが要るんです（笑）。で、年老いてから仕事をしないでいるのに耐えるのはなかなか難しい。第一、過去の作品が次の作品を要求するでしょう？　著者は仕事をしようと思わなくても、作品が次を要求する。

大江　私には仕事をしないでいる勇気と根気がないんです。子供の時、青年の時以来、なにかする持続力がない、というのじゃなく、なにもしないでじっとしている持続力がないのが、私の根本的な欠陥なんです。

古井　昔の文学者の年譜を読んでいると「ああ、俺は何たることか」と思います。みんな仕事をしない時期が五年、十年と続くでしょう？　スケールはでかくなると思うなあ（笑）。

大江　ああいう人たちは、じつに不《ふ》撓《とう》不《ふ》屈《くつ》というか、例えば、あの巨大な小説をずっと書き直していたムージルのような人は、具体的にはどのように生活を持続させていたのか。実に見事な生活の仕方だと思います。

古井　一つは遺産だと思います。古い家柄を解体した時、残った遺産で生活を成り立たせる。当時はそれほどインフレではないから、遺産で食べていけた。もう一つは、パトロンですね。当時は出版社というのはパトロンに近い存在だったらしい。これはと思う作家や詩人を抱え込んで暮らせるようにし、ゆっくりと書かせる。ヨーロッパではそのパトロンにあたる出版社は多くがユダヤ系だったそうで、だから第二次大戦後、パトロン的な存在が解体してしまった。

大江 やはりドイツ語で書く、なかなか書かないでいた人といえば、『群衆と権力』のカネッティ。晩年にやっと続けて書いた自伝的なものを見ると、若い時にはウィーンで妙に派手な交友関係を持ったりしているし、その頃の最初の『眩暈』も立派な小説ですが、そのあと永くイギリスで沈黙した生活をおくる。いくつかの戯曲をのぞくとほとんど作品を発表しないで、堂々としている。

古井 ボードレールやマラルメの詩だって数えると、そんなに数ありませんよ。エドガー・アラン・ポーだって、お金はそんなにあったわけじゃない。文学誌の編集長を繰り返しやっているから、人にも書かせなくてはならないし、自分も書かなくてはならなかったはずだけど、としても作品の数は、われわれよりよほど少ない。

存在について裁かれる

古井 小説の発生源は物語といわれて、大筋はそうだろうけど、それだけではないと思うんですね。僕が思うのは、例えば裁判の弁明書もヨーロッパの小説の発生源の一つではないでしょうか。例えば中世から近世にかけて修道僧が異端の疑いをかけられた時に、弁明書を書く。その始まりとポーの『黒猫』の始まりは似てるんですよ。ポーのはその諧謔《かいぎゃく》ではないかと思われるほどに。

それから説教。聞き手を引き込むために説教はそれぞれ、始めに人の心の音鍵《キイ》をあざやかに叩《たた》くような言葉を振るわけですが、そういう音楽的な始まり方をする小説はいくらでもあるはずです。

大江　この冬、ル・クレジオが来日するので対談をすることになったのですが、彼の『調書』という最初の小説は、それこそ"Le Procès-verbal"口述した調書のスタイルを使った作品です。アダムという青年の、裁判の調書といえば、まさにそうしたもので、私は自分が最初に行き詰ってた日々に、同時代の若い人の小説として、「これほど斬新《ざんしん》な形式がありうるか」と打ちのめされたのを思い出します。

それと、『沖縄ノート』の件で、実際に裁判にかけられ二時間ほど証言したり反対尋問に答えたりした経験でいうのですが、法廷ではその裁判に出てきた被告大江某がしゃべったことがすべてで、それがすなわち裁判の実体となる。すなわち調書ということです。今回、『調書』を再読して、人間がその根本的な本質を裁かれるならこのように調書をとられる、ということだと思いました。

古井　ローマ時代の裁判も、それこそ調書こそ取らないけど、ロゴスがすべてですね。言葉の闘いになってしまう。言葉と実体がかなりずれてても、言葉が勝てれば裁判に勝てたようです。

大江　ローマの法廷では速記したんですか。

古井　どうもそのようですね。ギリシア語の当初は速記されたものを声に出して会衆一同で確認することを「読む」といったらしい。

それから、カフカの『審判』と題されたあの小説の原題は“Der Prozeß”です。「裁判手続き」とも訳せないことはない。あれは裁判小説です。しかも、近代の裁判と近代以前の裁判を重ねて書かれている。カフカは法学博士です。

大江　しかも裁判の結論が出るとすぐ、処刑が行われるというところ、いかにも裁判の原形のようです。

古井　そもそも、被告がどの行為を訴えられてるのか知らされないということも、警察と検察と裁判所が一体だということも、近世ではそうだったようです。人は行為によって罰せられるのであって、存在によっては罰せられない、という近代の法の大原則が確立されたのは、ドイツ語圏ではたかだか十九世紀の末なのだそうです。カフカはユダヤ系だということもあって、行為でなく存在で裁かれるという古来の法がひきつづき底流として生きていることを感じやすい立場にあったと思われます。カフカの「裁判小説」の主人公は追いつめられたあげく、自分には不明の告発へ向けて、いわばヤミクモに、一身の弁明書を起こそうとするのですが、存在の弁明となると、もう果てしもない。これはちょっと小説家の窮地に似てますね。

大江　しかじかの行為によって裁かれるのならば、短い小説としても書けると思いますけど、存在について裁かれるとなると、もう自分でもよくわからないことをいつまでも書き続けなくてはならないでしょう。

古井　子供の頃の出来事を行為から始めて、これまでの生涯のすべてを洗い出さなくてはいけないので、頭を抱え込んでしまう。

大江　そこに神というものが導入できれば、小説として幾らか短くできるかもしれないけれど。

古井　そうですね、神がいれば言葉の推敲《すいこう》は決まるでしょう。こういう言葉は正しい、こういう言葉は間違っていると判断させられる。個人が推敲するなんてきりのないことなんです。

大江　日本という国はもともとの神が法廷向きじゃないし、輸入されたキリスト教の神を持ってる国ではないから、そういう神もなかなか私らの生活を裁く場に導入しにくい。しかしそのわりに、われわれ日本人の小説は健闘しているんじゃないかという思いはあります。

（「新潮」二〇一〇年一月号掲載）

この作品は平成十八年一月新潮社より刊行された。

辻《つじ》

新潮文庫　ふ-8-6

平成二十六年六月一日発行
令和七年十一月十日三刷

著者　古《ふる》井《い》由《よし》吉《きち》

発行者　佐藤隆信

発行所　株式会社　新潮社

郵便番号　一六二―八七一一
東京都新宿区矢来町七一
電話　編集部(〇三)三二六六―五四四〇
　　　読者係(〇三)三二六六―五一一一
https://www.shinchosha.co.jp

価格はカバーに表示してあります。

乱丁・落丁本は、ご面倒ですが小社読者係宛ご送付ください。送料小社負担にてお取替えいたします。

印刷・大日本印刷株式会社　製本・加藤製本株式会社

ISBN978-4-10-118506-4 C0193